欒城集

四部備要

集部

中華書局據明刻本校刊

桐鄉 陸費逵總勘
杭縣 高時顯 吳汝霖輯校
杭縣 丁輔之監造

欒城後集卷第四

詩七十首

葺居五首

南堂初一家隔絕歲月久開牆北風入爽氣通戶牖棟梁未摧折斤斧聊結構非言事輪奐粗反昔人舊

又

庭方正數尋風月所從入百年養毒樹攢芒比刀戟伐之念生久不伐愁跣足且復爲人謀庖椹利朝食皂角木宜食椹

又

竹林失蕃養春筍日瑣細草蔓半縈纏橒欒互虧蔽已令具刀鐮稍竢秋霜厲欲成林下飲更種園東地

又

雜花生竹間竹荒花亦瘁移花通狂鞭春到兩皆遂
牆東破茅屋排去收遺址時來拾瓦礫細細留花地

又

東南皆民居屋敗如齬齒一完誠未能綴葺聊且爾
內修晨夜虞外結比隣喜無心本何營生理未免此

再賦葺居三絶

誰將脩竹寄隣家秋斫長竿春食芽旋築高牆護鷄
犬稍容嵇阮醉喧譁
短垣疏戶略藏遮翠竹長松夾徑斜遊宦歸來四十
載粗成好事一田家
南北高堂本富家百年梁柱半攲斜略教扶起猶堪
住西望吾廬已自奢

歲莫口號二絶

六十年來又七年眼昏頭白意茫然逢人欲說平生舊少有能知兩世前

兩世相從今幾人回頭強半已埃塵此心點檢終如一時事無端日日新

雪後小酌寄內一首（乙酉正月九日）

薄雪為燈止和風應節來出遊吾已懶小酌意難裁竹徑泥方滑菁畦凍欲開細君憐老病加料作新醅

喜雨一首（三月二十三日）

奪官分所甘年來祿又絕天公尚憐人歲賚禾與麥經冬雪屢下根鬚連地脈庖廚望麰餌甕盎思麴糵一春百日旱田作龜板拆老農淚欲墮無麥真無食朱明候纔兆風雷起通夕田中有人至膏潤已逾尺繼來不違願飽食真可必民生亦何幸天意每相恤

我幸又已多鉏耒坐不執同爾樂豐穰異爾苦稅役時聞吏號呼手把縣符赤歲賦行自辦橫斂何時畢

收蜜蜂一首

空中蜂隊如車輪中有王子蜂中尊分房減口未有處野老解與蜂語言前人傳蜜延客住後人秉艾催客奔布囊包裹鬧如市坌入竹屋新且完小窗出入旋知路幽圃首夏花正繁相逢處處命儔侶共入新宅長子孫今年活計知尚淺蜜蠟未暇分主人明年少割助和藥慙愧野老知利源

養竹一首

病竹養經年生筍大如毋初番放出林末番任供口欲求五寸圍更聽三年後蕭疎盡椽桷無復堪作帚吾廬適營葺便可開戸牖秀色到衣冠清風盪塵垢

物生恨失養養至無不厚斧斤日摧剝陰陽自難救
閑居翫草木農圃即師友養人如養竹舉目皆孝秀

和遲田舍雜詩九首并引

吾家本眉山田廬之多寡與楊子雲等仕宦流落不復能歸中竄嶺南諸子不能盡從留之潁川買田築室賒飢寒之患既蒙恩北還因而居焉然拙於生理有無之計一付諸子夏五月麥方登場遲往從諸農夫簞瓢銍艾知以爲樂作詩九章澹然有詩人之思歸而出之爲和之云

麥生置不視麥熟爲一來我懶客亦惰田荒誰使開
勤事知有獲直駕獨未回交遊悉吾病門巷多蒼苔

又

我生無定居投老旋求宅未暇棟宇完先問松筠碧

牀銳日益銷車轄轉生澁東家雖告貧鷺否猶未必

又

偶自十年閑非繼七人作早歲漫云云志大終落落
齒髮已半空頭顱不難度顏曾本吾師終身美藜藿

又

至人竟安在陶鑄皆粃糠世俗那得知楚楚事冠裳
方醉狂正作吾語未可莊天定能勝人更看熟黃粱

又

平湖近西垣杖屨可以遊偶從大夫後不往三經秋
盎中插蒲蓮菱芡亦易求閉門具樽俎父子相獻酬

又

試問西寺僧云何古佛意別無安心法但復麵師餽
外物來無從往亦無所至佛法見在前我亦從此逝

又

老佛同一源出山便異流少小本好道意在三神洲子房見黄石願封小國留終老預人事斷穀爲呂憂

又

蒼然澗下松不願世雕刻斧斤百夫手牽挽千牛力斲成華屋柱加以綴衣飾人心喜相賀松心終自惜

又

汲汲陷有爲昏昏墮無記湛然古井水心在獨無意讀書非求解食粟姑自遂幸有三男子力田奉租稅

雨病一首

晴送麥入倉雨催穀含穗共怪天公仁曲盡老農意誰爲三日霖下漉一丈地百谷爭奔流通川不可厲夜聞屋山落晝說城闉閉老羸知柰何脾病尤所畏

中宵得暴下亭午臥忘起良醫過我言勿藥行自喜
損食存谷神收心辟邪氣兀然槁木居油爾元和至
天唯不窮人人則昧其理學道三十年愧爾良醫賜

施崇寧寺馬一首并引

予自龍川還潁川安於閑放不畜車馬僧悟緣自
成都來爲予致一滇馬甚駿曰聞公歸自南方家
無良駟此可以備登山之乘予愧其意不能却也
然馬入吾廐輒苦多病意其非吾物也西鄰僧道
和禪席之盛鄉閭之所犇走乃祝之曰俾爾爲和
馬歸依佛法乘病或已乎因爲詩以示和

南歸閉門萬事了病臥常多起常少未用田間下澤
車何須櫪上追風驃鄉人記我少年日滇馬爲致風
前鳥三年伏櫪人共怪馬不能言心可曉坐馳千里

氣蟠結日食生芻空自笑主人自是貧頼人誰復爲
送洮岷道支公惠眼識神駿山下泉甘足芳草法流
一洗百病消翹足長鳴且忘老

南堂新甃花壇二首

亂竹侵紅藥病花羞晚春移根近談笑得土長精神
榮悴非由爾芬芳止爲人庭西井泉好汲灌每躬親

又

老木不忍伐橫去聲枝宜少除根莖漸有託雨露稍分
餘生意初無損開花終自如宅年諸草木成就此幽
居

夢中謝和老惠茶一首

西鄰禪師憐我老北苑新茶惠初到晨興已覺三嗅
多午枕初便一杯少七椀煎嘗病未能兩腋風生空

自笑定中直往蓬萊山盧老未應知此妙

新霜一首

敗簷疏戸秋寒早老人脚冷先知曉濃霜滿地作微雪落葉投空似飛鳥新春未覺廩庾空宿逋暗奪衾裯少旱田首種未言入敢信來年真食麰

戲作家釀二首

方暑儲麴糵及秋舂秫稻甘泉汲桐柏火候問隣媪唧唧鳴甕盎瞰瞰化梨棗一撥欣已熟急搊嫌不早病色變渥丹羸軀驚醉倒子雲多交遊好事時相造嗣宗尚出仕兵廚可常到嗟我老杜門奈此平生好未出禁酒國恥爲甕間盜一醉汁滓空入腹誰復告俗諺有入腹無贓之語

又

我飲半合耳晨興不可無千錢買一斗衆口分須臾
月俸本有助法許吏未愈愍愍坐相眎饞涎落盤盂
頮渼舊乏水粳糯貴如珠今年利陂塌碓聲喧里閭
典衣易鍾釜入甕坐醍醐歡欣走童孺左右陳肴蔬
細酌奉翁媼餘潤霑庖廚詰朝日南至相戒留全壺
一家有喜色經冬可無沽莫怪杜拾遺斗水寬憂虞

冬至雪一首

旱久魃不死連陰未成雪微陽九地來顛風三日發
父老竊相語號令風爲節講武罷冬夫譏甸休保甲
釁因出死地冗官去煩雜手詔可人心吾君信明哲
風頻雪猶吝來歲恐無麥天公聽一言惟幸早誅魃

歲莫二首

嶺南萬里歸來客頮上六年多病身未死誰言猶有

命長閑豈復更尤人眼看世事知難了手注遺編近一新點檢平生無幾恨濁醪初熟正逢春

又

文章習氣消未盡般若初心老漸明粗有春秋傳舊學終憑止觀定無生維摩晚亦諧生事彌勤初猶重世名鬚髮來年應更白莫留塵滓溷澄清

春後望雪一首

秋雨僅熟禾冬雪不拚塊温風搜麥根天意欲爲害老農强推測妄謂春當改三陽已換節六出尚茫昧朝看扶桑暾夜聽土囊噫倉場久空竭榆棗方伐賣丁夫病風熱孺子作瘡疥無知此何辜得罪彼有在造物伊誰憎亦復自無柰慎勿翻雪海凍餒無疆界

除夜一首

年更六十七旬滿三百六俛仰定何爲萬事如轉轂禪心澹不起非人自歌哭芸芸初莫禦槩勢盡行將復學道道可成無心心每足守歲聽兒曹自笑未免俗

喜雨一首

歷時書不雨此法存春秋我請誅旱魃天公信聞不魃去未出門油雲裹嵩邙濛濛三日雨入土如膏流二麥返生意百草萌芽抽農夫但相賀漫不知其由魃來有巢穴遺卵遍九州一埽不能盡餘孽未遽休安得風雨師速遣雷霆搜衆魃誠已去秋成儻無憂

甲子日雨一首

一冬無雪麥方病細雨迎春歲有望愁見積陰連甲子復令父老念耕桑瘦田未足終年計濁酒誰供清旦嘗賴有真人不飢渴閉門却埽但焚香

新火一首

百口共一竈終年事烹煎力耕飼飢饞竈弊火亦煩昨日一百五老稺俱食寒呼童戛枯竹粲然吐青煙適從何方來熒熒百家傳性火出眞空應量曾無邊老病何所求石缾煮寒泉歛爲一夫用無心固當然

次韻和人詠酴醾一首

蜀中酴醾生如積開落春風山寂寂已憐正發香晻曖猶愛未開光的皪半垂野水弱如墜直上長松勇無敵風中娜娜應數丈月下煌煌眞一色故園閒道閑愈繁老人自恨歸無日百花已過春欲莫燕坐繩床空歎息朝來滿把得幽香案頭亂插銅缾濕一番花蘂轉頭空誰能往問天台拾

閑居五詠

杜門

可憐杜門久不覺杜門非牀銳日日銷髀肉年年肥眼暗書罷讀肺病酒亦稀經年客不至不冠仍不衣睬聽了不昧色聲久已微終然渾爲一莫言我無歸

坐忘

少年嘗病肺納息肺自斂靈液洗昏煩百藥無此驗爾來觀坐忘一語頓非漸道妙有至力端能破諸暗跏趺百無營純白乃受染至人不妄言此說豈吾僭

讀書

習氣不易除書魔閑即至圖史紛滿前展卷輒忘睡古今浩無垠得失同一軌前人已不悟今人復如此愍然嫠婦憂嗟哉肉食鄙掩卷勿重陳慟哭傷人氣

買宅

我老未有宅諸子以爲言東家欲遷去餘積尚可捐
一費豈不病百口儻獲安田家伐榆棗賦役輸緡錢
長大可雙棟瑣細堪尺椽生理付兒曹老幸食且眠
移竹一首
前年買南園本爲一畝竹稍去千百竿欲廣西南屋
本心初不爾百口居未足黽勉斤斧餘慚愧琅玕綠
東園有餘地補種何年復凜凜歲寒姿餘木非此族
城中牡丹推高皇廟園遲适聯騎往觀歸報
未開戲作一首
漢廟名園甲潁昌洛川珍品重姚黃雨餘往看初疑
晚春盡方開自不忙爭占一時人意速養成千葉化
功長老人終歲關門坐花落花開已兩忘
外孫文驥與可學士之孫也予親教之學作

詩俊發猶有家風喜其不墜作詩贈之一首

已矣石室老奄然三十年遺孫生不識妙理定誰傳孔伋仍聞道賈嘉終象賢文章猶細事風節記高堅

春深三首

郊原紅綠變青陰閉戶不知春已深稍喜荒畦添野薺坐看新竹補疎林簾中飛絮縈殘夢窗外啼鸎伴獨吟欲聽楞嚴終懶出道人知我祖無心僧維覺時講楞嚴

小園松竹有清陰懶病從茲日益深醉客滿堂慚北海野僧同社憶東林逢人問道空長嘯久客思歸尚越吟三十年前誦圓覺年來雖老解安心

又

偶有茅簷潩水陰潩水自西湖聽水亭下派流自城北而東吾廬適在其南近依城市淺非深幽居每自比陳寔古學何人貴杜林隣

父時來陪小飲兒曹頗解續微吟前年僅了春秋傳
後有仁人知我心

次遲韻示陳天倪秀才姪孫元老主簿一首

茅簷有佳客肅肅清風與吾孫成均來左右皆良朋
爲憐衆兄弟將冠未有稱條枚失爇燎中林化薪蒸
老夫方苦貧不辦酒如澠夏田已失麥種豆喜多蠅
俗以多蠅爲豆熟之祥 何以待君子簞瓢容一升君來豈非誤
門庭冷如冰

再次前韻示元老一首

豪傑多自悟不待文王興四方有餘師十室豈無朋
我老不知時早歲誰誤稱歸來理茅屋對客食藜蒸
遇渴卽飲水何嘗悶淄澠冠裳强包裹毀譽如飛蠅
植根久已爾茗穎日自升忘我亦忘法無冰知消冰

築室示三子一首

宅舍元依畢竟空小乘慣住草庵中一生滯念餘妻子百口僑居怯雨風松竹已栽猶稍稍棟梁未具勿怱怱三間道院吾真足餘問兒曹莫問翁

開窗一首

綠竹琅玕色紅葵旌節花開窗風細細窺戶月斜斜活計無多子文章自一家一牀方病臥隨意上三車

遜往泉城穫麥一首

少年食稻不食粟老居潁川稻不足人言小麥勝西川雪花落磨煑成玉冷淘槐葉冰上齒湯餅羊羹火入腹五年隨俗粗得飽晨朝稻米纔供粥兒曹知我老且饞觸熱泉城正三伏田家有信呼即來亭午驅牛汗如浴吾兒生來讀書史不慣田間爭斗斛今年

久旱麥粒細及半罷休饒老宿歸來爛熳煞蒼耳來
歲未知還爾熟百口且留終歲儲貧交强半倉無穀

送元老西歸

晝錦西歸及早秋十年太學爲親留讀詩俛就當年
說答策甘從下第收莫嫌簿領妨爲學從此文章始
自由家有吏師遺躅在當令耆舊識風流伯父仕宦四十年當時號爲吏師

蜀人舊食決明花耳潁川夏秋少菜崇寧老
僧教人幷食其葉有鄉人西歸使爲父老言
之戲作一首

秋蔬舊採決明花三嗅馨香每嘆嗟西寺衲僧幷食
葉因君說與故人家

諸子將築室以畫圖相示三首

還家卜築初無地隨分經營似有時多斫脩篁終未忍略存古柏更無疑畫圖且作百間計入室猶應三歲期得到安居眞老矣一生歌哭任於斯

舊廬近已借諸子新宅分甘臨老時萬里松楸終獨往四方兄弟亦何疑竹間疎戸幽人到林上長松野鶴期已覺高軒慚衞賜可怜黃犬哭秦斯

積因得果通三世臨老長閑自一時久爾觀心終未悟偶然見道了無疑南遷北返吾何病片瓦尺椽天與期自斷此生今已矣世間何物更如斯

題韓駒秀才詩卷一絕

唐朝文士例能詩李杜高深得到希我讀君詩笑無語恍然重見儲光羲

秋社分題

天公閔貧病雨止得豐穰南畝場功作東家社酒香
分均思孺子歸遺笑東方肯勸拾遺住休嫌父老狂

釀重陽酒

風前隔年麴甕裏重陽酒適從臺無饋飲啜不濡口
秋嘗日已迫收拾煩主婦仰空露成霜搴庭菊將秀
金微火猶壯未可多覆蔀唧唧候鳴聲涓涓報初溜
輕巾漉糟脚寒泉養罌缶誰來供嘉節但約鄰人父
生理正艱難一醉陶衰朽宅年或豐餘此味恐無有

中秋無月同諸子二首

風雨來無定泥塗日向深直埋今夜月真失衆人心
雲外天衢淨人間濁霧侵幽人久不寐起坐夜愔愔

又

卷衣換斗酒欲飲月明中坐看浮雲合遙憐四海同

舊說中秋陰晴四海同之清光知未泯來歲尚無窮且盡樽中淥高眠聽雨風

予昔在京師畫工韓若拙爲予寫真今十三年矣容貌日衰展卷茫然葉縣楊生畫不減韓復令作之以記其變偶作一首

白髮蒼顏日日新丹青猶是舊來身百年迅速何曾住方寸空虛老更真一幅蕭條寄衰朽異時髣髴見精神近存八十一章注從道老聃門下人

九日獨酌三首

府縣嫌吾舊黨人鄉村畏我昔黃門終年閉戶已三歲九日無人共一樽白酒近令沽野店黃花旋遣折籬根老妻也說無生話獨酌油然對子孫

故國忘歸懶問人新居斫竹旋開門菊生牆下不知

節酒滴床頭初滿樽漲水驟來真有浪浮雲卷去自無根凡心漫作潁濱傳留與宅年好事孫平昔交遊今幾人後生誰復款吾門茅簷適性輕華屋黍酒忘形敵上尊東圃旋移花百本西軒恨斫竹千根舍南賴有凌雲柏父老經過說二孫古柏孫何僅所種

泉城田舍一首

泉城欲治麥囷囷五畝鄰家肯見分莫問三吳朱處士似勝吾鄉楊子雲陰晴卒歲關憂喜豐約終身看逸勤家世本來耕且養諸孫不用恥鉏耘

欒城後集卷第四

欒城後集卷第五

雜文一十二首

和子瞻沉香山子賦一首并引

仲春中休子由於是始生東坡老人居於海南以沉水香山遺之示之以賦曰以爲子壽乃和而復之其詞曰

我生斯晨閱歲六十天鑿六竅俾以出入有神居之漠然靜一六爲之媒聘以六物紛然馳走不守其宅光寵所眩憂患所迮少壯一往齒搖髮脫失足隕墜南海之北苦極而悟彈指太息萬法盡空何有得失色聲橫鶩香味並集我初不受將爾誰賊收䀎內觀燕坐終日維海彼岸香木爰植山高谷深百圍千尺風雨摧毙塗潦鬻蝕膚革爛壞存者骨骼巉然孤峯

秀出巖穴如石斯重如蠟斯澤焚之一銖香蓋通國
王公所售不顧金帛我方躬耕日耦沮溺鼻不求養
蘭茝棄擲越人髡裸章甫奚適東坡調我寧不我悉
久而自笑吾得道迹聲聞在定雷鼓皆隔豈不自保
而佛是斥妄真雖二本實同出得真而喜操妄而慄
叩門爾耳未入其室妄中有真非二非一無明所壓
則真如窟古之至人衣草飯麥人天來供金玉山積
我初無心不求不索虛心而已何廢實腹弱志而已
何廢强骨毋令東坡聞我而咄奉持香山稽首仙釋
永與東坡俱證道術

和子瞻歸去來詞一首 并引

昔予謫居海康子瞻自海南以和淵明歸去來之
篇要予同作時予方再遷龍川未暇也辛巳歲予

旣還潁川子瞻渡海浮江至淮南而病遂沒於晉陵是歲十月理家中舊書復得此篇乃泣而和之蓋淵明之放與子瞻之辯予皆莫及也示不逆其遺意焉耳

歸去來兮歸自南荒又安歸鴻乘時而往來曾奚喜而奚悲曩所惡之莫逃今雖歡其足追蹈天運之自然意造物而良非蓋有口之必食亦無形而莫衣苟所賴之無幾則雖喪其亦微吾駕非良吾行弗奔心游無垠足不及門視之若窮挹焉則存俯仰衡茅亦有一樽旣飯稻與食肉撫簞瓢而愧顏感烏鵲之夜飛樹三遶而未安有父兄之遺書命却掃而閉關知物化之如幻蓋捨物而內觀氣有習而未忘痛斯人之不還將築室乎西廛堂已具而無桓歸去來兮世

無斯人誰與遊龜自閉於床下息眇緜乎無求閱歲
月而不移或有爲予深憂解刀劍以買牛拔蕭艾以
爲疇蓬累而行捐車捨舟獨棲棲於圖史或以佉而
疑丘散衆說之糾紛忽冰潰而川流曰吾與子二人
取已多其罷休已矣乎斯人不朽惟知時時不我知
誰爲留歲云往矣今何之天地不吾欺形影尚可期
相冬稾之億秭知春壟之耘耔睎白首之章皷信稚
子之書詩若姸醜之已然豈復臨鏡而自疑

潁州擇勝亭詩一首 幷引

子瞻爲汝陰守以幄爲亭欲往即設不常其處名
之曰擇勝爲作四言一章轍愛其文故繼之云

我嗟世人誰實與謀生伏其廬死安于丘既成不化
窘若縶囚我行四方所見或不江海之民生託于舟

前炊釜鬻後鑿匽溲畫設豆觴夕張衾裯出入濤瀾
歸宿汀洲與風皆行與水皆浮坐食網罟以魚去留
居無四鄰行無朋儔胡貊之民駕車以遊外纏毳韋
內輯貂鼬美水薦草驅馬縱牛逐射兔鹿聚爬薪槱
食肉飲水雨雪相咻草盡水乾風捲雲收所至成羣
不懷一陬今我奈何橫自綢繆翼爲華堂湧爲層樓
繚以修垣貫以通溝勢窮物變何異一漚棄之不忍
徙去莫由矧茲士夫汎焉周流如鷰巢春知不期秋
脩椽高棟徒與民仇一日安居百年怨尤我兄和仲
塞剛立柔視民如傷有急斯周視身如傳茍完不求
山磐水嬉習氣未瘳豈以吾好而俾民憂潁尾甚清
湖曲孔幽風有翠幄雨有赤油匪舟匪車亦可相攸
民曰公來庶幾無愁

和子瞻次韻陶淵明停雲詩一首 并引

丁丑十月海道風雨儋雷郵傳不通子瞻兄和陶淵明停雲四章以致相思之意轍亦次韻以報

雲跨南溟南北一雨瞻望匪遙檻穽斯阻夢往從之引手相撫笑言未半捨我不佇晚稻欲登白露霄濛人飲嘉平漿酒如江（雷人以十月臘祭凡三日飲酒作樂）我獨何爲觀成于窗此心了然來無所從欣然而笑是無枯榮手足相依所鍾則情情忘意消神凝不征可以安身可以長生跋扈飛揚誰匪南柯運歷相尋憂喜雜和我游其外所享則多削迹拔木其如予何

和子瞻次韻陶淵明勸農詩一首 并引

子瞻和淵明勸農詩六章哀儋耳之不耕予居海康農亦甚惰其耕者多閩人也然其民甘於魚鰍

蟹蝦故蔬果不毓冬温不雪衣被吉貝故埶麻而不績生蠶而不織羅紈布帛仰于四方之負販工習於鄙朴故用器不作醫奪於巫鬼故方術不治予居之半年凡羈旅之所急求皆不獲故亦和此篇以告其窮庶或有勸焉

我還海康實編于民少而躬耕老復其真乘流得坎不問所因願以所知施及斯人我行四方稻麥黍稷果蔬蒲荷百種咸植糞溉耘耔乃後有穡爾獨何爲開口而食掇拾于川搜捕于陸俯鞠婦子仰薦昭穆閩乘其媮載耒逐逐計無百年謀止信宿我歸無時視汝長久孰爲沮溺風雨相耦築室東皋取足南畝后稷爲烈夫豈一手斲木陶土器則不匱績麻繅蠶衣則可冀藥餌具前病安得至坐而告窮相視徒愧

莫爲之先冥不謂鄙一夫前行百夫具履以爲不信出視同軌期爾十年風變而美

沐老圖贊一首

老聃新沐晞髪于庭其心泊然若遺其形夫子與回見之而驚入而問之强使自名曰豈有宅哉夫人皆然惟役於人而喪其天其人苟亡其天則全四支百骸孰爲吾纒死生終始孰爲吾遷彼赫赫者將爲吾温肅肅者將爲吾寒一温一寒交而萬物生焉物皆賴之而况吾身乎温爲吾和寒爲吾堅忽乎不知而更千萬年葆光志之夫非養生之根乎

香城順長老真贊一首并引

長老順公昔居圜通從先子游數日耳頃予謫高安特以先契訪予再三予嘗問道於公以搐鼻爲

答予卽以偈謝之曰擂鼻徑參眞面目掉頭不受
別鉗鎚公領之紹聖元年予再謫高安而公化去
已逾年矣其門人以遺像示予焚香稽首而贊之
曰
與訥皆行與璉皆處於南得法爲南長子成就緇白
可名爲老慈愍黑闇可名爲姥我初不識以先子故
訪我高安示擂鼻語再來不見作禮縑素向也無來
今亦奚去

自寫眞贊一首

心是道士身是農夫悞入廊廟還居里閭秋稼登場
社酒盈壺頹然一醉終日如愚

六祖卓錫泉銘一首并引

六祖初住曹溪卓錫泉湧清涼滑甘贍足大衆逮

今數百年矣或時小竭則衆汲于山下今長老辯
公住山四歲泉日湧溢衆嗟異之聞之作銘曰
祖師無心心外無學有來叩者雲湧泉落問何從來
初無所從若有從處來則有窮初住南華衆集須水
水性融會豈有無理引錫指石寒泉自冽衆渴得飲
如我說法云何至今有溢有枯泉無溢枯蓋其人乎
辯來四年泉水洋洋烹煮濯溉飲及牛羊手不病汲
肩不病負匏勺瓦盂莫知其故我不求水水則許我
訊于祖師其亦可哉

代李樵臥帳頌一首并引

子瞻在黃日以臥帳遺李樵以頌問曰問李巖老
何心居此愛護鐵牛障闌佛子樵不能答紹聖二
年九月訪予高安戲代答之

鐵牛正臥佛子正渴奪我與爾是天人業爲我害爾是地獄業安臥此間我爾休歇茲大寶帳爲降魔設

夢齋頌一首并引

曇秀上人遊行無定予兄子瞻作夢齋二字名其所至居室爲作頌曰

法身充滿處處皆一幻身虛妄所至非實我觀世人生非實中以寤爲正以寐爲夢忽寐所遇執寤所遭積執成堅如丘山高若見法身寤寐皆非知其皆非寤寐無非遨遊四方齋則不遷南北東西法身本然

抱一頌一首并引

道士朱元經舊居光州彭城曹九章演甫少年過光元經謁之演甫曰聞君未嘗求人今求我何故元經曰君後自當知之後若干年演甫知光州復

見元經元經知黃白術演甫每問之元經不答曰
有抱一法君不問我問此何用演甫在光而元經
蛻去演甫爲治後事此元經昔見演甫之意也崇
寧甲申歲予閑居潁川演甫之子煥爲我道此因
采道書中語作抱一頌此非獨道家事乃瞿曇正
法也
眞人告我晝夜念一行一坐一眠一食一子若念一
一亦念子子不念一一則去子子若得一萬事皆畢
飢而念一一與子糧渴而念一一與子漿寒而念一
一與子裳病而念一一與子方鬬而念一一與子兵
念一之至至於忘一忘一之至與一爲一與一爲一
入火不然入水不溺是謂念一
欒城後集卷第五

欒城後集卷第六

孟子解二十四章予少作此解後失其本近得之故錄於此

梁惠王問利國於孟子孟子對曰王何必曰利亦有仁義而已矣先王之所以爲其國未有非利也孟子則有爲言之耳曰是不然聖人躬行仁義而利存非爲利也惟不爲利故利存小人以爲不求則弗獲也故求利則民爭民爭則反以失之孫卿子曰君子兩得之者也小人兩失之者也之謂也

齊宣王問曰文王之囿方七十里有諸孟子對曰於傳有之周雖大國未有以七十里爲囿而不害於民者也意者山林藪澤與民共之而以囿名焉是以芻蕘雉兔者無不獲往不然七十里之囿文王之所不爲也

孟子曰以大事小者樂天者也以小事大者畏天者也樂天者保天下畏天者保其國小大之相形貴賤之相臨其命無不出於天者畏天者知其不可違不得已而從之樂天者非有所畏非不得已中心誠樂而爲之也堯禪舜舜禪禹湯事葛文王事昆夷皆樂天者也

齊景公作君臣相說之樂其詩曰畜君何尤孟子曰畜君者好君也君有逸德而能止之是謂畜君以臣畜君君之所尤也然其心則無罪非好其君不能也故曰責難於君謂之恭陳善閉邪謂之敬吾君不能謂之賊

孟子學於子思子思言聖人之道出於天下之所能行而孟子言天下之人皆可以行聖人之道子思言

至誠無敵於天下而孟子言不動心與浩然之氣凡
孟子之說皆所以貫通於子思而已故不動心與浩
然之氣誠之異名也誠之爲言心之所謂誠然也心
以爲誠然則其行之也安是故心不動而其氣浩然
無屈於天下此子思孟子之所以爲師弟子也子思
舉其端而言之故曰誠孟子從其終而言之故謂之
浩然之氣一章而三說具焉其一論養心以致浩然
之氣其次論心之所以不動其三論君子之所以達
於義達於義所以不動心也不動心所以致浩然之
氣也三者相須而不可廢孟子曰我善養吾浩然之
氣其爲氣也至大至剛以直養而無害則塞于天地
之間是何氣也天下之人莫不有氣氣者心之發而
已行道之人一朝之忿而鬭焉以忘其身是亦氣也

方其鬬也不知其身之爲小也不知天地之大禍福
之可畏也然而是氣之不養者也不養之氣横行於
中則無所不爲而不自知於是有進而爲勇有退而
爲怯其進而爲勇也非吾欲勇也不養之氣盛而莫
禁也其退而爲怯也非吾欲怯也不養之氣衰而不
敢也孔子曰人之少也血氣未定戒之在色及其壯
也血氣方剛戒之在鬬及其老也血氣既衰戒之在
得一人之身而氣三變之故孟子曰志一則動氣氣
一則動志夫志意既修志盛奪氣則氣無能爲而惟
志之從志意不修氣盛奪志則志無能爲而惟氣之
聽故氣易致也而難在於養心孟子曰我四十不動
心而告子先我不動心告子曰不得於言勿求於心
不得於心勿求於氣不得於心勿求於氣可不得於

言勿求於心不可何謂也告子以爲有人於此不得之於其言勿復求其有此心不得之於其心勿復求其有此氣夫言之不然而心則然者有矣未有心不然而氣則然者也故曰不得於心勿求於氣可不得於言勿求於心不可由是言之氣者心之使也心所欲爲則其氣勃然而應之心所不欲而强爲之則其氣索然而不應人必先有是心也而後有是氣故君子養其義心以致其氣使氣與心相狎而不相難然後臨事而其氣不屈故曰志至焉氣次焉志之所至而氣從之之謂也昔之君子以其眇然之身而臨天下言未發而衆先喻功未見而志先信力不及而勢與之者以有是氣而已故曰志氣之帥也氣體之充也養志以致氣盛氣氣以充體體充而物莫敢逆然後

其氣塞于天地雖然心之所以不動者何也博學而
識之强力而行之卒然而遇之有自失焉故心必有
所守而後能不動心之所守不可多也多學而兼守
之事至而有不應也是以落其枝葉損之又損以至
於不可損也而後能應故孔子謂子貢曰賜也汝以
予爲多學而識之者歟曰然非歟曰非也予一以貫
之北宮黝之養勇也曰吾無辱於爾也孟施舍之養
勇也曰吾無懼於爾也無辱勇矣而未見所以必勇
也無懼而後能必勇故曰北宮黝之守氣不如孟施
舍之守約北宮黝似子夏孟施舍似曾子曾子之所
以自守者曰自反而不縮雖褐寛博吾不惴焉自反
而縮雖千萬人吾往矣夫縮入也入受也自反而心
受之以爲可爲者無憾於吾心也則吾心囂然爲之

而吾氣勃然應之矣孟子曰其爲氣也配義與道無是餒也行有不慊於心則餒矣夫餒不充之謂也有行於此而義不受則心不慊心不慊則氣不能充體氣不能充體之謂餒矣故心不能不動也而有待於義君子之所由達於義者何也勉强而行之則勞苦而失其真放而不之求則終身而不獲孟子曰必有事焉而勿正心勿忘勿助長也夫君子之於道朝夕從事於其間待其自直而勿强正也中心勿忘待其自生而勿助長也而後獲其真强之而求其正助之而望其長是非誠正而誠長也迫於外也子夏曰百工居肆以成其事君子學以致其道待其自至而不强是學道之要也

孟子曰我知言詖辭知其所蔽淫辭知其所陷邪辭

知其所離遁辭知其所窮何謂也曰是諸子之病也

孟子之於諸子非辯過之知其病而已病於寒者得

火而喜以爲萬物莫火若也病於熱者得水而喜以

爲萬物莫水若也一惑於水火以爲不可失矣誠得

其病未有不覺而自泣也彼其爲是險詖之辭者必

有以蔽之而不能自達也爲是淫放之辭者必有以

陷之而不能自出也爲是邪辟之辭者必有以附之

而不能自解也苟能知之發其蔽平其陷解其離未

有不服者也不服則遁遁必有所窮要之於所窮而

執之此孟子之所以服諸子也

孟子曰仁者如射射者正己而後發發而不中反求

諸己夫射之中否在的而所以中否在我善射者治

其在我正立而審操之的雖在左右上下無不中者

矣顏淵問仁孔子曰克己復禮爲仁一日克己復禮
天下歸仁焉請問其目曰非禮勿視非禮勿聽非禮
勿言非禮勿動夫居於人上而一爲非禮則害之及
於物者衆矣誠必由禮雖不爲仁而仁不可勝用矣
此仁者如射之謂也

龍子曰貢者較數歲之中以爲常樂歲粒米狼戾多
取之而不爲虐則寡取之凶年糞其田而不足則必
取盈焉故曰治地莫善於助莫不善於貢貢者夏后
氏之法也而其不善如此何也曰何特貢也作法者
必始於粗終於精篆之不若隸也簡策之不若紙也
車之不若騎也席之不若牀也俎豆之不若盤盂也
諸侯之不若郡縣也肉刑之不若徒流杖笞也古之
不爲此非不智也勢未及也寢於泥塗者寘之於陸

而安矣自陸而後有藁秸自藁秸而後有莞簟捨其不安而獲其所安足矣方其未有貢也以貢爲善矣及其既貢而後知貢之未善也法非聖人之所爲世之所安也聖人者善因世而已今世之所安聖人何易焉此夏之所以貢也

陳仲子處於於陵齊人以爲廉孟子曰仲子所居之室伯夷之所築歟抑亦盜跖之所築歟所食之粟伯夷之所種歟抑亦盜跖之所種歟人安能待伯夷而後居而後食若是則孟子之責人也已難曰否居於於陵而食其食非孟子之所謂不可而仲子之所謂不可也仲子以兄之祿爲不義之祿而不食也以兄之室爲不義之室而不居也天下無伯夷仲子之義爲不居且不食也天下不可待伯夷而後居而後食

然則非其居於於陵食於辟纑之果汚也而不食於母避兄之室之不可繼也故曰以母則不食以妻則食之以兄之室則不居以於陵則居之是尚爲能充其類也乎君子之行爲可充也爲可繼也然後行有類若仲子將何以繼之故曰禦人于國門之外而餽以道則不受以不義取之於民而餽以道則受於孔子以不義取之於民者猶禦也其受於孔子何也曰以其非禦也非禦而謂之禦充類至義之盡也君子充其類而極其義則仲子之兄猶盜也仲子之兄猶盜也則天下之人皆猶盜也以天下之人皆猶盜而無所答則誰與立乎天下故君子不受於盜而猶盜者有所不問而後可以立於世若仲子者蚓而後充其操也孔子曰鳥獸不可與同羣吾非斯人之徒與

而誰與蓋謂是也

學者皆學聖人學聖人者不如學道聖人之所是而吾是之其所非而吾非之是以貌從聖人也以貌從聖人名近而實非有不察焉故不如學道之必信孟子曰君子深造之以道欲其自得之也自得之則居之安居之安則資之深資之深則取之左右逢其原是以君子欲其自得之也

孟子曰天下之言性者則故而已矣所謂天下之言性者不知性者也不知性而言性是以言其故而已故非性也無所待之謂性有所因之謂故物起於外而性作以應之此豈所謂性哉性之所有事也性之所有事之謂故方其無事也無可而無不可及其有事未有不就利而避害者也知就利而避害則性滅

而故盛矣故曰故者以利爲本夫人之方無事也物
未有以入之有性而無物故可以謂之人之性及其
有事則物入之矣或利而誘之或害而止之而人失
其性矣譬如水方其無事也物未有以參之有水而
無物故可以謂之水之性及其有事則物之所參也
或傾而下之或激而升之而水失其性矣故曰所惡
於智者爲其鑿也如智者若禹之行水則無惡於智
矣禹之行水也行其所無事也如智者亦行其所無
事則智亦大矣水行於無事則平性行於無事則靜
方其靜也非天下之至明無以窺之及其既動而見
於外則天下之人能知之矣天之高也星辰之遠也
吾將何以推之惟其有事於運行是以千歲之日可
坐而致也此性故深淺之辨也

孟子嘗知性矣曰天下之言性者則故而已矣故者以利爲本知故之非性則孟子嘗知性矣然猶以故爲性何也孟子道性善曰無惻隱之心非人也無羞惡之心非人也無辭讓之心非人也無是非之心非人也惻隱之心仁之端也羞惡之心義之端也辭讓之心禮之端也是非之心智之端也人信有是四端矣然而有惻隱之心而已乎蓋亦有忍人之心矣有羞惡之心而已乎蓋亦有無恥之心矣有辭讓之心而已乎蓋亦有爭奪之心矣有是非之心而已乎蓋亦有蔽惑之心矣忍人之心不仁之端也無恥之心不義之端也爭奪之心不禮之端也蔽惑之心不智之端也是八者未知其孰爲主也均出於性而已非性也性之所有事也今孟子則別之曰此四者性也

彼四者非性也以告於人而欲其信之難矣夫性之於人也可得而知之不可得而言也遇物而後形應物而後動方其無物也性也及其有物則物之報也惟其與物相遇而物不能奪則行其所安而廢其所不安則謂之善與物相遇而物奪之則置其所可而從其所不可則謂之惡皆非性也性之所有事也譬如水火能下者水也能上者亦水也能熟物者火也能焚物者亦火也天下之人好其能下而惡其能上利其能熟而害其能焚也而以能下能熟者謂之水火能上能焚者爲非水火也可乎夫是四者非水火也水火之所有事也奈何或以爲是或以爲非哉孔子曰性相近也習相遠也夫雖堯桀而均有是性是謂相近及其與物相遇而堯以爲善桀以爲惡是謂

相遠習者性之所有事也自是而後相遠則善惡果
非性也孔子曰上智與下愚不移故有性善有性不
善以堯爲父而有丹朱以瞽瞍爲父而有舜以紂爲
君而有微子啓王子比干安在其爲性相近也曰此
非性也故也天下之水未有不可飲者也然而或以
爲清冷之淵或以爲塗泥今將指塗泥而告人曰雖
是亦有可飲之實信矣今將指塗泥而告人曰吾將
飲之可乎此上智下愚之不可移也非性也故也
孟子曰伯夷聖之清者也伊尹聖之任者也柳下惠
聖之和者也孔子聖之時者也孔子之謂集大成集
大成也者金聲而玉振之者也金聲也者始條理也
玉振之也者終條理也始條理者智之事也終條理
者聖之事也智譬則巧也聖譬則力也以巧諭智以

力諭聖何也巧之所能有或不能力之所嘗至無不至也伯夷伊尹柳下惠之行人之一方也而以終身焉故有不可得而充至於孔子可以速而速可以久而久可以仕而仕可以處而處然後終身行之而不匱故曰由射於百步之外其至爾力也是可常也其中非爾力也是巧也是不可常也巧亦能爲一中矣然而時亦不中是不如力之必至也

語曰齊人饋女樂季桓子受之三日不朝孔子行孟子曰孔子從而祭膰肉不至不稅冕而行二者非相反也孔子之去魯爲女樂之故也去於膰肉之不至爲君也於其君之有大惡也孔子有不忍行焉於其君之無罪也孔子有不安行焉曰上以求免吾君下以免我是以去於膰肉之不至曰是可以辭於天下

也故曰乃孔子則欲以微罪行不欲爲苟去君子之所爲衆人固不識也

孟子曰君子不亮惡乎執必信之謂亮孔子曰君子貞而不亮要止於正而不必信而後無所執否則執一而廢百矣

孟子曰存其心養其性所以事天也夭壽不貳修身以竢之所以立命也天者莫之使而自然者也命者莫之致而自至者也天畀我以是心而不能存付我以是性而不能養是天之所以受我者有所不事也壽則爲之夭則廢之夭壽非人所爲也而實力焉是命有所未立也修身於此知夭壽之無可爲也而命立於彼矣

孟子曰莫非命者順受其正何謂也天之所以受我

者盡於是矣君子修其在我以全其在天人與天不相害焉而得之是故謂之正忠信孝弟所以爲順也人道盡矣而有不幸以至於大故而後得爲命巖牆之下是必壓之道也桎梏之中是必困之道也必壓必困而我蹈之以受其禍是豈命哉吾所處者然也人之爲不善也皆有愧恥不安之心小人惟奮而行之君子惟從而已之孟子曰無爲其所不爲無欲其所不欲如斯而已矣

孟子曰舜爲天子皐陶爲士瞽叟殺人皐陶則執之舜則竊負而逃於海濱吾以爲此野人之言非君子之論也舜之事親烝烝乂不格姦何至於殺人而負之以逃哉且天子之親有罪議之孰謂天子之父殺人而不免於死乎

孟子曰形色天性也惟聖人然後踐形形色者所强於外也中雖無有而猶知强之孟子以是爲天性也有人於此其進之銳也則天下以爲不速退矣是不然勉强而力行之則其進也必銳不勝而怠厭之則其退也必速曷不取而覆觀之於其不可已而已者無所不已於其所厚者薄無不薄也故曰仲子不義與之齊國而不受人皆信之是舍簞食豆羹之義也人莫大焉亡親戚君臣上下以其小者信其大者烏可哉亡親戚君臣上下而可是所謂不可已而已者也能居於於陵食於辟纑而不顧而不能以不義不受齊國是所謂進銳而退速者也

孟子曰不仁而得國者有之矣不仁而得天下者未之有也孟子之爲是言也則未見司馬懿楊堅也不

仁而得天下也何損於仁仁而不得天下也何益於不仁得國之與得天下也何以爲異君子之所恃以勝不仁者上不愧乎天下不愧乎人而得失非吾之所知也

孟子曰人能充其無欲害人之心而仁不可勝用也人能充無穿窬之心而義不可勝用也無欲害人之心與無穿窬之心人皆有之然苟將充之則未可以言而言可以言而不言猶未免乎穿窬也此所謂造端乎夫婦而其至也察乎天地也歟

欒城後集卷第六

珍傲宋版邙

欒城後集卷第七

歷代論一 并引

予少而力學先君予師也亡兄子瞻予師友也父兄之學皆以古今成敗得失爲議論之要以爲士生於世治氣養心無惡於身推是以施之人不爲苟生也不幸不用猶當以其所知著之翰墨使人有聞焉予既壯而仕仕宦之餘未嘗廢書爲詩春秋集傳因古之遺文而得聖賢處身臨事之微意喟然太息知先儒昔有所未悟也其後復作古史所論益廣以爲略備矣元符庚辰蒙恩歸自嶺南卜居潁川身世相忘俛仰六年洗然無所用心復自放圖史之間偶有所感時復論著然已老矣目眩於觀書手戰於執筆心煩於慮事其於平昔之文益以疎矣然心之所嗜不

能自已輒存之於紙凡四十有五篇分五卷

堯舜第一

堯之世洚水爲害以意言之堯之爲國當日夜不忘水耳今考之於書觀其爲政先後命羲和正四時務農事其所先也末乃命鯀以治水鯀九年無成功乃命四岳舉賢以遜位四岳稱舜之德曰舜父頑母嚚象傲克諧以孝烝烝乂不格姦堯以爲然而用之君臣皆無一言及於水者舜旣攝事黜鯀而用禹洚水以平天下以安堯舜之治其緩急先後於此可見矣使五教不明父子不親兄弟相賊雖無水患求一日之安不可得也使五教旣修父子相安兄弟相友水雖未除要必有能治之者昔孔子論政曰足食足兵民信之矣子貢曰必不得已而去於斯三者何先曰

去兵曰必不得已而去於斯二者何先曰去食自古皆有死民無信不立古之聖人其憂深慮遠如此世之君子凡有志於治皆曰富國而强兵患國之不富而侵奪細民患兵之不强而陵虐鄰國富强之利終不可得而謂堯舜孔子爲不切事情於乎殆哉

三宗第二

黄帝堯舜壽皆百年享國皆數十年周公作無逸言商中宗享國七十五年高宗五十九年祖甲三十三年文王受命中身享國五十年自漢以來賢君在位之久皆不及此西漢文帝二十三年景帝十六年昭帝十二年東漢明帝十八年章帝十三年和帝十二年唐太宗二十三年此皆近世之明主然與無逸所謂不知稼穡之艱難不聞小人之勞惟耽樂之從或

十年或七八年或五六年或四三年者無以大相過也至其享國長久如秦始皇帝漢武帝梁武帝隋文帝唐玄宗皆以臨御久遠循致大亂或以失國或僅能免其身其故何也人君之富其倍於人者千萬也膳服之厚聲色之靡所以賊其躬者多矣朝夕於其間而無以御之至於夭死者勢也幸而壽考用物多而害民久矜己自聖輕蔑臣下至於失國宜矣古之賢君必志於學達性命之本而知道德之貴其視子女玉帛與糞土無異其所以自養乃與山林學道者比是以久於其位而無害也傳說之詔高宗曰王人求多聞時惟建事學于古訓乃有獲事不師古以克永世匪說攸聞惟學遜志務時敏厥修乃來允懷于玆道積于厥躬惟斆學半念終始典于學厥德修罔

覺監于先王成憲其永無愆嗚呼傳說其知此矣

周公第三

言周公之所以治周者莫詳於周禮然以吾觀之秦漢諸儒以意損益之者衆矣非周公之完書也何以言之周之西都今之關中也其東都今之洛陽也二都居北山之陽南山之陰其地東西長南北短短長相補不過千里古今一也而周禮王畿之大四方相距千里如畫棋局近郊遠郊甸地稍地大都小都相距皆百里千里之方地實無所容之故其畿內遠近諸法類皆空言耳此周禮之不可信者一也書稱武王克商而反商政列爵惟五分土惟三故孟子曰天子之制地方千里公侯百里伯七十里子男五十里不能五十里不達於天子附於諸侯曰附庸鄭子產

亦云古之言封建者蓋若是而周禮諸公之地方五百里諸侯四百里諸伯三百里諸子二百里諸男百里與古說異鄭氏知其不可而爲之說曰商爵三等武王增以子男其地猶因商之故周公斥大九州始皆益之如周官之法於是千乘之賦自一成十里而出車一乘千乘而千成非公侯之國無以受之吾竊笑之武王封之周公大之其勢必有所幷有所幷必有所徙一公之封而子男之國爲之徙者十有六封數大國而天下盡擾此書生之論而有國者不爲也傳有之曰方里而井十井爲乘故十里之邑而百乘百里之國而千乘千里之國而萬乘古之道也不然百乘之家爲方百里萬乘之國爲方數圻矣古無是也語曰千乘之國攝乎大國之間千乘雖古之大國

而於衰周爲小然孔子猶曰安見方六七十如五六十而非邦也者然則雖衰周列國之强家猶有不及五十里者矣韓氏羊舌氏晉大夫也其家賦九縣長轂九百其餘四十縣遺守四千謂一縣而百乘則可謂一縣而百里則不可此周禮之不可信者二也王畿之內公邑爲井田鄉遂爲溝洫此二者一夫而受田百畝五口而一夫爲役百畝而稅之十一舉無異也然而井田自一井而上至於一同而方百里其所以通水之利者溝洫澮三溝洫之制至於萬夫方三十二里有半其所以通水之利者遂溝洫澮川五利害同而法制異爲地少而用力博此亦有國者之所不爲也楚蔿掩爲司馬町原防井衍沃蓋平川廣澤可以爲井者井之原阜堤防之間狹不可井則町之

杜預以町爲小頃町皆因地以制廣狹多少之異井田溝洫蓋亦然耳非公邑必爲井田而鄉遂必爲溝洫此周禮之不可信者三也三者旣不可信則凡周禮之詭異遠於人情者皆不足信也古之聖人因事立法以便人者有矣未有立法以强人者也立法以强人此迂儒之所以亂天下也

五伯第四

五伯桓文爲盛然觀其用兵皆出於不得已桓公帥諸侯以伐楚次於陘而不進以待楚人之變楚使屈完如師桓公陳諸侯之師與之乘而觀之屈完見齊之盛懼而求盟諸侯之師成列而未試也桓公退舍召陵與之盟而去之夫豈不能一戰哉知戰之不必勝而戰勝之利不過服楚全師之功大於克敵故以

不戰服楚而不吝也晉文公以諸侯遇楚於城濮楚人請戰文公思楚人之惠退而避之三舍軍吏皆諫咎犯曰我退而楚還我將何求若其不還君退臣犯曲在彼矣師退而楚不止遂以破楚而殺子玉使文公退而子玉止則文公之服楚亦與齊桓等無戰勝之功矣故桓文之兵非不得已不戰此其所以全師保國無敵於諸侯者也至宋襄公國小德薄而求諸侯凌虐邾鄫之君爭鄭以怒楚兵敗身死之不暇雖竊伯者之名而實非也其後秦穆公東平晉亂西伐諸戎楚莊王克陳入鄭得而不取皆有伯者之風矣然穆公聽杞子之計違蹇叔而用孟明千里襲鄭覆師於殽雖悔過自誓列於周書而不能東征諸夏以終成伯業莊王使申舟聘齊命無假道於宋丹知必

死而王不聽宋人殺之王聞其死投袂而起以兵伐宋圍之九月與之盟而去之雖號能服宋然君子以爲此不假道之師也齊靈公楚靈王之所爲王亦爲之而尚何以爲伯乎於乎此二君者皆賢君也兵一不義而幾至於狼狽不能與桓文齒而況其下者哉

管仲第五

先君嘗言管仲九合諸侯一匡天下以桓公伯孔子稱其仁而不能止五公子之亂使桓公死不得葬曰管仲蓋有以致此也哉管仲身有三歸桓公內嬖如夫人者六人而不以爲非此固適庶爭奪之禍所從起也然桓公之老也管仲與桓公爲身後之計知諸子之必爭乃屬世子於宋襄公夫父子之間至使宅人與焉智者蓋至此乎於乎三歸六嬖之害溺於淫

欲而不能自克無已則人乎詩曰無競維人四方其訓之四方且猶順之而况於家人乎傳曰管仲病且死桓公問誰可使相者管仲曰知臣莫若君公曰易牙何如對曰殺子以適君非人情不可公曰開方何如曰倍親以適君非人情難近公曰豎刁何如曰自宮以適君非人情難親管仲死桓公不用其言卒近三子二年而禍作夫世未嘗無小人也有君子以閑之則小人不能奮其智語曰舜有天下選於衆舉臯陶不仁者遠矣湯有天下選於衆舉伊尹不仁者遠矣豈必人人而誅之管仲知小人之不可用而無以禦之何益於事內既不能治身外復不能用人舉易世之憂而屬之宋襄公使禍既已成而後宋以干戈正之於乎殆哉昔先君之論云爾

知罃趙武第六

齊桓公存三亡國以屬諸侯其義多於晉文然桓公沒而齊亂其後不能復伯文公子孫世爲盟主二百餘年與春秋相終始其故何也雖襄公悼公之賢齊所無有然其所以保伯業而不失者則有在也伯者之盛非能用兵以服諸侯之難而能不用兵以服諸侯之爲難耳文公之後前有知罃後有趙武皆能不用兵以服諸侯此晉之所以不失伯也悼公與楚爭鄭三合諸侯之師其勢足以舉鄭而卻楚晉之羣臣中行偃欒黶之徒欲一戰以服楚者衆矣惟知罃爲中軍將知用兵之難勝負之不可必三與楚遇皆遷延稽故不與之戰卒以敝楚而服鄭此則知罃不用兵之功也悼公死平公立平公非悼公比也然能屬

政趙武武嘗與楚屈建合諸侯之大夫于宋以求弭兵趙武於此有仁人之心二焉方其未盟也屈建衷甲將以襲武武與叔向謀之叔向曰以信召人而以僭濟之人誰與之安能害我武從其言卒事而楚不敢動將盟晉楚爭先叔向又曰諸侯歸晉之德只非歸其尸盟也子務德無爭先武亦從而先之此二者非仁人不能何也人將衷甲以襲我我亦衷甲以待之此勢之所必至也不幸不勝無可言者雖幸而勝晉楚之禍必自是始晉爲盟主常先諸侯矣晉未失諸侯而楚求先之若與之爭楚必不聽晉楚之禍亦必自是始然此二者皆人情之所不能忍也忍之近於弱不忍近於强而武能忍之晉楚不爭而諸侯賴之故吾以爲武有仁人之心二焉凡晉之所以不失

諸侯而趙氏之所以卒興於晉者由此故也春秋書宋之盟實先晉而後楚孔子亦許之歟

漢高帝第七

高帝之入秦一戰於武關兵不血刃而至咸陽此天也非人也秦之亡也諸侯並起爭先入關秦遣章邯出兵擊之秦雖無道而其兵方强諸侯雖銳而皆烏合之衆其不敵秦明矣然諸侯皆起於羣盜不習兵勢陵藉郡縣狃於亟勝不知秦之未可攻也於是章邯一出而殺周章破陳涉降魏咎斃田儋兵鋒所至如獵狐兔皆不勞而定後乃與項梁遇苦戰再三然後破之梁雖死而秦之銳鋒亦略盡矣然邯以爲楚地諸將不足復慮乃渡河北擊趙邯既北而秦國内空至是秦始可擊而高帝乘之此正兵法所謂避實

而擊虛者蓋天命非人謀也項梁之死也楚懷王遣宋義項羽救趙羽願與沛公西入關懷王諸老將皆曰項羽爲人慓悍禍賊嘗攻襄城襄城無噍類所過無不殘滅且楚數進取前陳王項梁皆敗不如更遣長者扶義而西告諭秦父兄秦父兄苦其主久矣誠得長者往無侵暴宜可下卒不許項羽而遣沛公沛公方入關而項羽已至河北與章邯相持邯雖欲還兵救秦勢不得矣懷王之遣沛公固當然非邯羽相持於河北沛公亦不能成功故曰此天命非人謀也

漢文帝第八

老子曰柔勝剛弱勝强漢文帝以柔御天下剛强者皆乘風而靡尉佗稱號南越帝復其墳墓召貴其兄弟佗去帝號俯伏稱臣匈奴桀敖陵駕中國帝屈體

遺書厚以繒絮雖未能調伏然兵革之禍比武帝世
十一二耳吳王濞包藏禍心稱病不朝帝賜之几杖
濞無所發怒亂以不作使文帝尚在不出十年濞亦
已老死則東南之亂無由起矣至景帝不能忍用鼂
錯之計削諸侯地濞因之號召七國西向入關漢遣
三十六將軍竭天下之力僅乃破之錯言諸侯强大
削之亦反不削亦反削之則反疾而禍小不削則反
遲而禍大世皆以其言爲信吾以爲不然誠如文帝
忍而不削濞必未反遷延數歲之後變故不一徐因
其變而爲之備所以制之者固多術矣猛虎在山日
食牛羊人不能堪荷戈而往刺之幸則虎斃不幸則
人死其爲害亟矣鼂錯之計何以異此若能高其垣
牆深其陷穽時伺而謹防之虎安能必爲害此則文

帝之所以備吳也嗚呼爲天下慮患而使好名貪利小丈夫制之其不爲鼂錯者鮮矣

漢景帝第九

漢之賢君皆曰文景文帝寬仁大度有高帝之風景帝忌刻少恩無人君之量其實非文帝比也帝之爲太子也吳王濞世子來朝與帝博而爭道帝怒以博局提殺之濞之叛逆勢激於此張釋之文帝之名臣也以劾奏之恨斥死淮南鄧通文帝之倖臣也以吮癰之怨困迫至死鼂錯始與帝謀削諸侯帝違衆而用之及七國反袁盎一說譎而斬之東市曾不之䘏周亞夫爲大將折吳楚之銳鋒不數月而平大難及其爲相守正不阿惡其悻悻不屈遂以無罪殺之梁王武母弟也驕而從之幾致其死臨江王榮太子也

以母失愛至使酷吏殺之其於君臣父子兄弟之際背理而傷道者一至於此原其所以能全身保國與文帝俱稱賢君者惟不改其恭儉故耳春秋之法弑君稱君君無道也稱臣臣之罪也然陳侯平國蔡侯般皆以無道弑而弑皆稱臣以爲罪不及民故也如景帝之失道非一也而猶稱賢君豈非躬行恭儉罪不及民故耶此可以爲不恭儉者戒也

欒城後集卷第七

欒城後集卷第八

歷代論二

漢武帝第十

天下利害不難知也士大夫心平而氣定高不爲名所眩下不爲利所怵者類能知之人主生於深宮其聞天下事至鮮矣知其一不達其二見其利不覩其害而好名貪利之臣探其情而逢其惡則利害之實亂矣漢武帝卽位三年年未二十閩越舉兵圍東甌東甌告急帝問太尉田蚡蚡曰越人相攻其常事耳又數反覆不足煩中國往救帝使嚴助難蚡曰特患力不能救德不能覆誠能何故棄之小國以窮困來告急天子不救尚何所愬帝詘蚡議而使助持節發會稽兵救之自是征南越伐朝鮮討西南夷兵革之

禍加於四夷矣後二年匈奴請和親大行王恢請擊之御史大夫韓安國請許其和帝從安國議矣明年馬邑豪聶壹因恢言匈奴初和親親信邊可誘以利致之伏兵襲擊必破之道也帝使公卿議之安國恢往反議甚苦帝從恢議使聶壹賣馬邑城以誘單于單于覺之而去兵出無功自是匈奴犯邊終武帝無寧歲天下幾至大亂此二者田蚡韓安國皆知其非而迫於利口不能自伸武帝志求功名不究利害之實而遽從之及其晚歲禍災並起外則黔首耗散內則骨肉相賊殺雖悔過自咎而事已不救矣然嚴助以交通淮南張湯論殺之王恢以不擊匈奴亦坐棄市二人皆罪不至死而不免大戮豈非首禍致罪天之所不赦故耶

漢昭帝第十一

周成王以管蔡之言疑周公及遭風雷之變發金縢之書而後釋然知其非也漢昭帝聞燕王之譖霍光懼不敢入帝召見光謂之曰燕王言將軍都郎道上稱蹕又擅調益幕府校尉二事屬爾燕王何自知之且將軍欲爲非不待校尉左右聞者皆伏其明光由是獲安而燕王與上官皆敗故議者以爲昭帝之賢過於成王然成王享國四十餘年治致刑措及其將崩命召公畢公相康王臨死生之變其言瑯然不亂昭帝享國十三年年甫及冠功未見於天下其不及成王者亦遠矣夭壽雖出於天然人事常參焉故吾以爲成王之壽考周公之功也昭帝之短折霍光之過也昔晉平公有蠱疾醫和視之曰是謂近女非鬼

非食慼以喪志良臣將死天命不宥國之大臣受其寵祿而任其大節有菑禍興而無改焉必受其咎以此譏趙孟趙孟受之不辭而霍光何逃焉成王之幼也周公爲師召公爲保左右前後皆賢臣也雖以中人之資而起居飲食日與之接逮其壯且老也志氣定矣其能安富貴易生死蓋無足怪者今昭帝所親信惟一霍光光雖忠信篤實而不學無術其所與共國事者惟一張安世所與斷幾事者惟一田延年士之通經術識義理者光不識也其後雖聞久陰不雨之言而貴夏侯勝感蒯聵之事而賢雋不疑然終亦不任也使昭帝居深宮近嬖倖雖天資明斷而無以養之朝夕害之者衆矣而安能及遠乎人主不幸未嘗更事而履大位當得篤學深識之士日與之居宗

之以邪正曉之以是非觀之以治亂使之久而安之知類通達强立而不反然後聽其自用而無害此大臣之職也不然小人先之悅之以聲色犬馬縱之以馳騁田獵侈之以宮室器服志氣已亂然後入之以讒說變亂是非移易白黑紛然無所不至小足以害其身而大足以亂天下大臣雖欲有言不可及矣語曰君子學道則愛人小人學道則易使故人必知道而後知愛身知愛身而後知愛人知愛人而後知保天下故吾論三宗享國長久皆學道之力至漢昭帝惜其有過人之明而莫能導之以學故重論之以爲此霍光之過也

漢哀帝第十二

漢哀帝自諸侯爲天子方其在國好禮節儉知成帝

優容舅家權奪於王氏及即位收攬威柄朝廷竦然庶幾於治既而傅太后侵侮王后僭竊名號始失天下心帝復寵任倖臣董賢位至三公富擬帝室雖欲貶損王氏而身既失德朝無名臣所以資之者多矣詩曰無競維人四方其訓之有覺德行四國順之二者帝皆失之其若王氏何方帝之崩也王太后召大司馬賢引見東廂問以喪事調度賢內憂不能對免冠謝太后曰新都侯莽前以大司馬奉送先帝大行曉習故事吾令莽助君賢頓首幸甚莽既至使尚書奏免賢賢即日自殺王氏代漢之禍實成於此昔高帝寢疾有呂氏之憂呂后問以後事帝曰陳平智有餘然難獨任王陵少戇可以助之周勃厚重少文然安劉氏必勃也可令爲太尉及産祿之變王陵爭之

於前平勃定之於後皆如高帝所慮文帝末年有七國之憂戒太子曰卽有緩急周亞夫可任將兵及吳楚之變亞夫爲大將破之數月之閒亦如文帝所慮令王氏之亂與呂氏七國等耳而哀帝無其人漢遂以亡非特天命蓋人謀也

漢光武上第十三

人主之德在於知人其病在於多才知人而善用之若己有焉雖至於堯舜可也多才而自用雖有賢者無所復施則亦僅自立耳漢高帝謀事不如張良用兵不如韓信治國不如蕭何知此三人而用之不疑西破强秦東伏項羽曾莫與抗者及天下旣平政事一出於何法令講若畫一民安其生天下遂以無事又繼之以曹參終之以平勃至文景之際中外晏然

凡此皆高帝知人之餘功也東漢光武才備文武破尋邑取趙魏鞭笞羣盜筭無遺策計其武功若優於高帝然使當高帝之世與項羽爲敵必有不能辦者及既履大位懲王莽簒奪之禍雖置三公而不付以事專任尚書以督文書繩姦詐爲賢政事察察下不能欺一時稱治然而異己者斥非讖者棄專以一身任天下其智之所不見力之所不舉者多矣至於明帝任察愈甚故東漢之治寬厚樂易之風遠不及西漢賢士大夫立於其朝志不獲伸雖號稱治安皆其父子才志之所止君子不尚者也

漢光武下第十四

高帝舉天下後世之重屬之大臣大臣亦盡其心力以報之故呂氏之亂平勃得實力焉誅産祿立文帝

若反覆手之易當是時大臣權任之盛風流相接至申屠嘉猶召辱鄧通議斬鼂錯而文景不以爲忤則高帝之用人其重如此景武之後此風衰矣大臣用舍僅如僕隸武帝之老也將立少主知非大臣不可乃委任霍光霍光之權在諸臣右故能翊昭建宣天下莫敢異議至於宣帝雖明察有餘而性本忌刻非張安世之謹畏陳萬年之順從鮮有能容者惡楊惲蓋寬饒害趙廣漢韓延壽悍然無惻怛之意高才之士側足而履其朝陵遲至於元成朝無重臣養成王氏之禍故莽以斗筲之才濟之以欺罔而仕無一人敢指其非者光武之興雖文武之略足以鼓舞一世而不知用人之長以濟其所不足幸而子孫皆賢權在人主故其害不見及和帝幼少竇后擅朝竇憲兄

弟恣橫殺都鄉侯暢於朝事發請擊匈奴以自贖及其成功又欲立北單于以樹恩固位袁安任隗皆以三公守義力爭而不能勝幸而憲以逆謀敗蓋光武不任大臣之積其弊乃見於此其後漢日以衰及其誅閻顯立順帝功出于宦官黜清河王殺李固事成於外戚大臣皆無所與及其末流梁冀之害重天下不能容復假宦官以去之宦官之害極天下不能堪至召外兵以除之外兵既入而東漢之祚盡矣蓋光武不任大臣之禍勢極於此夫人君不能皆賢君有不能而屬之大臣朝廷之正也事出於正則其成多其敗少歷觀古今大臣任事而禍至於不測者必有故也今畏忌大臣而使他人得乘其隙不在外戚必在宦官外戚宦官更相屠滅至以外兵繼之嗚呼殆

哉

隗囂第十五

智者爲國知所去就大義既定雖有得失不爲害也隗囂初據隴坻謙恭下士豪傑歸之刑政修舉兵甲富盛一時竊據之中有賢將之風矣然聖公乘王莽之敗擁衆入關君臣貪暴不改盜賊之舊敗亡之勢匹夫匹婦皆知之矣而囂舉大衆束手稱臣違方望之言陷諸父於死地僅以身免及光武自河北入洛政修民附賢士滿朝羣盜十去六七而囂懲既往之禍方擁兵自固爲六國之計謀臣去之義士笑之而囂與王元王捷一二人以死守之始從聖公而不吝終背光武而不悔去就之計無一得者至於殺身亡國蓋不足怪也劉表專制荆州土廣民衆勢重於天

下曹公與袁紹相拒於官渡二人皆求助於表表方晏然自守一無所與韓嵩說表曰兩雄相持天下之重在於將軍果欲有爲起乘其弊可也如其不然則將擇所宜從豈可擁甲十萬坐觀成敗求援而不能救見賢而不肯歸此兩怨必集於將軍恐不得中立矣表猶豫不能用卒爲曹公所幷隗囂劉表雍容風議皆得長者之譽然其敗也皆以去就不明失之不如張魯之庸敗亡之餘知所歸往猶能保其後嗣兵法有之知彼知己百戰不殆知彼而不知己一勝一負不知彼不知己每戰輒殆夫惟知彼知己而後知所去就哉

鄧禹第十六

鄧禹初以兵入關乘勝獨克關輔響震是時赤眉方

入長安諸將豪傑皆勸禹徑乘其亂禹曰吾衆雖多能戰者少前無可仰之積後無轉饋之資赤眉新拔長安財富兵銳未易當也盜賊羣居無終日之計財穀雖多變故萬端非能堅守者也上郡北地安定三郡土廣人稀饒穀多畜吾且休兵北道就糧養士以觀其變乃可圖也於是引兵北屯栒邑光武聞之敕禹以時進討禹固執前意盤桓不進明年赤眉西走扶風禹乃入長安謁祠高廟收十一帝神主然卒不能定關中無功而歸蓋赤眉之亂光武欲急攻之禹欲緩取之議者見禹之敗因以禹爲失計吾以爲不然赤眉方強急之實難緩之爲得逮其自敗西走扶風而禹乘之猶能還兵敗禹而況其未走也哉如光武之計蓋不知赤眉方強而禹兵力不足若審知如

此聽禹堅守北道時出撓之而使別將挾持其東東西蹙之磨以歲月而赤眉成擒矣禹之敗而西歸也與馮異相遇要異共攻赤眉異曰異與賊相遇且數十日雖屢獲雄將餘衆尚多可稍以恩信傾誘難卒用兵破也上今使諸將屯澠池要其東而異擊其西一舉取之此萬全計也禹又不從而敗由此觀之禹本計不失而帝不能用禹亦迫於君命不能自固耳

李固第十七

孔子謂顏子用之則行舍之則藏惟我與爾有是夫用而不行則何以利人舍而不藏則何以保身聖人之於天下理極於是而已陳靈公與其大夫孔寧儀行父宣淫於朝洩冶强諫以死春秋書之曰陳殺其大夫洩冶君雖無道而洩冶亦名以爲無益於事而

害其身君子不爲也李固立於順桓之閒內無愧於
其心外無負於其人東漢名臣如固一二人耳然事
有可恨者沖帝之亡也固欲立清河王蒜梁冀不從
而立質帝質帝之亡也固復以淸河爲請與胡廣趙
戒同謀廣戒懼而中變固獨與杜喬爭之冀積怒憤
發策免固而立桓帝其後歲餘劉文劉鮪謀立淸河
冀遂誣固與文鮪通謀殺之吾竊怪固爲三公再欲
立蒜而不克冀如豺狼疾之如仇讎獨一梁太后知
其賢欲宥之而不能固雖貪立賢君存漢社稷勢必
無成矣一舉不中奉身而去得免於禍斯已幸矣再
更大變固守前議遲遲不去以陷於大戮則固之死
僅自取也不然如固之賢吾何閒然哉

陳蕃第十八

易曰君不密則失臣臣不密則失身幾事不密則害
成是故鷙鳥將擊必匿其形非以智御物而事不得
不爾謀未發而使人知之未有不殆者也陳蕃將與
竇武共誅宦官蕃自謂外從人望內有德於竇后事
無不克乃先事露章曰臣聞言不直而行不正則爲
欺乎天而負乎人危言極意則羣凶側目禍不旋踵
均此二者臣寧得禍不忍欺天今道路諠譁皆言侯
覽曹節公乘昕王甫鄭颯等與趙夫人諸女尚書並
亂天下若不急誅必生變亂傾覆社稷願出臣章宣
示左右令諸姦知臣疾之太后不從聞者莫不震恐
謀未及發曹節等矯詔殺之時蕃七十餘矣聞難將
官屬門生八十餘人拔刃入承明門攘臂大呼適遇
王甫甫收殺之嗚呼天之將亡漢邪蕃一朝老臣名

重天下而猖狂寡慮乃與未嘗更事者比幾乎暴虎馮河死而無悔者斯豈孔子所謂賢哉

欒城後集卷第八

欒城後集卷第九

歷代論三

荀彧第十九

荀文若之於曹公則漢高帝之子房也董昭建九錫之議文若不欲曹公心不能平以致其死君子惜之或以爲文若先識之未究或以爲文若欲終致節於漢氏二者皆非文若之心也文若始從曹公於東郡致其算略以摧滅羣雄固以帝王之業許之矣豈其晚節復疑而不予哉方是時中原略定中外之望屬於曹公矣雖不加九錫天下不歸曹氏而將安往文若之意以爲刧而取之則我有力爭之嫌人懷不忍之志徐而竢之我則無嫌而人亦無憾要之必得而免爭奪之累此文若之本心也惜乎曹公志於速得

不忍數年之頃以致文若之死九錫雖至而禪代之事至子乃遂此則曹公之陋而非文若之過也

賈詡上第二十

曹公入荆州降劉琮欲順江東下以取孫氏賈詡言於公曰公昔破袁氏今收江南威名遠聞兵勢盛矣若因舊楚之饒以饗吏士撫安百姓江東可以不勞衆而定也公不用其計以兵入吴境遂敗於赤壁夫詡之所以說曹公則李左車之所以說淮陰侯使乘破趙之勢傳檄以下燕者也方是時孫氏之據江東已三世矣國險而民附賢才爲用諸葛孔明以爲可與爲援而不可圖而曹公以劉琮待之欲一舉而下之難哉使公誠用詡言端坐荆州使辯士持尺書結好於吴吴知公無并吞之心雖未即降而其不以干

戈相向者可必也方是時劉玄德方以窮客借兵於吳吳既修好於公其勢必不助劉而玄德因可蹙矣惜乎謀之不善荆州既不能守而孫劉皆奮孰謂曹公之智而不如淮陰侯哉其後公既降張魯下漢中劉曄勸公乘勝取蜀曰劉備人傑也有度而遲得蜀日淺蜀人未恃也今舉漢中蜀人震駭因其震而壓之無不克也若少緩之諸葛亮善治國而爲相關羽張飛勇冠三軍而爲將蜀人既定憑險守要不可犯也公不從而反天下皆惜曄計之不用夫玄德之賢過於仲謀賈詡欲以文告懷仲謀而曄欲以虛聲下玄德其愚智蓋已遠矣彼曹公不用曄計豈非以詡言爲戒也哉春秋之際楚子重伐鄭晉欒武子救之遇於繞角楚師還晉師遂侵蔡楚人以申息之師救

蔡晉羣帥皆欲戰智莊子范文子韓獻子謂武子曰吾來救鄭楚師不戰吾遂至於此旣遷戮矣戮而不已又怒楚師戰必不克雖克不令若不能克爲辱已甚不如還也遂全師而歸夫兵久於外狃於一勝而輕與敵遇我怠彼奮敗常十九古之習於兵者蓋知之矣

賈詡下第二十一

用兵之難蓋有怵於外而動者矣力之所及而義不可君子不爲也義之所可而力不及君子不強也魏文帝始受漢禪欲用兵吳蜀以問賈詡詡曰吳蜀雖蕞爾小國依阻山水劉備有雄才諸葛亮善治國孫權識虛實陸遜見兵勢據嶮守要汎舟江湖皆難卒謀也用兵之道先勝後戰量敵論將故舉無遺策臣

竊料羣臣無權備對雖以天威臨之未見萬全之勢也帝不能用遂興江陵之役士卒多死是時帝始受禪欲以武功夸示四方貪得幸勝未暇慮兵敗勢屈之辱也魏多謀臣蓋必有知之者矣然皆莫敢言詡能言之可謂不怵於外矣晉末符堅擁百萬之衆恥吳會之未服欲一舉下之而不知晉之無釁謝安乘符堅之敗知中原之蕩析而不知江南之微弱勢必不能成大功故符堅至於失國而謝安至於喪師二人者皆恥不若人怵於外之患也

劉玄德第二十二

事固有當作而不可作者智者論其公私權其輕重而可否可決也蜀先主之於關羽名雖君臣而義則父子也先主入蜀而羽攻曹仁張於荆州吳乘其敝

羽以敗死先主欲爲羽報讎義不可已也然吳蜀之
於魏國小而兵弱本以季漢君臣之分締交相親與
魏爲敵則報讎之義其公且重者在魏也釋魏而事
羽之怨則爲失所先後矣先主之在白帝也吳之君
臣懼而乞和若以讎魏之重俛而從之義無不可也
先主念羽之厚拒而不許君臣之義則至矣至於奮
不慮害兵敗而繼之以死忘兩國之大計而徇一夫
之遺忿則未爲得矣諸葛孔明有言法孝直若在必
能止君此行雖行亦必不至於敗然則孔明亦自以
伐吳爲失計矣哉

孫仲謀第二十三

任人莫難於託國漢武帝因文景富庶之後虐用其
民厚自奉養征伐四夷幾喪天下逮其晚歲託國於

霍光光知用兵之害罷均輸榷酤與民休息而天下復安凡武帝之所以得稱賢君者惟用霍光故也蜀先主知嗣子之暗弱舉國而付之諸葛孔明孔明又廢李嚴楊儀援蔣琬費禕而授之雖後主之不明而守國三十餘年君臣相安蜀人免於塗炭之患過於魏吳遠甚吳大帝方其屬任賢將抗衡中原曹公憚之及其老也賢臣死亡略盡喜諸葛恪之勁悍越衆而付以後事恪乘其用兵勞民之後繼起大役兵折於外既歸而不能自克將復肆志於僚友恪既以喪其軀而孫氏因之三世絕統吳越之民陷於炮烙之地國隨以亡彼以進取之資用進取之臣以徼一時之功可耳至於託六尺之孤寄千里之命而亦屬之斯人其勢必至是哉

晉宣帝第二十四

世之說者曰司馬仲達之於魏則曹孟德之於漢也是不然二人智勇權略則同而所處則異漢自董卓之後內潰外畔獻帝犇走困踣之不暇帝王之勢盡矣獨其名在耳曹公假其名號以服天下擁而植之許昌建都邑征畔逆皆曹公也雖使終身奉獻帝率天下而朝之天下不歸漢而歸魏者十室而九矣曹公誠能安而俟之使天命自至雖文王三分天下有其二以事紂何以加之惜其爲義不終使獻帝不安於上義士憤怨於下雖荀文若猶不得其死此則曹公之過矣如司馬仲達則不然明帝之末曹氏之業固矣雖明帝以淫虐失衆曹爽以驕縱得罪而顛覆之形未見天下未畔魏也仲達因其隙而乘之拊其

背而奪其成業事與曹公異矣漢武帝之老也託昭帝於霍光昭帝尚幼燕王蓋主有簒取之心上官桀桑羊助之此其禍急於曹爽霍光內斃燕蓋外誅桀羊擁護昭帝訖無驕君之色及昭帝早喪國空無主迎立昌邑昌邑不令又援立宣帝柄在其手者屢矣然退就臣位不以自疑中外悉其本心亦無一人有異議者以仲達擬光孰爲得之邪然光猶不足道蜀先主將亡召諸葛孔明而告之曰嗣子可輔輔之如其不才君可自取復語後主汝與丞相從事事之如父後主之暗弱孔明之賢智蜀人知之矣使孔明有異志一搖手而定矣然外平徼外蠻夷內廢李平廖立旁禦魏吳功成業定又付之蔣琬費禕奉一昏主三十餘年而無纖芥之隙此又霍光之所不能望也

故人患不誠苟誠忠孝舜之於父母伊尹之於太甲終無間然者自仲達之後人臣受六尺之寄因而取之者多矣皆其地勢迫切置而不取則身必危國必亂至自比騎虎不可復下此亦自欺而已哉

晉武帝第二十五

立嫡以長不以賢立子以貴不以長古今之正義也然堯廢丹朱用舜而天下安帝乙廢微子立紂而商以亡古之人蓋有不得已而行之者矣得已而不已不得已而已之二者皆亂也子非朱紂而廢天下之正義君子不忍也子如朱紂而守天下之正義君子不爲也漢高帝始謂惠帝仁弱欲廢之而立如意既而知人心之在太子也則寢廢立之議而用平勃平勃皆賢而權任均故惠帝雖沒產祿雖横而援立文

帝漢室不病也武帝既老知燕王旦廣陵王胥之不可用也廢之而立少子任霍光金日磾上官桀桑羊以後事當是時昭帝之賢否未可知而四人枉直相半也幸而昭帝明哲霍光忠良桀羊雖欲爲亂而不遂其後復廢昌邑立宣帝而朝廷晏然無事蓋人君不幸而立幼主當如二帝屬任賢臣乃免於亂此必然之勢也魏明帝疾篤而無子棄遠宗子而立齊王始欲輔以曹宇曹肇而倖臣劉放孫資不便宇肇之正勸帝易以司馬仲達曹爽齊王既非天下之望而爽又以庸才與仲達姦雄爲對數年之間遂成篡弒之禍晉武帝親見此敗矣惠帝之不肖羣臣舉知之而牽制不忍忌齊王攸之賢而恃愍懷之小慧以爲可以消未然之憂獨有一汝南王亮而不早用舉社

稷之重而付之楊駿至於一敗塗地無足怪也帝之出齊王也王渾言於帝曰攸之於晉有姬旦之親若預聞朝政則腹心不貳之臣也國家之事若用后妃外親則有呂氏王氏之虞付之同姓至親又有吳楚七國之慮事任輕重所在未有不爲害者也惟當任正道求忠良不可事事曲設疑防慮方來之患也若以智猜物雖親見疑至於疏遠亦安能自保乎人懷危懼非爲安之理此最國家之深患也渾之言天下之至言也帝不能用而用王佑之計使太子母弟秦王柬都督關中楚王瑋淮南王允並鎮守要害以强帝室然晉室之亂實成於八王吾嘗籌之如攸之親賢奪嫡之禍非其志也不幸至此天下所宗宗社之計猶有賴也如佑之計使子弟據兵以捍外患如梁

孝王之禦吳楚尚可若變從中起而使人人握兵以救內難此與何進袁紹召丁原董卓以除宦官何異古人有言擇福莫若重擇禍莫若輕如武帝之擇禍福可謂不審矣

羊祜第二十六

善爲國者必度其君可與共患難可與同安樂而後有爲故功成而無後憂晉厲公與楚共王爭鄭晉人知楚有可乘之隙欒武子爲政欲出兵擊之曰不可以當吾世而失諸侯范文子不欲請釋楚以爲外懼武子不能用夫文子非苟自安者也厲公侈而多嬖寵諸大夫富而陵上國有大功則君臣不相安亂之所自生也既謀之不從出而遇楚猶欲避楚而歸既勝反國曰亂將作矣吾不可以侯使其祝宗祈死逾

年而厲公殺三郤立胥童欒書殺胥童弑厲公文子雖死而免於大難子孫與晉國相終始范蠡事越王句踐反自會稽撫人民厲甲兵七年而殺吳王夫差歸未及國知越王之難與同安樂也扁舟去之卒免文種之戮若二子者可謂有先見之明矣范文子至於自殺范蠡至於逃亡而不顧何則所全者大也晉武帝既受魏禪中原富强羣臣用命吳孫皓以淫虐失衆有亡國之釁晉人習於長江之險以爲未可取也羊祜爲襄陽守知其不能久陳可取之計武帝納之祜又進王濬杜預以成滅吳之功後世皆稱其賢吾嘗論祜巧於策吳而拙於謀晉何以言之武帝之爲人好善而不擇人苟安而無遠慮雖賢人滿朝而賈充荀朂之流以爲腹心使吳尚在相持而不敢肆

雖爲賢君可也吳亡之後荒於女色蔽於庸子疎賢臣近小人去武備崇藩國所以兆亡國之禍者不可勝數此則滅吳之所從致也孟子曰入則無法家拂士出則無敵國外患者國常亡故人常生於憂患而死於安樂祜不慮此而銳於滅吳其不若范文子遠矣或曰吳滅而晉亂此天命非人事也而羊祜何罪焉吾應之曰爲國當論人事使祜不爲滅吳之計孫皓窮凶而死吳更立君則長江未可越也吳既不亡則晉之君臣厲精不懈是吳不滅而晉不亂也不猶愈於吳滅而晉亂乎祜之將死也武帝欲使臥護諸將祜曰滅吳不須臣自行但吳平之後當勞聖慮耳推祜此言蓋亦憂在平吳矣憂在平吳而勇於滅吳其不若范文子遠矣

王衍第二十七

聖人之所以御物者三道一也禮二也形三也易曰形而上者謂之道形而下者謂之器禮與形皆器也孔子生於周末內與門弟子言外與諸侯大夫言言及於道者蓋寡也非不能言謂道之不可以輕授人也蓋嘗言之矣曰參乎吾道一以貫之夫道以無爲體而入於羣有在仁而非仁在義而非義在禮而非禮在智而非智惟其非形器也故目不可以視而見耳不可以聽而知惟君子得之於心以之御物應變無方而不失其正則所謂時中也小人不知而竊其名與物相遇輒捐理而徇欲則所謂無忌憚也故孔子不以道語人其所以語人者必以禮禮者器也而孔子必以教人非吝之也蓋曰君子上達小人下達

君子由禮以達其道而小人由禮以達其器由禮以
達道則自得而不眩由禮以達器則有守而不狂此
孔子之所以寡言道而言禮也若其下者視之以禮
而不格然後待之以刑辟三者具而聖人之所以御
物者盡矣三代已遠漢之儒者雖不聞道而猶能守
禮故在朝廷則危言在鄉黨則危行皆不失其正至
魏武始好法術而天下貴刑名魏文始慕通達而天
下賤守節相乘不已而虛無放蕩之論盈於朝野何
晏鄧颺導其源阮籍父子漲其流而王衍兄弟卒以
亂天下要其終皆以濟邪佞成淫欲惡禮法之繩其
姦也故蔑棄禮法而以道自命天下小人便之君臣
奢縱於上男女淫泆於下風俗大壞至於中原爲墟
而不悟王導謝安江東之賢臣也王導無禮於成帝

而不知懼謝安作樂於期喪而不受教則廢禮慕道之俗然矣東晉以來天下學者分以爲南北南方簡約得其精華北方深蕪窮其枝葉至唐始以義疏通南北之異雖未聞聖人之大道而形器之說備矣上自郊廟朝廷之儀下至冠昏喪祭之法何所不取於此然以其不言道也故學者小之於是括之而求道冥冥而不可得也則至於禮樂度數之間字書形聲之際無不指以爲道之極然反而察其所以施於世者內則讒諛以求進外則聚斂以求售廢端良聚苟合杜忠言之門闢邪說之路而皆以詩書文飾其爲要之與王衍無異嗚呼世無孔孟使楊墨塞路而莫之闢吾則罪人爾矣

欒城後集卷第九

欒城後集卷第十

歷代論四

王導第二十八

西晉之士借通達以濟淫欲風俗既敗夷狄乘之遂喪中國相隨渡江而此風不改賢者知厭之矣而不勝其衆俗亂於下政弊於上而莫能正也東晉之不競由此故耳是時王導爲相達於爲國之體性本寛厚容衆衆人安之然生於衍澄之間不能免習俗之累喜通而疾介能彌縫一時之闕而無百年長久之計也更二大變幾至亡國元帝之世王敦擁兵上流有無君之心劉隗刁協剛介狷淺見信於帝專以法繩公卿而深疾王氏恣横敦遂起兵以誅君側爲詞兵再犯闕幸而敦死元明既沒成帝幼弱庾亮輔政

任法以裁物復失人心蘇峻擅兵歷陽多納亡命專
用威刑亮知峻必爲亂以大司農召之衆人皆知不
可而亮不聽遂與祖約連兵內向塗炭京邑此二釁
者皆導之所不欲而隗亮不忍以速其變以隗亮爲
是耶敦峻之禍發不旋踵以導爲是耶使人主終身
含垢何以爲國魯自宣公政在季氏更三世至昭公
不能忍將攻人子家羈曰捨民數世求以克事不可
必也公不從而出隗亮之敗則昭公之舉也齊景公
以貪暴失民田氏以寬惠得衆公問於晏嬰求所以
救之嬰曰惟禮可以已之在禮家施不及國民不遷
農不移工賈不變士不濫官不諂大夫不收公利公
歎曰善哉吾今而後知禮之可以爲國嬰曰禮之可
以爲國也久矣與天地並晏子知之而景公不能用

田氏遂代呂氏蓋大家世族爲患於其國常若心腹之疾必與人命相持爲一攻之以毒藥刼之以鍼石病若不去命輒隨盡非良醫賢臣未易處也子產爲鄭國小而偪族大多寵子產患之有事伯石賂以其邑子太叔曰國皆其國也何獨賂焉子產曰無欲實難皆得其欲以從其事而要其成非我有成其在人乎邑將焉往子太叔曰若四國何子產曰非相違也而相從也四國何尤鄭書有之曰安定國家必大焉先姑先安大以待所歸既伯石懼而歸邑卒以予之又使爲卿以次己位鄭乃少安及其久而政成大夫之忠儉者從而予之泰侈者因而斃之逐豐卷戮子皙鄭乃大治如導所爲知賂伯石以全其始矣未知予忠儉斃泰侈以成其終也以爲賢於隗亮則可以

論晏子子產則遠也

祖逖第二十九

敵國相圖必審於彼己將强敵弱則利於進取將弱敵强則利於自守違此二者而求成功難矣東晉渡江以江淮爲境中原雖屢有變而南兵不出出亦無功皆夷狄自相屠滅而已石勒之死也庾亮爲北伐之計石虎之老也庾翼爲徙鎮之役皆無成而死及符堅之敗謝安父子乘戰勝之威有席卷之意終以兵將犇潰無尺寸之得其後宋文自謂富强以兵挑元魏梁武志於幷吞失信於高氏陳宣乘高氏之衰攘取淮南皆繼之以敗亡何者東南地薄兵脆將非命世之雄其勢固如此也方石虎之斃中原大亂晉人皆謂北方不足復平而蔡謨獨以爲憂或問其故

謨曰夫能順天奉時濟六合於草昧若非上哲必由
英豪度今諸人皆不辦此必將經營分表疲人以逞
才不副意徒使財殫力竭終將何所至哉吾見韓盧
東郭俱斃而已矣至哉此言實當時好事者之病也
自江南建國惟桓温東討慕容西征符健兵鋒所及
敵人震動及宋武破廣固陷長安所至蕩定有弔伐
之風此二人者誠非常將也然桓温終以敗衂不能
成大功宋武志在禪代未能定秦狼狽而返而況其
下者乎惟晉元帝初定江南未遑北伐祖逖言於帝
曰晉室之亂非上無道而下怨叛也由藩王爭權自
相誅滅遂使戎狄乘釁毒流中原耳今遺黎旣被殘
酷人有奮擊之志誠能奮威命將使若逖等爲之統
主郡國豪傑必有應者沉溺之士喜於來蘇庶幾國

恥可雪也帝以逖爲豫州刺史使進屯淮陰逖兵力甚弱乃鑄造兵器招合離散稍誅鉏叛渙復進據譙然未嘗爲深入計也石勒遣兵攻逖逖輒就破其衆每於兵間勤身節用禮下賢俊懷撫初附專以恩信接人不尚詐力故人爭爲之用自黃河以南盡爲晉土雖石勒之强不敢以兵窺其境逖母葬成皐勒使人修其墓復遣使通好且求互市逖不荅其使而許其市通南北之貨多獲其利方將經略河北而帝使戴若思擁節直據其上逖快快不得志死蓋敵强將弱能知自守之爲利者惟逖一人夫惟知自守之爲進取而後可以言進取也哉

符堅第三十

符堅王猛君臣相得以成伯功雖齊桓管仲不能過

也猛之將死也堅問以後事猛曰晉雖僻處吳越然
正朔相承親仁善鄰國之寶也臣沒之後願勿以晉
爲圖鮮卑羌虜我之仇讎終爲人患宜漸除之以寧
社稷言終而死堅不能用卒大舉伐晉敗於淝上歸
未及國而慕容垂叛之旣反國而姚萇叛之地分身
死終斃於二人之手故後世皆多猛之賢而咎堅之
不明吾嘗論之堅雖有伯者之略而懷無厭之心以
天下不一爲深恥雖滅燕定蜀并秦涼下西域而其
貪未已兵革歲克而不知懼也晉雖微弱謝安桓冲
爲之將相君臣相安民未患晉而欲以力取之稽之
天道論之人情雖內無垂萇之釁而堅之敗必不免
矣然堅以夷狄之餘而有帝王之度其滅慕容姚萇
也收二姓之子弟錄其才能而官使之布滿中外凡

其舊臣無不疑者若以世俗言之則以漸除之如猛之計得矣若以帝王之事言之則堅之意未必過也大雅之稱文王曰殷之子孫其麗不億上帝既命侯于周服侯服于周天命靡常殷士膚敏祼將于京厥作祼將常服黼冔文王用人其廣如此而堅何尤焉德雖不若文王而竊慕焉顧其所以處之何如耳文武既沒周公成王之際殷之遺孽猶與管蔡閒周之隙曰予復反鄙我周邦故周公既克殷改封微子于宋而遷其頑民于洛邑保釐東郊作多士而撫寧之所以慮其變者至矣至君陳畢公皆迭居成周而董師之故康王之命畢公曰周公毖殷頑民遷于洛邑密邇王室式化厥訓既歷三紀世變風移四方無虞予一人以寧然猶曰邦之安危惟茲殷士由此觀之

文王之用殷人豈茍然而已哉今堅畜養豺虎于其腹心而貪功務勝不顧其後宜其斃於垂萇也哉使堅信猛之策南結鄰好戢兵保境與民休息雖有垂萇百人安能動之文王雖未可覬然亦非王猛之所及矣

宋武帝第三十一

東漢之衰曹公始踐五伯之迹挾天子以令諸侯其志本欲盡掃羣雄而後取漢耳既滅二袁呂布劉表欲遂取江東而不克既破馬超韓遂欲并舉巴蜀而不果再屈於吳蜀而公亦老矣於是董昭進九錫之議幡然聽之而桓文之業至此盡矣然方是時公在河朔而漢都許昌雖使主盟諸夏而不廢舊君上可以爲周文王下亦不失爲桓文公不能忍而甘心王

莽九錫之事此荀文若之所以爲恨也至司馬仲達父子其勢蓋與公異矣擁兵天子之側固已不順旣殺王凌害諸葛誕非人臣矣又降劉禪服曹氏之所不能服非貪其土地而利其民人也志亦在九錫耳雖欲復爲桓文尚可得乎宋武旣誅桓氏收遺晉而封植之又克譙縱執慕容超逐盧循擒姚泓立四大功天下莫能抗然其志不在桓文而在九錫亦已卑矣方帝之克長安也中原震恐元魏雖姚氏之昏姻而不敢救羌氏雖闚中之唇齒而不敢爭此其智力有餘足以有爲之時也若能因其兵勢據秦隴之形勝引吳越之饒富以經略中夏成曹公河朔之勢則王伯之功可冀顧所以用之何如耳然其兵未入秦而使傅亮南走建業發九錫之議劉穆之死南方無

復可託雖已入秦而無留秦之意舉千里之地付一
孺子而去赫連勃勃乘之兵將死者過半狼狽而反
僅乃得脫以帝之明非不知諸將之不足以保秦而
志有所在不暇宅慮矣悲夫以目前之利而棄百世
之功有曹公削平之業而俯從司馬父子攘竊之陋
此君子之所追恨也孔子曰知及之仁不能守之雖
得之必失之知及之仁能守之不莊以涖之則民不
敬知及之仁能守之莊以涖之動之不以禮未善也
古之爲國必具此四者而後能成大功如武帝之用
兵無敵於天下可以言智矣至其棄秦而歸以求九
錫之淫名尚可以爲仁乎惟其仁智不具故其功業
止於是也

宋文帝第三十二

晉獻公殺其世子申生而立奚齊國人不順其大夫
里克殺奚齊卓子而納惠公春秋皆以弒君書之矣
惠公既立而殺里克以弒君之罪罪之春秋書曰晉
殺其大夫里克稱人以殺殺有罪也稱國以殺殺無
罪也里克弒君而以無罪書此春秋之微意也奚齊
卓子之立以淫破義雖已爲君而晉人不君也既已
爲君則君臣之名正故里克爲弒君而國人之所不
君則勢必不免里克因國人之所欲廢而廢之因國
人之所欲立而立之則里克之罪與宋華督齊崔杼
異矣雖使上有明天子下有賢方伯里克之罪猶可
議也惠公以弒得立而歸罪於克以自悅於諸侯其
義有不可矣然惠公殺克而背内外之賂國人惡之
敵人怨之兵敗於秦身死而子滅至其謀臣呂甥郤

稱冀芮皆以兵死蓋背理而傷義非獨人之所不予而天亦不予也宋武帝之士也託國於徐羨之傅亮謝晦少帝失德三人議將廢之而其弟義真亦以輕動不任社稷乃先廢義真而後廢帝兄弟皆不得其死乃迎立文帝文帝既立三人疑懼羨之亮內秉朝政晦出據上流爲自安之計自謂廢狂亂以安社稷不以賊遺君父無負於國矣然文帝藩國舊人王華孔甯子王曇首皆陵上好進之人也惡羨之亮據其逕路每以弑逆之禍激怒文帝帝遂決意誅之三人既死君臣自謂不世之功也是時甯子已死華與曇首皆受不次封賞文帝在位三十年其治江左稱首然元嘉三年始誅三人是歲皇子劭生劭既壯而爲商臣之亂華甯之子孫無聞於世而曇首之子僧綽

以才能任事亦幷死於砀於乎天之報人不遠如此不然晉惠公宋文帝禍發若合符契何哉謝晦將之荆州自疑不免以問蔡廓廓曰卿受先帝顧命任以社稷廢昏立明義無不可但殺人二昆而以北面挾震主之威據上流之重以古推今自免爲難耳善夫蔡廓之言不學春秋而意與之合太史公有言爲國者不可以不知春秋前有讒而不見後有賊而不知守經事而不知其宜遭變事而不知其權爲人君父而不通春秋之義者必蒙首惡之名爲人臣子而不通春秋之義者必陷簒弒之誅其意皆以善爲之而不知其義是以被之空言而不敢辭宋之君臣誠略通春秋則文帝必無惠公之禍徐傅謝三人必不受里克之誅悲夫

梁武帝第三十三

易曰形而上者謂之道形而下者謂之器自五帝三王以形器治天下導之以禮樂齊之以政形道行於其間而民莫知也文武之後雖召公畢公之賢君子不以爲知道者至春秋之際管仲晏子子產叔向之徒以仁義忠信成功於天下然其於道則已遠矣孔子出於周末收文武之遺而得堯舜之極其稱曰君子上達小人下達嘗自謂我下學而上達者於其門人惟顏子曾子庶幾以道許之一時賢者若老子之明道其所以尊之者至矣史稱孔子既見老子退謂弟子曰鳥吾知其能飛魚吾知其能游獸吾知其能走走者可以爲網游者可以爲綸飛者可以爲繒至於龍吾不能知其乘雲氣而上天吾今日見老子其

猶龍邪老子體道而不嬰於物孔子至以龍比之然卒不與共斯世也捨禮樂政刑而欲行道於世孔子固知其難哉東漢以來佛法始入中國其道與老子相出入皆易所謂形而上者而漢世士大夫不能明也魏晉以後略知之矣好之篤者則欲施之於世疾之深者則欲絶之於世二者皆非也老佛之道與吾道同而欲絶之老佛之教與吾教異而欲行之皆失之矣秦姚興區區一隅招延緇素譯經談妙至者凡數千人而姚氏之亡曾不旋踵梁武繼之江南佛事前世所未嘗見至捨身爲奴隸郊廟之祭不薦毛血父子皆陷於侯景而國隨以亡議者觀秦梁之敗則以佛法爲不足賴矣後魏太武深信崔浩浩不信佛法勸帝斥去僧徒毀經壞寺既滅佛法而浩亦以非

罪赤族唐武宗欲求長生徇道士之私夷佛滅僧不
期年而以弑崩議者觀魏唐之禍則以佛法爲不可
牾矣二者皆見其一偏耳老佛之道非一人之私說
也自有天地而有是道矣古之君子以之治氣養心
其高不可嬰其潔不可溷天地神人皆將望而敬之
聖人之所以不疾而速不行而至者一用此道也老
子曰天得一以清地得一以寧神得一以靈谷得一
以盈萬物得一以生侯王得一以爲天下貞天無以
清將恐裂地無以寧將恐發神無以靈將恐歇谷無
以盈將恐竭萬物無以生將恐絶侯王無以貴高將
恐蹶道之於物無所不在而尚可非乎雖然蔑君臣
廢父子而以行道於世其弊必有不可勝言者誠以
形器治天下導之以禮樂齊之以政刑道行於其間

而民不知萬物並育而不相害道並行而不相悖泯然不見其際而天下化不亦周孔之遺意也哉

唐高祖第三十四

唐高祖起太原其謀發於太宗諸子不與也及克長安誅鉏羣盜天下爲一其功亦出於太宗蓋天心之所付予人心之所歸向其在太宗者審矣至立太子高祖以長立建成建成當之不辭於是兄弟疑間卒至大亂夫建成不足言也其咎在高祖其後武氏之亂廢中宗立睿宗以睿宗長子憲爲太子矣及中宗之復睿宗父子皆以王就第韋氏之亂臨淄以兵入討睿宗踐祚而唐室復安又將以長立憲憲辭曰時平先長嫡國亂先有功不如此必且有難敢以死請睿宗從之而後臨淄之位定以太宗之賢而不免於

爭奪玄宗之賢不逮太宗而晏然受命則憲之讓賢於人遠矣吾嘗論之高祖睿宗皆中主也其欲立長非專其私也以爲立嫡以長古今之正義也謂之正義而不敢違胡不考之前世乎太王捨太伯仲雍而立季歷文王捨伯邑考而立武王而周以之興誠天命之所在而吾無心焉亂何自生雖然太伯奔吳以避王季亦畏亂故爾廢長而立少雖聖賢猶難之憲與玄宗兄弟相安終身無閒言焉蓋古今一人而已乎

唐太宗第三十五

唐太宗之賢自西漢以來一人而已任賢使能將相莫非其人恭儉節用天下幾至刑措自三代以下未見其比也然傳子至孫遭武氏之亂子孫爲戮不絕

如綫後世推原其故而不得以吾觀之惜乎其未聞大道也哉昔楚昭王有疾卜之曰河爲祟大夫請祭諸郊王曰三代命祀祭不越望江漢淮漳楚之望也禍福之至不是過也不穀雖不德河非所獲罪也遂弗祭及將死有雲如衆赤烏夾日以飛三日王使問周史史曰其當王身乎若禜之可移於令尹司馬王曰除腹心之疾而寘諸股肱何益不穀不有大過天其天諸有罪受罰又焉移之亦弗禜孔子聞之曰楚昭王知大道矣其不失國也宜哉吾觀太宗所爲其不知道者衆矣其能免乎貞觀之間天下既平征伐四夷滅突厥夷高昌殘吐谷渾兵出四克務勝而不知止最後親征高麗大臣力爭不從僅而克之其賢於隋氏者幸一勝耳而帝安爲之原其意亦欲誇當

時高後世耳太子承乾既立十餘年復寵魏王泰使
兄弟相傾承乾既廢晉王嫡子也欲立泰而使異日
傳位晉王疑不能決至引佩刀自刺大臣救之而止
父子之間以愛故輕予奪至於如此帝嘗得祕讖言
唐後必中微有女武代王以問李淳風欲求而殺之
淳風曰其兆既已成在宮中矣天之所命不可去也
徒使疑似之戮淫及無辜且自今以往四十年其人
已老老則仁雖受終易姓必不能絕李氏若殺之復
生壯者多殺而逞則子孫無遺類矣帝用其言而止
然猶以疑似殺李君羨夫天命之不可易惟修德或
能已之而帝欲以殺人弭之難哉帝之老也將擇大
臣以輔少主李勣起於布衣忠力勁果有節俠之氣
嘗事李密友單雄信密敗不忍以其地求利密死不

廢舊君之禮雄信將戮以股肉啗之使與俱死帝以是爲可用疾革謂高宗爾於勣無恩今以事出之我死即授以僕射高宗從之及廢皇后立武昭儀召勣與長孫無忌褚遂良計之勣稱疾不至帝曰皇后無子罪莫大於絶嗣將廢之遂良等不可它日勣見帝曰將立昭儀而顧命大臣皆以爲不可今止矣勣曰此陛下家事不須問外人由此廢立之議遂定勣匹夫之俠也以死徇人不以爲難至於禮義之重社稷所由安危勣不知也而帝以爲可以屬幼孤寄天下過矣且使勣信賢託國於父竭忠力以報其子可矣何至父逐之子復之而後可哉挾數以待臣下於義既已薄矣凡此皆不知道之過也苟不知道則凡所施於世必有逆天理失人心而不自知者故楚昭王

惟知大道雖失國而必復太宗惟不知道雖天下既安且治而幾至於絶滅孔子之所以觀國者如此

狄仁傑第三十六

毋后臨朝據人君之地而私其親有志之士將欲正之常患不克漢呂后欲王諸呂王陵以高帝舊約爭之曰非劉氏而王天下共擊之背之不可言雖直不見省陵幸而不死亦廢不用唐武后廢廬陵王立豫王豫王雖在位未嘗省天下事徐敬業爲之起兵於外裴炎爭之於內皆不旋踵爲戮何者位尊權重臣下無所柰何勢必至此也惠帝之亡也陳平聽張辟彊計封王諸呂呂后安之故平與周勃得執將相之柄以伺其間後復聽陸賈交歡周勃將相之權不分故周勃得入北軍左袒一呼而呂氏以亡豫王既立

武后革命稱帝追尊祖考封王子弟戕殺天下豪俊志得氣滿以爲武氏有泰山之安矣狄仁傑雖爲宰相而未嘗一言及后欲以三思爲太子訪之大臣仁傑乃曰臣觀天人未厭唐德頃匈奴犯邊陛下使三思募士逾月不及千人及使廬陵王不浹旬得五萬人今欲立嗣非廬陵不可后怒罷議久之復召問曰朕數夢雙陸不勝何也對曰雙陸不勝無子也意者天以此儆陛下耶文皇帝身蹈鋒刃百戰以有天下傳之子孫先帝寢疾詔陛下監國陛下掩神器而取之十餘年矣又欲以三思爲後且母子與姑姪孰親陛下立廬陵王則千秋萬歲血食於太廟三思立廟無祔姑之禮后感悟即日遣徐彥伯迎廬陵王於房州而立之蓋王陵裴炎迎禍亂之鋒欲以一言折之

故不廢則死陳平狄仁傑待其已衰而徐正之故身與國俱全惟呂后無子親止於姪故沒身而後變武后有子母子之愛人情之所同故老而自復由此觀之陳狄之所以成功者皆以緩得之也然盧陵旣立而張易之昌宗未去仁傑猶置之不問復授之張柬之侯其惡稔而後取豈以禍亂之根生於母子之間不如是必至於毀傷故耶老氏有言將欲歙之必固張之將欲弱之必固强之將欲廢之必固興之將欲奪之必固與之是謂微明柔勝剛弱勝强魚不可以脫於淵國之利器不可以示人二公得之矣

欒城後集卷第十

欒城後集卷第十一

歷代論五

唐玄宗憲宗第三十七

唐玄宗憲宗皆中興之主也玄宗繼中睿之亂政紊於內而外無藩鎮分裂之患約己任賢而貞觀之治可復也憲宗承代德之弊政儹於朝而畿甸之外皆爲畔國將以求治則其勢尤難雖然二君皆善其始而不善其終所以失之者一道也齊桓公用管仲隰朋九合諸侯一匡天下爲五伯首及管仲死用豎刁易牙身死不得葬五公子爭立伯業隨毀蓋中人可以上下此三君者皆中主耳方其起於憂患厄困之中知賢人之可任以排難則勉强而從之然非其所安也及其禍難既平國家無事則其心之所安者佚

樂所悅者諛佞也故禍發皆不旋踵若合符節昔太宗旣平天下始任房玄齡杜如晦魏徵終用長孫無忌岑文本褚遂良帝亦恭儉節用去冗官節浮費內無宮掖侈靡之奉旁無近幸賜予之失貞觀之治斯已過半矣侍書御史權萬紀嘗言宣饒部中鑿山冶銀歲可取數百萬緡以佐國用帝怒罵曰吾所乏忠言嘉謨有益於民者耳汝爲御史不能進賢退不肖而訹吾以利豈謂我漢桓靈耶斥去不用於是士莫敢以利言者故房杜諸人得効其忠力以致貞觀之盛及玄宗初用姚崇宋璟盧懷愼蘇頲後用張說源乾曜張九齡憲宗初用杜黃裳李吉甫裴洎裴度李絳後用韋貫之崔羣雖未足以方駕房杜然皆一時名臣也故開元元和之初其治亦幾於貞觀然玄宗

方用宋璟而宇文融以括田幸遽至宰相後雖以公議罷去而思之不已謂宰相曰公等暴融惡朕已罪之矣然國用不足將柰何裴光庭等不能答融既死而言利者爭進韋堅楊慎矜王鉷日以益甚至楊國忠而聚斂極矣故天寶之亂海內分裂不可復合憲宗方平淮蔡裴度未及還朝而程异皇甫鎛皆以利進度三上書極論不可帝以天下略平欲崇臺池宮觀以自娛樂异鎛揣知其意數貢羨財以順所欲故度卒逐去而异鎛皆相不三年而禍發於宦官蓋玄宗在位歲久聚斂之害遍於天下故天下遂分憲宗之世其害未究故禍止於其身然方鎮之强宦官之横遂與唐相終始可不哀哉嗚呼太宗之恭儉所忍無幾耳而福至於不可勝盡玄憲之淫佚所獲無幾

耳而禍至於不可勝言而世主終莫之悟覆車相尋不絕於世葢末之思歟

姚崇第三十八

唐史官稱姚崇善應變以成天下之務宋璟善守文以持天下之正斯言固二人之所長也然應變者要不失正而後可孟子有言所惡於智者為其鑿也如智者若禹之行水則無惡於智矣禹之行水也行其所無事也如智者亦行其所無事則智亦大矣唐玄宗豪俊之君也而崇復以豪俊事之方其君臣遇合天下事迎刃而解若無足為者雖然以水濟水後將有不可食者開元四年天下大蝗民祭且拜之坐視食苗而不敢捕崇奏遣御史為捕蝗使分道殺蝗羣臣多不以為然帝亦疑之而崇行之愈力蝗亦為息

捕蝗雖古之遺法然遇災而懼修德以答天變古之正道也崇置之不言而專以捕爲事已可疑矣既而崇所親吏趙誨以贓死崇懼還政時帝將幸東都而太廟屋壞宰相宋璟蘇頲皆言三年喪未終不可巡幸壞壓之變天戒也請罷東巡修德以答至譴帝以問崇崇曰此符堅故殿也山有朽壤而崩木蠹而折理無足怪但壞與行會非緣行而壞也今關中無年饋餉勞弊出幸東都所以爲人非爲己也百司已戒供擬已具請車駕卽東而遷神主太極殿更作新廟此大孝也帝用其言崇由此復相開元末帝在東都欲還長安裴耀卿等皆言農人場圃未畢須冬可還李林甫獨曰二都本東西宮耳車駕往來何用待時假令妨農獨赦所過租賦可也帝大悅卽駕而西崇

建東幸之計林甫獻西還之議其意同耳孰謂崇獨賢乎從崇之議使人君上不畏天戒中不敬宗廟下不䘏人言三者皆忠臣之所諱而崇居之不疑何哉其後崇璟既沒玄宗愈老愈輕蔑羣臣方任張九齡而廢太子瑛用牛仙客則聽李林甫方嬖楊國忠而縱安祿山則用輔璆琳專以適己爲悅類崇有以啓之也故吾謂開元之治雖出於崇而天寶之亂亦崇之所自致此人臣之至戒也

宇文融第三十九

開元之初天下始脫中睿之亂玄宗厲精政事姚崇宋璟彌縫其闕而損其過庶幾貞觀之治矣在易天下雷行物與無妄開元之初無妄之世也無妄之爲言無一不正之謂也君子之處此也亦全其大正而

略其小不正而已蓋詳其小必廢其大古語有之銖銖而稱之至石必差寸寸而量之至丈必過石稱丈量徑而寡失故無妄之二曰不耕穫不菑畬則利有攸往其三曰無妄之災或繫之牛行人之得邑人之災其五曰無妄之疾勿藥有喜夫必耕而後穫必菑而後畬小人之所謂無妄也而君子不然於義可穫不必其所耕也於道可畬不必其所菑也然後無所不行今有失牛於此得之者行人也而責得於邑人其意亦以求無妄也而邑人罹其橫故無妄之疾雖勿藥可也藥之其損或有甚於病者開元之初雖號富庶而戶口未嘗升降監察御史宇文融得其隙而論之請治籍外羨田逃戶命攝御史分行招實玄宗喜之朝臣莫敢言其非者惟陽翟尉皇甫憬戶部侍

郎楊瑒以爲籍外取稅百姓困弊得不償失而二人皆坐左遷諸道所括凡得客戶八十餘萬田亦稱是然州縣希旨多張虛數以正田爲羨編戶爲客歲終籍錢數百萬緡其名似是而實失民心淺言之則失在求詳深言之則失在貪利時帝方以耳目之奉責得於人行之不疑於是羣臣爭爲聚斂以迎侈心天寶之亂實始於此吾觀近世士大夫多有此病賢者不忍天下有小不平而欲平之小人僥倖其利以爲進取之計故天下每每多弊宰相李沆近世之賢相也嘗言吾在朝廷十有餘年無功可紀惟四方之言利者未嘗有一施行持此聊以報國古今善言醫者患醫之難以爲有病不服藥常得中醫蓋良醫不可必得而愚醫舉目皆是愚醫類能殺人而不服藥者

未必死李公之言蓋類此也

陸贄第四十

昔吾先君博觀古今議論而以陸贄爲賢吾幼而讀其書其賢比漢賈誼而詳練過之贄始以從官事唐德宗老而爲宰相從之出奔而與之反國彌縫其闕而濟其危亡比其老也功業定矣而卒斃於裴延齡之手其故何也孔子曰南人有言曰人而無恒不可以作巫醫善夫不常其德或承之羞贄以有常之德而事德宗之無常以巫醫之明而治無常之疾是以承其羞耳帝卽位之初好名而貪功河朔三叛父子相襲三十年矣帝將以天下之力勝之田悅驚疑而起朱滔王武俊和之帝使馬燧李抱真李艽三將往迎其鋒勝負之勢未决也帝急於成功復使李晟出

禁衛之兵李懷光舉朔方之衆五將萃於魏郊而淮
西李希烈乘間而起兵連禍結常賦所不能贍於是
爲之抽貫算閒假貸商賈空內以事外關中已亂而
帝不知也贄曰今兩河淮西爲禍亂之首者獨四五
凶人而已臣料其間必有旁遭詿誤內畜危疑而計
不能止者未必皆處心積慮果於僭逆也而況脅從
之黨乎陛下若能招懷以禮悔禍以誠使來者必安
安者必久人知獲免則誰願復爲惡者縱有野心難
馴臣知從化者必過半矣帝猶意西師可以必克忽
其言不用未幾而涇原畔卒之變起倉皇避寇半年
而歸帝亦老而厭兵矣於是行一切之政專以姑息
涵養藩鎮凡節度使死將佐之得士心者皆就命留
後雖以簒奪請命者亦如之宣武劉士寧以暴慢失

衆其將李萬榮因其出畋閉門逐之帝將命以其位
贄曰如士寧之惡萬榮棄而違之可也討而逐之可
也惟伺隙而篡取其位則不可何者方鎮之臣事多
專制欲加之罪誰無辭者若使傾奪之徒輒得其處
則四方諸將無復安者矣且萬榮搆亂之日諸郡守
將固非其同謀也一城士衆亦未必皆其黨也方成
敗逆順之勢交戰於中其肯捐軀與之同惡乎今若
選命賢將降詔軍中奬萬榮撫定之功別加寵任褒
將士輯睦之義例賜恩賞使衆知保安則誰肯復助
其亂萬榮縱欲跋扈勢亦無所至矣帝方苟安無事
竟亦不許由此觀之帝常持無常之心故前勇而後
怯贄常持有常之心故勇怯各得其當然其君臣之
間異同至此雖欲上下相保不可得矣會昌中盧龍

諸將連害帥臣最後張絳殺陳行泰宰相李德裕以爲河朔請帥皆報下太速故軍得以安若稍緩之必且有變既而回鶻烏介可汗擾天德塞軍使張仲武請以本軍擊之德裕問知仲武可用言之武宗舉以爲帥張絳既爲其下所殺而仲武遂以功名終德裕之謀則贄之故智也然帝之出也以陳京趙贊而贄之逐也以程异裴延齡其禍皆出於聚斂之臣贄之賢非不知也帝歸自興元贄因事言曰齊桓公自莒入齊伯業既成而管仲以不忘在莒爲戒衞獻公自齊還衞諸大夫逆諸境者執其手而與之言逆於門者頷之而已戒心之易忘而驕心之易生齊衞之君陛下之蓍龜也贄言雖切而帝終不改吾以爲使贄反國而爲鴟夷子皮浮舟而去則其君臣之間超然

無後患然後可以言智也哉

牛李四十一

唐自憲宗以來士大夫黨附牛李好惡不本於義而從人以喜愠雖一時公卿將相未有傑然自立者也牛黨出於僧孺李黨出於德裕二人雖黨人之首然其實則當世之偉人也蓋僧孺以德量高而德裕以才氣勝德與才不同雖古人鮮能兼之者使二人各任其所長而不爲黨則唐末之賢相也僧孺相文宗幽州楊志誠逐其將李載義帝召問計策僧孺曰是不足爲朝廷憂也范陽自安史後不復係國家休戚前日劉總納土朝廷糜費且百萬終不能得斗粟尺布以實天府俄復失之今志誠猶向載義也第付以節使捍奚契丹彼且自力不足以逆順治也帝曰吾

初不討此公言是也因遣使慰撫之及武宗世陳行
泰殺史元忠張絳復殺行泰以求帥德裕以爲河朔
命帥失在太速使姦臣得計遷延久之擢用張仲武
而絳自斃僧孺以無事爲安而德裕以制勝爲得此
固二人之所以異較之德裕則優矣德裕節度劍南
西川吐蕃將悉怛謀以維州降維州西南要地也是
時方與吐蕃和親僧孺不可曰吐蕃綿地萬里失一
維州不害其强今方議和好而自違之中國禦戎守
信爲上應變次之彼若來責失信贊普牧馬蔚茹川
東襲汧隴不三日至咸陽雖得百維州何益帝從之
使德裕反降者吐蕃族誅之德裕深以爲恨雖議者
亦不直僧孺然吐蕃自是不爲邊患幾終唐世則僧
孺之言非爲私也帝方用李訓鄭注欲求奇功一日

延英謂宰相公等亦有意於太平乎何道致之僧孺曰臣待罪宰相不能康濟天下然太平亦無象今四夷不內侵百姓安生業私室無强家上不壅蔽下不怨讟雖未及全盛亦足爲治矣而更求太平非臣所及也退謂諸宰相上責成如此吾可久處此耶旣罷未久李訓爲甘露之事幾至亡國帝初欲以訓爲諫官德裕固爭言訓小人咎惡已著決不可用德裕亦以此罷去二人所趣不同及其臨訓注事所守若出於一人吾以是知其皆偉人也然德裕代僧孺於淮南訴其乾沒府錢四十萬緡質之非實及在朱崖作窮愁志論周秦行紀言僧孺有僭逆意悻然小丈夫之心老而不衰也始僧孺南遷於循老而獲歸二子蔚藂後皆爲名卿德裕沒於朱崖子孫無聞後世深

悲其窮豈德不足而才有餘固天之所不予耶

郭崇韜第四十二

國無釁而後可以伐人冒釁以伐人敵無釁則己受其災敵有釁則我與敵皆斃楚靈王殘民以逞舉思亂之民以伐吳吳不可動而棄疾攻之若升虛邑靈王遂死於外齊湣王貪而好勝知桀宋之可攻而忘齊國之既病燕師乘之遂以失國自古冒釁以攻人其禍如此矣唐莊宗勇而善戰與梁人夾河相攻十戰九勝涉河取鄆不十日而克梁威震諸國五代用兵未有神速若此者也然其克敵之後幸一日之安沉湎聲色之虞宦官伶人交亂其政府庫之積罄於耳目之奉民怨兵怒國有土崩之勢而不知也一時功臣皆武夫倔起未有識安危之幾者惟樞密使郭

崇韜智勇兼人知其不可力言而不見聽求去而不見許中外佞倖視之仄目崇韜深病之矣時方欲伐蜀崇韜欲立大功爲自安之計議以魏王繼岌爲元帥而己爲之副將兵六萬以出兵不逾時而克成都降王衍料敵制勝之功可謂盛矣然崇韜知蜀之易與而不知唐之已亂挈其良將勁兵西行數千里雖立大功而不免讒死于蜀征蜀之兵未還而趙在禮爲亂河朔明宗北征遂與在禮皆反帥兵南向克汴入洛遂無一人能禦之者向使西師不出蜀雖未下而京師有重兵崇韜不死河朔叛臣心有所畏不敢妄動則莊宗不亡崇韜不死禍福未可知也嗟乎崇韜冒釁以伐人蹈齊湣之禍而以爲安惜其有智而未始學也

馮道第四十三

馮道以宰相事四姓九君議者譏其反君事讎無士君子之操大義既虧雖有善不錄也吾覽其行事而竊悲之求之古人猶有可得言者齊桓公殺公子糾召忽死之管仲不死又從而相之子貢以爲不仁問之孔子孔子曰管仲相桓公霸諸侯一匡天下民到于今受其賜微管仲吾其被髮左衽矣豈若匹夫匹婦之爲諒也自經於溝瀆而莫之知也管仲之相桓公孔子既許之矣道之所以不得附於管子者無其功耳晏嬰與崔杼俱事齊莊公杼弒公而立景公晏子立於崔氏之門外其人曰死乎曰獨吾君也乎吾死也曰行乎曰吾罪也乎吾亡也曰歸乎曰君死安歸君民者豈以陵民社稷是主臣君者豈爲其口實

社稷是養故君爲社稷死則死之爲社稷亡則亡之若爲己死而爲己亡非其私暱誰敢任之且人有君而弑之吾焉得死之而焉得亡之將庸何歸門啓而入枕尸股而哭興三踊而出卒事景公雖無管子之功而從容風議有補於齊君子以名臣許之使道自附於晏子庶幾無甚愧也蓋道事唐明宗始爲宰相其後歷事八君方其廢興之際或在內或在外雖爲宰相而權不在己禍變之發皆非其過也明宗雖出於夷狄而性本寬厚道每以恭儉勸之在位十年民以少安契丹滅晉耶律德光見道問曰天下百姓如何救得道顧夷狄不可曉以莊語乃曰今時雖使佛出亦救不得惟皇帝救得德光喜乃罷殺戮中國之人賴焉周太祖以兵犯京師隱帝已沒太祖謂漢大

臣必相推戴及見道道待之如平日太祖常拜道是日亦拜道受之不辭太祖意沮知漢未可代乃立湘陰公爲漢嗣而使道逆之於徐道曰是事信否吾平生不妄語公毋使我爲妄語人太祖爲誓甚苦道行未返而周代漢纂奪之際雖賁育無所致其勇而道以拜跪談笑却之非盛德何以致此而議者黜之曾不少借甚矣士生於五代立於暴君驕將之間日與虎兕爲伍棄之而去食薇蕨友麋鹿易耳而與自經於溝瀆何異不幸而仕於朝如馮道猶無以自免議者誠少恕哉

兵民第四十四

事固有出於不得已而爲後世之利者分兵民一也劃燕薊二也何謂分兵民之利人生而天畀之才畀

之才則付之祿隨其精粗適其高下使食其技而資其身是未有知其所由然者也故士大夫讀詩書執射御習書計高可以治人下可以爲役而祿從之矣農工商賈服田疇通貨賄運機巧上可以雄里閭下可以養親戚而利從之矣有人於此才力過人操行凡鄙上不能爲吏下不能爲民天畀之才而無以資之嬰之以勞苦迫之以饑饉不羣起爲盜則無以求濟其欲此勢之所必至自秦漢以來天下未嘗無是患也唐衰而府衛之兵廢朝廷有禁兵藩鎮有衙兵兵民之分蓋漸於此及五代之際而黥涅之兵分布內外於是兵民判矣使民出其賦以養兵兵盡其力以衛民民有耕耨之勤而兵有征戍之勞更相爲用而不以相德此固分兵民之本意也至於山林之材

武田里之凶悍放蕩無著之人一隷於伍符尺籍食其粟衣其帛俛首受笞而不敢肆居則學弓劍出則效首級積歲月以取祿位有其才必得其養氣類相從凡凶人勇夫皆萃於軍中然後人人各得其歸故雖凶旱水溢天下小小不寧而盜賊不起較之漢唐之間十不三四天下陰享其利而不知其故也然儒者方且攘臂而言民兵之便民力旣盡於養兵而又較版圖數丁口使之執干戈習戰陣奪其農時而齊之以鞭扑民有怨心而責其效死以報國求信其私說而不卹後害嗚呼其亦未之思歟

燕薊第四十五

何謂割燕薊之利石晉始以燕薊之地賂契丹高祖思援兵之惠屈體以奉之雖號爲創業而日不遑給

出帝不勝其詬未有以待之而輕犯其怒遂以亡國是時割地之害深矣至於本朝乃見其利真宗皇帝親御六師勝虜於澶淵知其有厭兵之心稍以金帛啗之虜欣然聽命歲歲遣使介修鄰國之好逮今百數十年而北邊之民不識干戈此漢唐之盛所未有也古者戎狄迭盛迭衰常有一族爲中國之敵漢文帝待之以和親而匈奴日驕武帝御之以征伐而中原日病謂之天之驕子非一日也今朝廷之所以厚之者不過於漢文帝而虜弭耳馴服則石氏之割燕薊利見於此夫熊虎之搏人得牛而止契丹據有全燕擅桑麻棗栗之饒兼玉帛子女之富重斂其人利盡北海而又益之以朝廷給予之厚賈生所謂三表五餌兼用之矣被氈飲乳之俗而身服錦繡之華口

甘麴蘗之美至於茗藥橘柚無一不享犬羊之心醺
然而足俛首奉約習爲禮義吾無割地之恥而獨享
其利此則天意非人事也昔唐天寶之亂朔方河隴
之兵起而東征吐蕃乘虛襲據郡縣唐內苦藩鎮背
叛置而不問百年之間獸心猖狂無復顧忌理極而
變部族內潰而唐士遺黎解辮內嚮中原未嘗血刃
而壤土自復今吾不忍塗炭生民而以皮幣犬馬結
異類之驩推之天理儻亦有唐季吐蕃之變乎

欒城後集卷第十一

潁濱遺老傳上

潁濱遺老姓蘇氏名轍字子由父曰眉山先生隱居不出老而以文名天下天下所謂老蘇者也歐陽文忠公以文章獨步當世見先生而嘆曰予閱文士多矣獨喜尹師魯石守道然意常有所未足今見君之文予意足矣先生既不用於世有子軾轍以所學授之曰是庶幾能明吾學者母成國太夫人程氏亦好讀書明識過人志節凜然每語其家人二子必不負吾志轍年十九舉進士釋褐二十三舉直言仁宗親策之於廷時上春秋高始倦於勤轍因所問極言得失曰陛下即位三十餘年矣平居靜慮亦嘗有憂於此乎無憂於此乎臣伏讀制策陛下既有憂懼之言

矣然臣愚不敏竊意陛下有其言矣未有其實也往
者寶元慶曆之間西羌作難陛下晝不安坐夜不安
席天下皆謂陛下憂懼小心如周文王然自西方解
兵陛下棄置憂懼之心二十年矣古之聖人無事則
深憂有事則不懼夫無事而深憂者所以爲有事之
不懼也今陛下無事則不憂有事則大懼臣以爲憂
樂之節易矣臣疎遠小臣聞之道路不知信否近歲
以來宮中貴姬至以十數歌舞飲酒優笑無度坐朝
不聞咨謨便殿無所顧問三代之衰漢唐之季女寵
之害陛下亦知之矣久而不止百蠹將由之而出内
則蠱惑之所汙以傷和伐性外則私謁之所亂以敗
政害事陛下無謂好色於内不害外事也今海内窮
困生民愁苦而宮中好賜不爲限極所欲則給不問

有無司會不敢爭大臣不敢諫執契持敕迅若兵火
國家內有養士養兵之費外有北狄西戎之奉陛下
又自爲一阱以耗其遺餘臣恐陛下以此得謗而民
心不歸也策入轍自謂必見黜然考官司馬君實第
以三等范景仁難之蔡君謨曰吾三司使也司會之
言吾愧之而不敢怨惟胡武平以爲不遜力請黜之
上不許曰以直言召人而以直棄之天下謂我何宰
相不得已寘之下第除商州軍事推官知制誥王介
甫意其右宰相專攻人主比之谷永不肯撰詞宰相
韓魏公哂曰此人策語謂宰相不足用欲得婁師德
郝處俊而用之尚以谷永疑之乎知制誥沈文通亦
考官也知其不然故文通當制有愛君之言諫官楊
樂道見上曰蘇轍臣所薦也陛下赦其狂直而收之

盛德之事也乞宣付史館上悅從之是時先君被命
修禮書而兄子瞻出簽書鳳翔判官傍無侍子轍乃
奏乞養親三年子瞻解還轍始求為大名推官逾年
先君捐館舍及除喪神宗嗣位旣三年矣求治甚急
轍以書言事卽日召對延和殿時王介甫新得幸以
執政領三司條例上以轍為之屬不敢辭介甫急於
財利而不知本呂惠卿為之謀主轍議事多牾一日
介甫出一卷書曰此靑苗法也諸君熟議之有不便
以告勿疑它日轍告之曰以錢貸民使出息二分本
以救民之困非為利也然出納之際吏緣為姦雖有
法不能禁錢入民手雖良民不免非理費用及其納
錢雖富民不免違限如此則鞭箠必用州縣事不勝
煩矣唐劉晏掌國計未嘗有所假貸有尤之者晏曰

使民僥倖得錢非國之福使吏倚法督責非民之便吾雖未嘗假貸而四方豐凶貴賤知之未嘗逾時有賤必糴有貴必糶以此四方無甚貴甚賤之病安用貸爲晏之所言則漢常平法耳今此法見在而患不修公誠有意於民舉而行之劉晏之功可立竢也介甫曰君言有理當徐議行之後有異論幸勿相外也自此逾月不言青苗會河北轉運判官王廣廉召議事廣廉嘗奏乞度僧牒數千道爲本錢行陝西漕司私行青苗法春散秋斂與介甫意合卽請而施之河北自此青苗法遂行於四方初陳陽叔以樞密副使與介甫共事二人操術不同介甫所唱陽叔不深和也既召謝卿材侯叔獻陳知儉王廣廉王子韶程顥盧秉王汝翼等八人欲遣之四方搜訪遺利中外傳

笑知所遣必生事迎合然莫敢言者轍求見陽叔陽
叔逆問君獨來見何也對曰有疑欲問公耳近日召
八人者欲遣往諸路不審公旣知利害所在事有名
件而使往案實之耶其亦未知其實漫遣出外網捕
諸事也陽叔曰君意謂如何對曰昔嘉祐末遣使寬
卹諸路事無所指行者各務生事旣還奏例多難行
爲天下笑今何以異此陽叔曰吾昔奉敕看詳寬卹
等事如范堯夫輩所請多中理對曰今所遣如堯夫
者有幾陽叔曰所遣果賢將不肯行君無過憂對曰
公誠知遣使之不便而恃遣者之不行何如陽叔曰
君姑退得徐思之後數日陽叔召屬官於密院言曰
上卽位之初命天下監司具本路利害以聞至今未
上今當遣使宜得此以議可草一劄子乞催之惠卿

覺非其黨中意不樂漫具草無益也轍知力不能救
以書抵介甫陽叔指陳其決不可者且請補外介甫
大怒將見加以罪陽叔止之奏除河南推官會張文
定知淮陽以學官見辟從之三年授齊州掌書記復
三年改著作佐郎復從文定簽書南京判官居二年
子瞻以詩得罪轍從坐謫監筠州鹽酒稅五年不得
調平生好讀詩春秋病先儒多失其旨欲更爲之傳
老子書與佛法大類而世不知亦欲爲之注司馬遷
作史記記五帝三代不務推本詩書春秋而以世俗
雜說亂之記戰國事多斷缺不完欲更爲古史功未
及究移知歙績溪始至而奉神宗遺制居半年除祕
書省校書郎明年至京師除右司諫宣仁后臨朝用
司馬君實呂晦叔等欲革弊事舊相蔡確韓縝樞密

使章惇皆在位窺伺得失中外憂之轍言曰先帝臨
御僅二十年厲精政事變更法度將以力致太平追
復三代是以擢任臣庶多自小臣致位公相用人之
速近世無與比者究觀聖意本欲求賢自助以利安
生民爲社稷長久之計豈欲使左右大臣媮合苟容
出入唯唯危而不持顛而不扶竊取利祿以養妻子
而已哉然自法行以來民力凋敝海內愁怨先帝晚
年寢疾彌留照知前事之失親發德音將洗心自新
以合天意而此志不遂奄棄萬國天下聞之知前日
弊事皆先帝之所欲改思慕聖德繼之以泣是以皇
帝踐祚聖母臨政奉承遺旨罷導洛廢市易損青苗
止助役寬保甲免買馬放修城池之役復茶鹽鐵之
舊黜吳居厚呂孝廉宋用臣賈青王子京張誠一呂

嘉問蹇周輔等命令所至細民鼓舞相賀臣愚不知
朝廷以爲凡此誰之罪也上則大臣蔽塞聰明逢君
之惡下則小臣貪冒榮利奔競無恥二者均皆有罪
則大臣以任重責重小臣以任輕責輕雖三尺童子
所共知也今朝廷既已罷黜小臣至於大臣則因而
任之將復使燮和陰陽陶冶民物臣竊惑矣竊惟朝
廷之意將以體貌大臣待其愧恥自去以全國體今
確等自山陵以後猶偃然在職不肯引咎辭位以謝
天下謹案確等受恩最深任事最久據位最尊獲罪
最重而有靦面目曾不知愧確等誠以昔之所行爲
是耶則今日安得不爭以昔之所行爲非耶則昔日
安得不言窮究其心所以安而不去者蓋以爲是皆
先帝所爲而非吾過也夫爲大臣忘君徇己不以身

任罪戾而歸咎先帝不忠不孝寧有過此臣竊不忍千載之後書之簡策大臣既自處無過之地則先帝獨被惡名此臣所以痛心疾首當食不飽至於涕泗之橫流也陛下何不正其罪名上以爲先帝分謗下以慰臣子之意今獨以法繩治小臣而置確等大則無以顯揚聖考之遺意小則無以安反側之心故臣竊謂大臣誠退則小臣非建議造事之人可一切不治使得革面從君竭力自効以洗前惡伏乞出臣此章宣示確等使自處進退之分臣雖萬死不恨也三人竟皆逐去然卒不以其前後反覆歸咎先帝罪之世以爲恨呂惠卿始諂事介甫倡行虐政以害天下其後勢鈞力抗則傾陷介甫甚於仇讎世尤惡之時惠卿自知罪大乞宮觀自便不預貶竄輒具疏其姦

請加深譴乃以散官安置建州天下韙之司馬君實
既以清德雅望專任朝政然其爲人不達吏事知雇
役之害欲復行差役不知差雇之弊其實相半講之
未詳而欲一旦復之民始聞而喜徐而疑懼君實不
信也王介甫以其私說爲詩書新義以考試天下士
學者病之君實改爲新格而勢亦難行方議未定轍
言自罷差役至今僅二十年吏民皆未習慣況役法
關涉衆事根牙磐錯行之徐緩乃得審詳若不窮究
首尾忽遽便行恐既行之後別生諸弊今州縣役錢
例有積年寬剩大約足支數年若且依舊雇役盡今
年而止催督有司審議差役趁今冬成法來年役使
鄉戶但使既行之後無復人言則進退皆便又言進
士來年秋試日月無幾而議不時決傳聞四方不免

惶惑詩賦雖號小技而比次聲律用功不淺至於治
經誦讀講解尤不可輕易要之來年皆未可施行欲
乞先降指揮來年科場一切如舊惟經義兼取注疏
及諸家議論或出己見不專用王氏學仍罷律義令
天下舉人知有定論一意爲學以待選試然後徐議
元祐五年以後科舉格式未爲晚也衆皆以爲便而
君實始不悅矣是歲上將親饗明堂轍言曰三代常
祀一歲九祭天再祭地皆天子親之故於其祭也或
祭昊天或祭五天或獨祭一天或祭皇地祇或祭神
州地祇要於一歲而親祀必遍降及近世歲之常祀
皆有司攝事三歲而後一親祀親祀之疏數古今之
變相遠如此然則其禮之不同蓋亦其勢然也謹按
國朝舊典冬至圜丘必兼饗天地從祀百神若其有

故不祀圜丘別行他禮或大雩於南郊或大饗於明
堂或恭謝於大慶皆用圜丘禮樂神位其意以爲皇
帝不可以三年而不親祀天地百神故也臣竊見皇
祐明堂遵用此法最爲得禮自皇祐以後凡祀明堂
或用鄭氏說獨祀五天帝或用王氏說獨祀昊天上
帝雖於古學各有援據而考之國朝之舊則爲失當
蓋儒者泥古而不知今以天子每歲徧祀之儀而議
皇帝三年親祀之禮是以若此其疏也今者皇帝陛
下對越天命逾年卽位將以九月有事於明堂義當
並見天地徧禮百神躬薦誠心以格靈貺臣恐有司
不達禮意以古非今執王鄭偏說以亂本朝大典夫
禮沿人情人情所安天意必順今皇帝陛下始親祠
事而天地百神無不咸秩豈不俯合人情仰符天意

臣愚欲乞明詔禮官今秋明堂用皇祐明堂典禮庶幾精誠陟降溥及上下時大臣多牽於舊學不達時變奏入不報然輒以爲周禮一歲遍祭天地皆人主親行故郊丘有南北禮樂有同異自漢唐以來禮文日盛費用日廣事與古異故一歲遍祀不可復行唐明皇天寶初始定三歲一親郊於致齋之日先享太清宮次享太廟然後合祭天地從祀百神所以然者蓋謂三年一次大禮若又不遍則於人情有所不安至於遍祭之禮已自差官攝事未嘗少廢此近世變禮非復三代之舊而議者欲以三代遺文參亂其閒失之遠矣至七年上將親郊輒備位政府乃與諸公共伸前議合祭天地識者以爲當初神宗以夏國內亂用兵攻討於熙河路增置蘭州於延安路增置安

疆米脂等五寨至此夏國雖屢遣使而未脩職貢二年夏始來賀登極使還未出境又遣使入界朝廷知其有請地之意然大臣議弃守未决輙言曰頃者西人雖至而疆埸之事初不自言度其狡心蓋知朝廷厭兵確然不請欲使此議發自朝廷得以爲重朝廷深覺其意忍而不予情得勢窮始來請命今若又不許使其來使徒手而歸一失此機必爲後悔彼若黠集兵馬屯聚境上許之則畏兵而予不復爲恩不予則邊釁一開禍難無已間不容髮正在此時不可失也今議者不深究利害妄立堅守之議苟避棄地之名不度民力不爲國計其意止欲私己自便非社稷之計也臣又聞議者或謂棄守皆不免用兵棄則用兵必遲守則用兵必速遲速之間利害不遠若遂以

地子之恐非得計臣聞聖人應變之機正在遲速之
際但使事變稍緩則吾得算已多昔漢文景之世吳
王濞內懷不軌稱病不朝積財養兵謀亂天下文帝
專務含養置而不問加賜几杖恩禮日隆濞雖包藏
禍心而仁澤浸漬終不能發及景帝用晁錯之謀欲
因其有罪削其郡縣以爲削之亦反不削亦反削之
則反疾而禍小不削則反遲而禍大削書一下七國
盡反至使景帝發天下兵遣三十六將僅而破之議
者若不計利害之淺深較禍福之輕重則文帝隱忍
不決近於柔仁景帝剛斷必行近於強毅然而如文
帝之計禍發既遲可以徐爲備禦稍經歲月變故自
生以漸制之勢無不可如景帝之計禍發既速未及
旋踵已至交兵鋒刃既接勝負難保社稷之命決於

一日雖食晁錯之肉何益於事今者欲弃之策與文
帝同而欲守之計與景帝類臣乞宣喻執政欲弃者
理直而禍緩欲守者理曲而禍速曲直遲速孰爲利
害況今日之事主上妙年母后聽斷將帥吏士恩情
未接兵交之日誰使效命若其羽書沓至勝負紛然
臨機決斷誰任其責惟乞聖心以此反覆思慮早賜
裁斷無使西戎別致猖狂弃守之議皆不得其便於
是朝廷許還五寨夏人遂服轍尋遷起居郎爲中書
舍人時朝廷起文潞公於既老以太師平章軍國重
事初元豐中河決大吳先帝知故道不可復還因導
之北流水性已順惟河道未深隄防未立歲有決溢
之患本非深害也至此諸公皆未究悉河事而潞公
欲以河爲重事中書侍郎呂微仲樞密副使安厚卿

從而和之始謂河西北流入泊淀久必淤淺異日或
從北界入海則河朔無以禦狄故三人力主回河之
計諸公莫能奪呂晦叔時爲中書相轍間見問曰公
自視智勇孰與先帝勢力隆重能鼓舞天下孰與先
帝晦叔驚曰君何言歟對曰河決而北自先帝不能
回而諸公欲回之是自謂智勇勢力過先帝也且河
決自元豐導之北流亦自元豐是非得失今日無所
預諸公不因其舊而修其未完乃欲取而回之其爲
力也難而其爲責也重矣晦叔唯唯曰當與諸公籌
之既而回河之議紛紛而起晦叔亦以病沒轍遷戶
部侍郎嘗因轉對言曰財賦之原出於四方而委於
中都故善爲國者藏之於民其次藏之州郡州郡有
餘則轉運司常足轉運司既足則戶部不困唐制天

下賦稅其一上供其一送使其一留州比之於今上供之數可謂少矣然每有緩急王命一出舟車相御大事以濟祖宗以來法制雖殊而諸道畜藏之計猶極豐厚是以斂散及時縱捨由己利柄所在所爲必成自熙寧以來言利之臣不知本末之術欲求富國而先困轉運司轉運司既困則上供不繼上供不繼而戶部亦憊矣兩司既困故內帑別藏雖積如丘山而委爲朽壤無益於算故 臣願舉近歲朝廷無名封樁之物歸之轉運司蓋禁軍闕額與差出衣糧清汴水脚與外江綱船之類一經擘畫例皆封樁夫闕額禁軍尋當以例物招置而出軍衣糧罷此給彼初無封樁之理至於清汴水脚雖減於舊而洛口費用實倍於前外江綱船雖不打造而雇船運糧其費特甚

重復刻剝何以能堪故臣謂諸如此比當一切罷去
況祖宗故事未嘗有此但有司固執近事不肯除去
惟陛下斷而與之則轉運司利柄稍復而戶部亦有
賴矣朝廷重違近制卒不能改尋又言臣謹以祖宗
故事考今日本部所行體例不同利害相遠恐合隨
事措置以塞弊原謹昧死具三弊以聞其一曰分河
渠案以爲都水監其二曰分胄案以爲軍器監其三
曰分修造案以爲將作監三監皆隸工部則本部所
專其餘無幾出納損益制在它司頃者司馬光秉政
知其爲害嘗使本部收攬諸司利權當時所收不得
其要至今三案猶爲它司所擅深可惜也祖宗參酌
古今之宜建立三司所領天下事幾至大半權任之
重非他司比推原其意非以私三司也事權分則財

利散雖欲求富其道無由蓋國之有財猶人之有飲食飲食之道當使口司出納而腹制多寡然後分布氣血以養百骸耳目賴之以爲明手足賴之以爲力若不專任口腹而使手足耳目得分治之則雖欲求一飽不可得矣而況於安且壽乎今戶部之在朝廷猶口腹也而使它司分治其事何以異此自數十年以來羣臣不明祖宗之意每因一事不舉輒以三司舊職分建它司利權一分用財無藝它司以辦事爲效則不卹財之有無戶部以給財爲功則不問事之當否彼此各營一職其勢不復相知雖使戶部得才智之臣終亦無益能否同病府庫卒空今不早救後患必甚昔嘉祐中京師頻歲大水大臣始取河渠案置都水監置監以來比之舊案所補何事而大不便

者河北有外監丞侵奪轉運司職事轉運司之領河
事也郡之諸埽埽之吏兵儲蓄無事則分有事則合
水之所向諸埽趨之吏兵得以併功儲蓄得以併用
故事作之日無暴斂傷財之患事定之後徐補其闕
兩無所妨自有監丞據法責成緩急之際諸埽不相
爲用而轉運司不勝其弊矣此工部都水監爲戶部
之害一也先帝一新官制並建六曹隨曹付事故三
司故事多隸工曹名雖近正而實非利昔胄案所掌
今內爲軍器監而上隸工部外爲都作院而上隸提
刑司欲有興作戶部不得與議訪聞河北道近歲爲
羊渾脫動以千計渾脫之用必軍行乏水過渡無船
然後須之而其爲物稍經歲月必至蠹敗朝廷無出
兵之計而有司營職不顧利害至使公私應副虧財

害物若專在轉運司必不至此此工部都作院爲戶部之害二也昔修造案掌百工之事事有緩急物有利害皆得專之今工部以辦職爲事則緩急利害誰當議之朝廷近以箔場竹箔積久損爛創令出賣上下皆以爲當指揮未幾復以諸處營造歲有科制遂令般運堆積以破出賣之計臣不知將作見一工幾何一歲所用幾何取此積彼未用之間有無損敗而遂爲此計本部雖知不便而以工部之事不敢復言此工部將作監爲戶部之害三也凡事之類此者多矣臣不能遍舉也故願明詔有司罷外水監丞舉河北河事及諸路都作院皆歸轉運司至於都水軍器將作監皆兼隸戶部使定其事之可否裁其費之多少而工部任其功之良苦程其作之遲速苟可否多

少在戶部則傷財害民戶部無所逃其責矣苟良苦遲速在工部則敗事乏用工部無所辭其譴矣利出于一而後天下貧富可責之戶部矣朝廷以爲然從之惟都水監仍舊轍自爲中書舍人與范子功劉貢父同詳定六曹條例子功領吏部元豐所定吏額主者苟悅羣吏比舊額幾數倍朝廷患之命量事裁減已再上再却矣子功奉使轍兼領其事吏有白中孚者進曰吏額不難定也昔之流內銓今侍郎左選也事之煩劇莫過此矣昔銓吏止十數而今左選吏至數十事不加舊而用吏至數倍何也昔無重法重祿吏通賕賂則不欲人多以分所得今行重法給重祿賕賂比舊爲少則不忌人多而幸於少事此吏額多少之大情也舊法日生事以難易分七等重者至一

分輕者至一釐以下積若干分而爲一人今若取逐
司兩月事定其分數則吏額多少之限無所逃矣轍
以其言遍問屬官皆莫應獨李之儀對曰是誠可爲
也即與之儀議之曰此羣吏身計所係也若以分數
爲人數必大有所損將大致紛訴雖朝廷亦將不能
守乃具以白宰執請據實立額竢吏之年滿轉出或
事故死亡者勿補及額而止不過十年羨額當盡功
雖稍緩而見吏知非身患不復怨矣諸公以爲然遂
申尚書省取諸司兩月生事諸司吏皆疑懼莫肯供
再申乞榜諸司使知所立額竢它日見闕不補非法
行之日即有減損也榜出文字即具至是成書以申
三省左僕射呂微仲大喜欲攘以爲己功以問三省
吏皆莫曉有諸司吏任永壽者頗知其意微仲悅之

於尚書省創吏額房使永壽與三省吏數人典之小人無遠慮而急於功利卽背前約以立額日裁省吏員復以好惡改易諸吏局次凡近下吏人惡爲上名所壓者卽爲擬出上名於它司閑慢司分欲入要地者卽自寺監擬入省曹之類是也凡奏上行下皆微仲專之不復經三省法出中外洶洶微仲旣爲御史所攻永壽亦以恣橫贓汙以徒罪刺配久之微仲知衆不伏乃使左右司再加詳定略依本議行下時子瞻自翰林學士出知餘杭朝廷卽命轍代爲學士尋又兼權吏部尚書未幾奉使契丹虜以其侍讀學士王師儒館伴師儒稍讀書能道先君及子瞻所爲文曰恨未見公全集然亦能誦服伏苓賦等虜中類相愛敬者

欒城後集卷第十二

欒城後集卷第十三

潁濱遺老傳下

還朝爲御史中丞命由中出宰相以下多不悅所薦御史率以近格不用自元祐初革新庶政至是五年矣一時人心已定惟元豐舊黨分布中外多起邪說以搖撼在位呂微仲與中書侍郎劉莘老二人尤畏之皆持兩端爲自全計遂建言欲引用其黨以平舊怨謂之調停宣仁后疑不決轍於延和面論其非退復再以劄子論之其一曰臣近面論君子小人不可並處朝廷竊觀聖意似不以臣言爲非者然天威咫尺言詞迫遽有所不盡退伏思念若使邪正並進皆得預聞國事此治亂之幾而朝廷所以安危者也臣誤蒙聖恩典司邦憲臣而不言誰當救其失者謹復

稽之古今考之聖賢之格言莫不謂親近君子斥遠小人則人主尊榮國家安樂疏外君子進任小人則人主憂辱國家危殆此理有必然非一人之私言也其於周易所論尤詳皆以君子在內小人在外爲天地之常理小人在內君子在外爲陰陽之逆節故一陽在下其卦爲復二陽在下其卦爲臨陽雖未盛而居中得位聖人知其有可進之道一陰在下其卦爲姤二陰在下其卦爲遯陰雖未壯而聖人知其有可畏之漸若夫居天地之正得陰陽之和者惟泰而已泰之爲象三陽在內三陰在外君子既得其位可以有爲小人奠居於外安而無怨故聖人名之曰泰泰之言安也言惟此可以久安也方泰之時若君子能保其位外安小人使無失其所則天下之安未有艾

也惟恐君子在位因勢陵暴小人使之在外而不安則勢將必至於反覆故泰之九三曰無平不陂無往不復竊惟聖人之戒深切詳盡所以誨人者至矣獨未聞以小人在外憂其不悅而引之於內以自遺患者也故臣前所上劄子亦以謂小人雖決不可任以腹心至於牧守四方奔走庶務各隨所長無所偏廢寵祿恩賜彼此如一無一可指如此而已若遂引而寘之於內是猶畏盜賊之欲得財而導之於寢室知虎豹之欲食肉而開之以坰牧天下無此理也且君子小人勢同冰炭同處必爭一爭之後小人必勝君子必敗何者小人貪利忍恥擊之難去君子潔身重義知道之不行必先引退故古語曰一薰一蕕十年尙猶有臭蓋謂此矣先帝以聰明聖智之資疾頽靡

之俗將以綱紀四方追迹三代今觀其設意本非漢唐之君所能髣髴也而一時臣佐不能將順聖德造作諸法率皆民所不悅及二聖臨御因民所願取而更之上下忻慰當此之際先朝用事之臣皆布列於朝自知上逆天意下失民心徬徨踧踖若無所措朝廷雖不加斥逐其勢亦自不能復留矣尚賴二聖慈仁不加譴責而宥之於外蓋已厚矣今者政令已孚事勢大定而議者惑於浮說乃欲招而納之與之共事欲以此調停其黨臣謂此人若返豈肯徒然而已哉必將戕害正人漸復舊事以快私忿人臣被禍蓋不足言臣所惜者祖宗朝廷也蓋自熙寧以來小人執柄二十年矣建立黨與布滿中外一旦失勢睎覬者多是以創造語言動搖貴近脅之以禍誘之以利

何所不至臣雖未聞其言而槩可料矣聞者若又不加審察遽以爲然豈不過甚矣哉臣聞管仲治齊奪伯氏駢邑三百飯蔬食沒齒無怨言諸葛亮治蜀廢廖立李嚴爲民徙之邊遠久而不召及亮死二人皆垂泣思亮夫駢立嚴三人者皆齊蜀之貴臣也管葛之所以能戮其貴臣而使之無怨者非有它也賞罰必公舉措必當國人皆知所與之非私而所奪之非怨故雖仇讎莫不歸心耳今臣竊觀朝廷用舍施設之間其不合人心者尚不爲少彼既中懷不悅則其不服固宜今乃直欲招而納之以平其隙臣未見其可也詩曰無競維人四方其訓之陛下誠以異同反覆爲憂惟當久任才性忠良識慮明審之士但得四五人常在要地雖未及臯陶伊尹而不仁之人知自

遠矣惟陛下斷自聖心不爲流言所惑毋使小人一進後有噬臍之悔則天下幸甚 臣既待罪執法若見用人之失理無不言言之不從理不徒止如此則異同之迹益後著明不若陛下早發英斷使彼此泯然無迹可見之爲善也奏入宣仁后命宰執於簾前讀之仍諭之曰蘇轍疑吾君臣遂兼用邪正其言極中理諸公相從和之自此參用邪正之說衰矣轍復奏曰聖人之德莫如至誠至誠之功存於不息有能推至誠之心而加之以不息之久則天地可動金石可移況於斯人誰則不服 臣伏見太皇太后陛下皇帝陛下隨時弛張改革弊事因民所惡屏去小人天下本無異心羣黨自作浮議近者德音一發衆心渙然正直有依人知所嚮惟二聖不移此意則天下誰敢

不然衞多君子而亂不生漢用汲黯而叛者寢苟存
至誠不息之意自是太平可久之功此實社稷之福
天下之幸也然臣以謂昔所柄任其徒實繁布列中
外豈免窺伺若朝廷施設必當則此輩覬望自消昔
田蚡爲相所爲貪鄙則竇嬰灌夫睥睨宮禁諸葛亮
治蜀行法廉平則廖立李嚴雖流徙邊郡終身無怨
此則保國寧人之要術自古聖賢之所共由者也臣
竊見方今天下雖未大治而祖宗綱紀具在州郡民
物粗安若大臣正己平心無生事要功之意因弊修
法爲安民靖國之術則人心自定雖有異黨誰不歸
心向者異同反覆之心蓋亦不足慮矣但患朝廷舉
事類不審詳曩者黃河北流正得水性而水官穿鑿
欲導之使東移下就高汨五行之理及陛下遣官按

視知不可爲猶或固執不從經今累歲回河雖罷減水尙存遂使河朔生靈財力俱困今者西夏青唐外皆臣順朝廷招來之厚惟恐失之而熙河將吏創築二堡以侵其膏腴議納醇忠以奪其節鉞功未可覬爭已先形朝廷雖知其非終不明白處置若遂養成邊釁關陝豈復安居如此二事則臣所謂宜正己平心無生事要功之意者也昔嘉祐以前鄉差衙前民間常有破產之患熙寧以後出賣坊場以雇衙前民間不復知有衙前之苦及元祐之初務於復舊一例復差官收坊場之錢民出衙前之費四方驚顧衆議沸騰尋知不可旋又復雇雇法有所未盡但當隨事修完而去年之秋復行差法雖存雇法先許得差州縣官吏利在起動人戶以差爲便差法一行即時差

足雇法雖在誰復肯行臣頃奉使契丹河北官吏皆爲臣言豈朝廷欲將賣坊場錢別作支費耶不然何故惜此錢而不用竭民力以供官此聲四馳爲損非細又熙寧雇役之法三等人戶並出役錢上戶以家產高强出錢無藝下戶昔不充役亦遣出錢故此二等人戶不免咨怨至於中等昔既已自差役今又出錢不多雇法之行最爲其便及元祐罷行雇法上下二等忻躍可知唯是中等則反爲害臣請且借畿內爲比則其餘可知矣畿縣中等之家例出役錢三貫若經十年爲錢三十貫而已今差法既行諸縣手力最爲輕役農民在官日使百錢最爲輕費然一歲之用已爲三十六貫二年役滿爲費七十餘貫罷役而歸寬鄉得閑三年狹鄉不及一歲以此較之則差役

五年之費倍於雇役十年賦役所出多在中等如此安得民間不以今法爲害而熙寧爲利乎然朝廷之法官戶等六色役錢只得支雇役人不及三年處州役而不及縣役寬剩役錢只得通融鄰路鄰州而不及鄰縣人戶願出錢雇人充役者只得自雇而官不爲雇如此之類條目不便者非一故天下皆思雇役而厭差役今五年矣如此二事則臣所謂宜因弊修法爲安民靖國之術者也臣以聞見淺狹不能盡知當今得失然四事不去如臣等輩猶知其非而況於心懷異同志在反覆幸國之失有以藉口者乎臣恐如此四事彼已默識於心多造謗議待時而發以搖撼衆聽矣伏乞宣諭宰執事有失當改之勿疑法或未完修之無倦苟民心既得則異議自消陛下端拱

以享承平大臣逡巡以安富貴海內蒙福上下所同豈不休哉然大臣怙權恥過終莫肯改比轍爲執政三省又奏除李清臣爲吏部尙書給事中范祖禹封還詔書進呈不允祖禹執奏如初左正言姚勔亦言不當三省復除蒲宗孟兵部尙書轍謂諸公且俟邦直命下然後議此如何皆不應及簾前微仲奏諸部久闕尙書見在人皆資淺未可用又不可闕官須至用前執政上有黽俛從之之意轍奏前日除李清臣給諫紛然爭之未定今又用宗孟恐不便宣仁后曰奈闕官何轍曰尙書闕官已數年何嘗闕事今日用此二人正與去年用鄧溫伯無異此三人者非有大惡但昔與王珪蔡確輩並進意思與今日聖政不合見今尙書共闕四人若並用似此四人使互進黨類

氣勢一合非獨臣等耐何不得亦恐朝廷難耐何矣且朝廷只貴安靜如此用人臺諫安得不言臣恐自此閙矣宣仁后曰信然不如且靜諸公遂卷除目持下轍又奏臣去年初作中丞首論此事聖意似以臣言爲然今未及一年備位於此若遂不言實恐陛下怪臣前後異同上曰然乃退六年春詔除尚書右丞轍上言臣幼與兄軾同受業先臣薄祐早孤凡臣之宦學皆兄所成就今臣蒙恩與聞國政而兄適亦召還本除吏部尚書復以臣故改翰林承旨臣之私意尤不遑安況兄軾文學政事皆出臣上臣不敢遠慕古人舉不避親只乞寢臣新命得與兄同備從官竭力圖報亦未必無補也不聽時呂微仲與劉莘老爲左右相微仲直而闇莘老曲意事之大事皆決於微

仲惟進退士大夫莘老陰竊其柄微仲不悟也轍居
其閒迹危甚莘老昔爲中司臺中舊僚多爲之用前
後非意見攻宣仁后覺之莘老旣以罪去微仲知轍
無宅有相安之意然其爲人則如故天下事卒不能
大有所正至今愧之蓋是時所爭議大者有二其一
西邊事其二黄河事初夏人來賀登極相繼求和且
議地界朝廷許之本約地界已定然後付以歲賜久
之議不決明年夏人多保忠以兵襲涇原殺掠弓箭
手數千人而去朝廷隱忍不問卽遣使往賜策命夏
人受禮倨慢以地界爲詞不復入謝且再犯涇原四
年乃復來賀坤成且議地界朝廷急於招納疆議未
定先以歲賜予之尋覺不便乃於疆事多方侵求不
守定約而熙河將佐范育种誼等又背約侵築質孤

勝如二堡夏人隨郎平邊首等又欲以兵納趙醇忠
又擅招蕃部千餘人朝廷卻而不受西邊騷然轍力
言其非乞罷育誼更擇老將以守熙河宣仁后深以
爲是而大臣主之轍面奏此輩皆大臣親舊不忍壞
其資任雖其同列亦不敢異議陛下獨不見黃河事
乎當時德音宣諭至深至切然非大臣意至今不了
人君與人臣事體不同人臣雖明見是非而力所不
加須至且止人主於事不知則已知而不得行則事
權去矣臣今言此蓋欲陛下收攬威柄以正君臣之
分而已若專聽其所爲不以漸制之及其太甚必加
之罪只如韓維專恣太甚范純仁阿私太甚皆不免
逐去事至如此豈朝廷美事故臣之意蓋爲保全大
臣非欲害之也宣仁后極以爲然而不能用六年六

月熙河奏夏人十萬騎壓通遠軍境上挑掘所爭崖巉殺人三日而退乞因其退軍未能復出急移近裏堡寨於界上修築乘利而往不須復守誠信諸公會議都堂轍謂微仲今欲議此事當先定議欲用兵耶不用兵耶微仲曰如合用兵亦不得不用轍曰凡欲用兵先論理之曲直我若不直則兵決不當用朝廷頃與夏人商量地界欲用慶曆舊例以漢蕃見今住坐處當中爲界此理最爲簡直夏人不從朝廷遂不固執蓋朝廷臨事常患先易後難此所謂先易者也既而許於非所賜城寨依綏州例以二十里爲界十里爲堡鋪十里爲草地非所賜城寨指謂延州塞門義合石州吳堡蘭州諸城寨通遠軍定西城要約纔定朝廷又要於兩寨界首相望侵係蕃地一抹取直夏人黽俛見從要約未定朝廷又要

蕃界更留草地十里通前三十里夏人亦又見許凡
此所謂後難者也今者又欲於定西城與隴諾堡相
望一抹取直所侵蕃地凡百數十里隴諾祖宗舊疆
豈所謂非所賜城寨耶此則不直致寇之大者也今
雖欲不顧曲直一面用兵不知二聖謂何莘老曰持
不用兵之說雖美然事有須用兵者亦不可固執轍
曰相公必欲用兵須道理十全敵人橫來相加勢不
得已然後可耳今吾不直如此兵起之後兵連禍結
三五年不得休將奈何諸公乃許不從熙河之計明
日面奏之轍曰夏人引兵十萬直壓熙河境上不於
宅處作過專於所爭處殺人掘崖巉此意可見此非
西人之罪皆朝廷不直之故微仲曰朝廷指揮亦不
至大段不直轍曰熙河帥臣輒敢生事奏乞不守誠

信乘夏人抽兵之際移築堡寨臣以爲方今堡寨雖或可築至秋深馬肥夏人能復引大兵來爭此否諸人皆言今已不許之矣轍曰臣欲詰責帥臣耳若不加詰責或再有陳乞諸人皆曰竢其再乞詰責未晚宣仁后曰邊防忌生事早與約束諸人乃聽已而蘭州又以遠探爲名深入西界殺十餘人轍曰邊臣貪功生事不足以示威徒足以敗壞疆議理須戒敕不聽既又以防護打草爲名殺六七人生擒九人微仲知不便欲送還生口因奏其事轍曰邊臣貪冒小勝不顧大計極害事今送還九人甚善可遂戒敕邊臣微仲不欲曰近日延安將副李儀等深入陷沒已責降一行人足以爲戒轍曰李儀深入以敗事被責蘭州深入得功若不戒敕將謂朝廷責其敗事而喜其

得功也宣仁后曰然乃加戒敕然七年夏人竟大入河東朝廷乃議絶歲賜禁和市使沿邊諸路爲淺攻計命熙河進築定遠城夏人不能爭未幾復大入環慶復議使熙河進築汝遮中書侍郎范子功獨不可轍度其意昔延安帥臣趙卨范氏姻家也方議地界以綏州二十里爲例議出於卨熙河斥其不可議久不決而卨死故子功持之轍謂之曰綏州舊例施於延安可耳熙河遠者或至七八十里其不從宜矣方論國事親舊得失不宜置胷中也衆皆稱善而子功悻然不服會西人乞和議遂不成未幾右相蘇子容以事去位子功以同省得罪因遂其請實以汝遮故也轍自爲諫官論黃河東流之害及爲執法最後論三事其一存東岸清豐口其二存西岸披灘水口其

三除去西岸激水鋸牙朝廷以付河北監司惟以鋸
牙爲不可去轍於殿廬中與微仲論之微仲曰無鋸
牙則水不東水不東則北流必有患轍曰然北京百
萬生靈歲有決溺之憂何以救之且分水東入故道
見今淤合者多矣分水之利亦自不復能久若俟漲
水已過盡力修完北流隄防使足勝漲水之暴然後
徹去鋸牙免北京危急此實利也莘老曰河北監司
不如此言奈何轍曰公豈不知外官多所觀望耶微
仲曰河事至大難以臆斷轍曰彼此皆非目見當以
公議參之耳及至上前二相皆以分水爲便轍具奏
前語且曰必欲重慎候漲水過故道增淤即併力修
完北隄然後轍去鋸牙庶幾可也退至都堂二相遽
批聖語曰依都水監所定轍語堂吏適所奏不然莘

老失措微仲知不可乃曰明日別議卒改批不得添展乃已八年正月都水吳安持乞於北流作軟堰定河流以免淤填時微仲在告轍奏曰先帝因河決大吳導之北流已得水性惟隄防未完每歲不免決溢此本黃河常事耳是時北京之南黃河西岸有闞村樊村等三斗門遇河水泛溢即開此三門分水北行於無人之地至北京北合入大河故北京生聚無大危急自數年來大臣創議回河水官王孝先吳安持等即塞此三門貼築西隄又作鋸牙馬頭約水向東直過北京之上故北京連年告急然約水既久東流遂多於往歲蓋分流有利有害秋水泛漲分入兩流暫時且免決溢此分水之利也河水重濁緩則生淤既分爲二不得不緩故今日北流淤塞此分水之害

也然將來漲水之後河流東北蓋未可知臣等昨於
都堂問吳安持安持亦言去年河水自東今年安知
河水不自北宣仁后笑曰水官尚作此言況它人乎
轍又奏曰臣今但欲徐觀夏秋河勢所向水若東流
則北流不塞自當淤斷水若北流則北河如舊自可
容納似此處置安多危少行之無疑若行嶮徼倖萬
一成功如水官之意臣不敢從也乞元令安持等結
罪保明河流所向及軟堰既成有無填塞河道致將
來之患然後遣使按行具可否利害后復笑曰若令
結罪必謂執政脅持之且水官猶不保河之東北況
使者蹔往乎姑別議之可也二月微仲乃朝轍具以
前語諭之微仲口雖不伏而意甚屈曰軟堰且令具
功料申上朝廷更行相度轍曰如此終非究竟必欲

且爾亦可八日輟方在式假三省得旨批曰依水監
所奏下手日具功料取旨輟以非商量本意以劄子
論之微仲卽日在告十二日輟入對奏曰自去年十
一月後來至今百日間耳水官凡四次妄造事端搖
撼朝廷第一次安持十一月出行河先乞一面措置
河事舊法馬頭不得增損臣知安持意在添進馬頭
卽指揮除兩河門外許一面措置安持姦意既露第
二次乞於東流北添進五七埽緷臣知安持意欲因
此多進埽緷約令北流入東卽令轉運司同監視不
得過所乞緷數安持姦意復露第三次卽乞留河門
百五十步臣知安持意在回河改進馬頭之名爲留
河門卽不許安持計窮第四次卽乞作軟堰凡安持
四次擘畫皆回河意耳臣昨已令中書問工房水監

兩事其一勘會北流元祐二年河門元闊幾里逐年開排直至去年只闊三百二十步有何緣故其二勘會東流河門見闊幾步每年漲水東出水面南北闊幾里南面有無隄岸北京順水隄不沒者幾尺將來北流若果淤斷漲水東行係合併北流多少分數有無包畜不定今兩問猶未答便卽施行實太草草后嗟歎久之深以所言爲然二十四日與微仲同進呈微仲曰蘇轍所議河事今軟堰已不可作無可施行轍曰軟堰本自不可作然臣本論吳安持百日之閙四次妄造事端動搖朝聽若令依舊供職病根不去河朔被害無已微仲曰水官弄泥弄水別用好人不得所以且用安持轍曰水官職事不輕奈何以小人主之易曰開國承家小人勿用未聞小人有可用之

地也此後是非終不能決會宣仁晏駕九年正月安持奏乞塞梁村口縷張包口開清豐口以東鷄爪河八日轍以祈穀宿齋三省即令安持與北京留守司相度施行時微仲爲山陵使行有日矣轍見之待漏語及河事微仲直視曰此大事不可不慎轍曰誠然公亦宜慎之時范堯夫爲右相舊不直東流轍告之曰當與微仲議定乃令西去堯夫曰命已下奈何轍曰事有理誰敢不從議於皇儀門外再降指揮使都水與本路安撫提轉同議可即施行有異議亟以聞堯夫自外來始意轍與微仲比及此大相信服既而安撫許冲元乞候過漲水因河所向閉所不行口堯夫奏乞令許將與吳安持同議一面施行轍曰河勢難定恐須令諸司共議乃得其實上以爲然既行上

特宣喻曰河事不小可遣兩制以上二人按行相度堯夫曰河役已起方議遣官恐稽留役事上曰但使議論得實雖遲一年何損乃命中書舍人呂希純殿中侍御史井亮采往視之二人歸極以北流爲便方施行樞密簽書劉仲馮援舊例乞與河議仲馮本文潞公吳冲卿門下士也其言紛然呂井之議遂格而轍亦以罪見逐於是河流遂東凡七年而後北流復通徽仲之在陵下也堯夫奏乞除執政上即用李邦直爲中書侍郎鄧聖求爲尚書右丞三人久在外不得志遂以元豐事激怒上意邦直尤力舊法毋后之家十年一奏門客時皇太妃之兄朱伯材以門客奏徐州富人竇氏堯夫無以裁之一日日中請轍於都堂與邦直議之轍曰上始親政皇太妃閤中事當遍

議之車服儀制已付禮部矣皇太后月費尚書省已
奏乞依太皇太后矣皇太妃宜付戸部議定至於奏
薦亦當議有所予付吏部可也凡事付有司必以法
裁處朝廷又酌其可否而後行於體爲便明日奏之
上曰月費蜈內中批出奏薦皇太后家減二年皇太
妃十年議已定邦直獨曰此可爲後法今姑予之可
也上從之邦直之附會類如此會廷策進士邦直撰
策題即爲邪說以扇惑群聽轍論之曰伏見御試策
題歷詆近歲行事有欲復熙寧元豐故事之意臣備
位執政不敢不言然臣竊料陛下本無此心其必有
人妄意陛下牽於父子之恩不復深究是非遠慮安
危故勸陛下復行此事此所謂小人之愛君取快於
一時非忠臣之愛君以安社稷爲悅者也臣竊觀神

宗皇帝以天縱之才行大有爲之志其所施設度越前古蓋有百世而不可改者也臣請爲陛下指陳其略先帝在位近二十年而終身不受尊號裁損宗室恩止祖免減朝廷無窮之費出賣坊場雇募衙前免民間破家之患罷黜諸科誦數之學訓練諸將慵墮之兵置寄祿之官復六曹之舊嚴重祿之法禁交謁之私行淺攻之策以制西戎收六色之錢以寬雜役凡如此類皆先帝之睿筭有利無害而元祐以來上下奉行未嘗失墜者也至於其它事有失當何世無之父作之於前子救之於後前後相濟此則聖人之孝也漢武帝外事四夷內興宮室財用匱竭於是修鹽鐵榷酤均輸之政民不堪命幾至大亂昭帝委任霍光罷去煩苛漢室乃定光武顯宗以察爲明以讖

決事天下恐懼人懷不安章帝即位深鑒其失代之以寬愷弟之政後世稱焉及我本朝眞宗皇帝右文偃革號稱太平羣臣因其極盛爲天書之說及章獻明肅太后臨御攬大臣之議藏書梓宮以泯其迹仁宗聽政亦絕口不言天下至今韙之英宗皇帝自藩邸入繼大臣過計創濮廟之議朝廷爲之洶洶者數年及先帝嗣位或請復舉其事寢而不答遂以安靜夫以漢昭章之賢與吾仁宗神宗之聖豈其薄於孝敬而輕事變易也哉蓋有不可不以廟社爲重故也是以子孫既獲孝敬之實而父祖不失聖明之稱此眞明君之所務不可與流俗議也臣不勝區區願陛下反覆臣言愼勿輕事改易若輕變九年已行之事擢任累歲不用之人人懷私忿而以先帝爲詞則大

事去矣奏入不報再以劄子面論之上不悅李鄧從
而媒糵之乃以本官出知汝州居數月元豐諸人皆
會於朝再謫知袁州未至降授朝議大夫分司南京
筠州居住居三年責授化州別駕雷州安置未期年
或言方南行兄弟相遇中途至雷賃富民屋以居復
移循州今上卽位大臣猶不悅徙居永州皇子生復
徙岳州已乃復舊官提舉鳳翔上清太平宮有田在
潁川乃卽居焉居二年朝廷易相復降授朝請大夫
罷祠宮凡居筠雷循七年居許六年杜門復理舊學
於是詩春秋傳老子解古史四書皆成嘗撫卷而歎
自謂得聖賢之遺意繕書而藏之顧謂諸子今世已
矣後有達者必有取焉耳家本眉山貧不能歸遂築
室於許先君之葬在眉山之東昔嘗約祔於其塋雖

遠不忍負也以是累諸子矣予居潁川六年歲在丙戌秋九月閱篋中舊書得平生所爲惜其久而忘之也乃作潁濱遺老傳凡萬餘言已而自笑曰此世間得失耳何足以語達人哉昔予年四十有二始居高安與一二衲僧游聽其言知萬法皆空惟有此心不生不滅以此居富貴處貧賤二十餘年而心未嘗動然猶未覩夫實相也及讀楞嚴以六求一以一除六至于一六兼忘雖踐諸相皆無所礙乃油然而笑曰此豈實相也哉夫一猶可忘而況遺老傳乎雖取而焚之可也

欒城後集卷第十三

欒城後集卷第十四

大行太皇太后謚冊文進冊文劉子附

維元祐某年歲次甲子某月甲子朔某日甲子孝孫嗣皇帝臣謹再拜稽首言曰臣聞聖人之與默契天運昔真祖仁祖之際章獻臨御歲周一紀實能協和神人以綏靖國家逮我聖考蚤厭萬國惟末小子未堪多難則亦聖祖母躬受其艱始終九年臣民以寧社稷以固欲報之德未獲其所惟周人以諱事神以謚易名明詔聖德以示後嗣庶幾不忘世以爲憲恭惟大行太皇太后實天生德作合皇祖無私如天溥愛如地內自宮省之祕外薄華戎之廣丕冒德澤以生以成昔在景德北戎弗若時則烈武參定大計師次澶淵克遂有功南北底定垂九十年民獲養生送

死功書鼎彝澤加于後及我仁祖將援宣孝以奠天
位亦惟慈聖實以從母先識潛德宜于室家施及朝
廷元豐之末天地震裂疾方彌留羣公卿士拱手相
視罔知所措而大策中定與天爲謀肆時冲人實主
神器帷幄既施號令時敘稽于衆庶庸一二老政無
舊新以便民爲先人無戚疏以守正爲用故士恥奇
衺民知嚮方耕田而食遂底于今雨暘小愆責躬菲
食飢饉時告振廪輟漕憂世之心常若不及人賴其
賜神享其誠熏然和平無大裁害閉修咸平之政大
弛逋責中外所釋以千萬計飢寒者得以衣食流散
者得以安處歌舞之音流于四方遼人恃和時肆猾
姦一聞信義歛然知畏迄無一言之爭夏人恃遠更
出侵擾一被恩德屢畔仍屈卒爲乞盟之計雖燕處

于中實大乂于萬邦究觀設施莫見其朕惟約心以
公自二王一主洎于外家均遇以法無僥倖之求處
躬以儉自飲食服器至于宮室取足于用無華靡之
飾雖履大位以天下養而歲月之奉子弟之薦猶是
長樂之故是以貴戚近習相視而愧元臣耋老聞風
而歎不言而化成不威而心服自三代漢唐一人而
已若夫先后舊儀具在有司每自抑畏置而弗舉受
冊之禮當在文德也而退即於崇政明堂之賀當在
集英也而儀止於東闈將成宣光則原廟之設自處
於治隆將損任子則族人之恩下比於列辟凡輕於
約身而重於違禮推之庶政蓋有不可勝言者矣臣
夙遭閔凶未習師保之訓提攜閔閔若農之望歲誘
之以詩書之樂滋之以勸講之良示之以聽納之寬

導之以決斷之明久而弗忘遂以成性方將率德以自廣致養以盡誠而命之弗知哀恫邦國臨朝惘然未知攸濟易月之制既弗敢違因山之期茲復以告是用博訪于卿士受命于祖宗惟德之至不可以名言而功之隆不可以數舉敢因古人一惠之義益以累朝四謚之法庶以盡子孫之誠而慰海內之望謹遣攝太尉右光祿大夫守尚書左僕射兼門下侍郎上柱國汲郡開國公食邑六千三百戶食實封二千戶臣呂大防奉冊寶上尊謚曰宣仁聖烈太皇太后伏惟靈德在天令名垂世光配廟祏賁于太史沒而不亡永永無極於乎哀哉謹言

附　進謚冊文劄子一首

臣　奉勅差撰大行太皇太后謚冊文并書謚冊謚寶

者臣學以病衰書無師法受命震恐久不成章然念頃自元祐之初召還諫省漸更侍從復預丞弼前後八載未嘗一日不在朝廷耳聞號令目覩風化躬侍帷幄親承德音其於大行太皇太后聖德休功實稍究萬一况近者因稟呈謚法復面承聖訓稱道盛美多昔所未聞雖文詞鄙拙不足以稱陛下追崇聖母孝思罔極之懷而直紀事實略無一詞稍涉虛美施之四方可以無愧其冊文謹先繕寫進呈謹進

改園陵爲山陵手詔一首

大行太皇太后受遺稱制保佑眇躬勤勞九年阜安四海大德未報奄棄東朝布宣末命中外悲怛永惟平日謙恭之至意每避先后臨御之常儀逮茲遺言止以園陵爲號既非朕尊崇之本志又失臣下愛戴

之誠心宜詔有司易園陵爲山陵餘恭依遺誥

擬荅西夏詔書一首

鴻惟祖宗兼覆中外眷爾西夏號爲父子之邦依我
至仁世享爵秩之賜雖叛服非一而懷柔有常頃朕
纘服之初深示含容之意釋其往事加以新恩而冊
命之使方還寇攘之兵已發將吏憤怒卿士獻言請
興問罪之師以詰稱亂之故朕念爾在位未久勢不
自由有臣弗率衆則何咎遂命戢兵以竢尋亦款塞
自歸仍念兵禍以來諸族咸弊是用棄四寨山川之
廣畀每歲賚予之豐開懷不疑施德過厚方畫疆而
會議忽掃境以乘虛再犯誓言專求小利罔念自焚
之禍屢出無名之師眷彼遺民皆吾赤子姑勑邊吏
止爲保境之謀亦許兵間勿拒悔禍之請今觀所奏

良副本心接刃之殃非從我始來庭之順豈不爾容然尚託詞鄰邦失誠請之意多求邊壤非款伏之宜蓋中國舊疆西蕃故地已有前詔不係可還況復本國前後背誕之餘難執向來委曲聽從之命應今來所奏乞除延州塞門寨本非所賜已指揮鄜延經略司依前後朝旨分畫及通遠軍定西城東北界見有漢蕃兵民住坐去處已指揮熙河經略司依前後朝旨與夏國商量分畫可差官前去熙州議定其餘並依所乞仍候畫界了日依舊別進誓表然後常貢歲賜一切復初朕本推誠心坦無疑間雖經反覆猶示寬恩尚恪守於信言庶永綏於蕃服

擬殿試策題二首 元祐中準備

皇帝若曰朕奉承祖宗丕緒上觀三王下覽漢唐考

其爲治之實商周之際其政成於禮樂而以法令輔
之至於漢唐其術一出於政刑禮樂雖設而非其所
以爲治矣是以三代之盛教化明於上習俗成於下
後世有不能繼者然其治亂盛衰朕蓋有疑焉自三
代聖賢之君沒而子孫陵替亦與漢唐無異豈禮樂
刑政之効遂無以大相過耶今自祖宗創業積之百
餘年閒律令明具公卿奉法郡縣循理兵民安業大
盜不作四夷馴服求之前世未有治安若此其久也
其所以度越三代而超絕漢唐者祖宗何術而臻此
哉雖然朕夙夜東朝祗服明訓居安慮危若蹈泉谷
永惟近歲之治雖散利施惠以賙窮困而民日益貧
雖勤身節用以阜財賦而官日益匱役民之力將以
厚其財也而民或告病馭吏以寬將以責其恥也而

吏滋不肅河決而西導之使東費不貲矣而功不就羌弱不振招之使來謀旣久矣而約不定此六者皆今日之所當慮也子大夫明於古今其講之詳矣恃祖宗磐石之固而忽今日之患則朕所不敢因今日之安而推求祖宗致治之術則士之所當知也其悉心以陳勿畏勿疑朕將親覽庶幾有補焉

朕惟天下之治須才以濟凡吾左右前後之臣皆儒者也每三歲一舉所取必累數百猶懼草野之中耆舊好學之士有或遺焉而不用者是以親策于廷子大夫幼而習之長而欲行之閱天下之義理多矣凡平昔之所懷而欲效之于上者皆何事乎朕旣不敏不明惟取士之道未得其要今太學之士動以千計四選之士員累數萬而臨事須才或患不足引而進

之則官冗於上抑而排之則士壅於下將制厥中其道何由子大夫身處其間而有不知其說者乎蓋唐虞稽古建官惟百夏商官倍亦克用乂今設官之衆數倍於古蓋尚有可幷省者矣古語有之省事不如省官信如斯言則士又何以處之子大夫其推言本統以開釋朕意

欒城後集卷第十四

欒城後集卷第十五

擬合祭天地手詔一首元祐中撰

朕惟周禮王者親祀天地歲無不徧故郊丘有南北之辨禮樂有同異之别降及漢唐事與古異禮文寖盛費用增廣既難躬行以徧享遂於三歲而親祀事非周舊禮適時變故致齋之日躬見祖考圜丘之饗兼禮天地蓋將因此盛典咸秩百神變禮之得實始於此故祖宗以來常祀從周而親祀用唐神祇顧享中外蒙福百有餘年矣乃者元豐之中禮官建議將舉三代之故而革近世之宜見上帝於南郊禮皇地於北壝二祀特舉議與周合然而享廟之制尚從變禮先帝法古從衆始命親祠北郊如南郊儀仍具上公攝事之禮朕踐祚臨祭於今八年既已再見昊天

未嘗親奉神媪惟父天母地不可以獨疏故以人揆神凜焉而夕惕博謀多士參訂輔臣或欲郊祀之歲先行方澤而大禮之舉併在朞年仲夏之時憂於暑雨或欲以夏至之祀施於孟冬而考之前王初無此制併舉大事勢終難行或欲天地二祀互用三歲而祀天廢地情既未允以卑略尊禮尤非順國之大事朕何敢專是用存先帝之新儀昭示稽古之訓循祖宗之故事一本沿情之實將來南郊合祭天地並以百神從祀皆如熙寧十年以前舊制其元豐六年親祠北郊及上公攝事儀注並令太常寺檢尋元勑如法收藏仍備錄前後文案送國史院及令三省條件合用舊典令禮官詳定儀注聞奏

論合祭天地劄子一首 時已有旨施行不復上

臣伏見禮官等同議合祭天地之禮其間有以合祭爲非者輒考之禮義參之古今竊謂以合祭爲非者皆按禮而未窮義據古而未達今者也何以言之天子父事天母事地自生民以來未有事父而遺母事天而遺地者也周人之法王者一歲親祀天者四親祀地者二當其時禮文簡而儀衞少又未有肆赦推賞之煩葢一歲六祭而不爲勞故雖天地別祭而不爲闕也自漢以來事與周異故武宣之間已三歲然後一郊間歲然後一祠后土矣雖禮文殘缺不可復詳然三輔故事有合祭天地之語至平帝元始之初合祭之議始見光武因而行之其後或疏或數或合或別皆無常制不足取法惟唐天寶初始定以三年冬至皇帝合祭天地於圓邱祀前親享太清宮及太

廟於是三年一郊而始祖祖廟天地百神無不咸秩
變禮之得實始於此本朝一祖五宗監觀前世議定
郊祀而以唐制爲是因而行之逮今百有餘年鬼神
享德四海蒙福則其效緊可見矣嘗竊原祖宗之意
蓋以謂三代舊典時異事異不可復行然而先王遺
法則不可廢是以著之通禮每歲使有司攝事以示
無忘古初而天子親祀則定從三年凡今三年一郊
蓋已非三代之舊則其合祭天地不用三代之故蓋
不當復議矣元豐三年議禮之臣不達此意枉以三
代每歲別祭之儀而非本朝三年合祭之禮其說初
無它義惟有殆非求神以類之意一句遂於四年有
旨北郊親祠並依南郊仍修上公攝事之儀六年南
郊遂罷合祭而北郊之祀迄今不舉其議始於黃履

而成於張璪先帝重違羣臣僥而從之耳伏惟皇帝
陛下踐祚臨祭於今八年旣已再見昊天而未始一
見皇地事天而遺地有事父而遺母之嫌推之人情
神意不遠故中外有識之士咸願復舉祖宗故事合
祭天地從以百神以逆無疆之休以解天下之惑願
太皇太后皇帝陛下深惟祖宗因時施宜之意毋徇
諸儒執禮拘文之說斷自聖意舉而行之則天下幸
甚天下幸甚

元祐會計錄叙此本有六篇時與人分撰後又不果用

臣聞漢祖入關蕭何收秦圖籍周知四方盈虛強弱
之實漢祖賴之以幷天下丙吉爲相匈奴嘗入雲中
代郡吉使東曹考案邊瑣條其兵食之有無與將吏
之才否逡巡進對指揮遂定由此觀之古之人所以

運籌帷幄之中制勝千里之外者圖籍之功也蓋事之在官必見於書其始無不具者獨患多而易忘久而易滅數十歲之後人亡而書散其不可考者多矣唐李吉甫始簿錄元和國計弃包巨細無所不具國朝三司使丁謂等因之爲景德皇祐治平熙寧四書網羅一時出內之計首尾八十餘年本末相授有司得以居今而知昔參酌同異因時施宜此前人作書之本意也臣以不佞待罪地官上承元豐之餘業親覩二聖之新政時事之變易財賦之登耗可得而言也謹按藝祖皇帝創業之始海內分裂租賦之入不能半今世然而宗室尚鮮諸王不過數人仕者寡少自朝廷郡縣皆不能備官士卒精練常以少克衆用此三者故能奮於不足之中而綽然常若有餘及其

列國款附賧貢相屬於道府庫充塞創景福內庫入畜金幣爲殄虜之策太宗因之克平太原眞宗繼之懷服契丹二患既弭天下安樂日登富庶故咸平景德之間號稱太平羣臣稱頌功德不知所以裁之者於是請封泰山祀汾陰禮亳社屬車所至費以鉅萬而上清昭應崇禧景靈之宮相繼而起累世之積靡耗多矣其後昭應之災臣下復以營繕爲言大臣力爭章獻感悟沛然遂與天下休息仁宗仁聖清心省事以幸天下然而民物蕃庶未復其舊而夏賊竊發邊久無備遂命益兵以應敵急征以養兵雖間出內藏之積以求紓民而四方騷然民不安其居矣其後西戎既平而已益之兵遂不復汰加以宗子蕃衍充牣宮邸官吏冗積員溢於位財之不贍爲日久矣英

宗嗣位慨然有救弊之意羣臣竦觀幾見日新之政而大業未遂神考嗣世忿流弊之委積閔財力之傷耗覽政之初爲强兵富國之計有司奉承違失本旨始爲青苗助役以病農民繼爲市易鹽鐵以困商賈利孔百出不專於三司於是經入竭於上民力屈於下繼以南征交趾西討拓跋用兵之費一日千金雖內帑別藏時有以助之而國亦憊矣今二聖臨御方恭默無爲求民之疾苦而療之令之不便無不釋去民亦少休矣而西夏不賓水旱繼作凡國之用度大率多於前世當此之時而不思所以濟之豈不殆哉

臣歷觀前世持盈守成艱於創業之君蓋盈之必溢而成之必毀物理之至有不可逃者盈成之間非有德者不安非有法者不久昔秦隋之盛非無法也內

建百官外列郡縣至於漢唐因而行之卒不能改然
皆二世而亡何者無德以爲安也漢文帝恭儉寡欲
專務以德化民民富而國治後世莫及然身沒之後
七國作難幾於亂亡晉武帝削平吳蜀任賢使能容
受直言有明主之風然而亡不旋踵子弟內叛羌胡
外亂遂以失國此二帝者皆無法以爲久也今二聖
之治安而靜仁而恕德積於世秦隋之憂臣無所措
心矣然而空匱之極法度不立雖無漢晉強臣敵國
之患而數年之後國用曠竭臣恐未可安枕而臥也
故臣願得終言之凡會計之實取元豐之八年而其
爲別有五一曰收支二曰民賦三曰課入四曰儲運
五曰經費五者既具然後著之以見在列之以通表
而天下之大計可以畫地而談也若夫內藏右曹之

積與天下封樁之實非昔三司所領則不入會計將著之宅書以備覽觀焉臣謹敘

收支敘

古者三年耕必有一年之蓄以三十年之通制國用則九年之蓄可跂而待也今者一歲之入金以兩計者四千三百而其出之不盡者二千七百銀以兩計者五萬七千而其出之多者六萬錢以千計者四千八百四十八萬（除米鹽錢後得此數）而其出之多者一百八十二萬（并言未破應在及泯支給賜得此數）紬絹以匹計者一百五十一萬而其出之多者十七萬縠以石計者二千四百四十五萬而其出之不盡者七十四萬草以束計者七百九十九萬而其出之多者八百一十一萬然則一歲之入不足以供一歲之出矣故凡國之經費折長

補短常患不足小有非常之用有司輒求之朝廷待
內藏米鹽而後足臣身典大計以爲是媮歲月可也
數歲之後將有不勝其憂者矣是以輒嘗推原其故
方今禁中奉養有度金玉錦繡不逾其舊宮室不修
犬馬不玩有司循守法制謹視出入之節未嘗有失
也而其弊安在天下久安物盛而用廣亦理之常也
顧所以處之如何耳臣請歷舉其數宗室之衆皇祐
節度使三人今爲九人矣兩使留後一人今爲八人
矣觀察使一人今爲十五人矣防禦使四人今爲四
十二人矣百官之富景德大夫三十九人景德爲諸曹郎中
今爲二百三十人矣朝奉郎以上一百六十五人景德爲員
外郎今爲六百九十五人矣承議郎一百二十七人景德爲
博士今爲三百六十九人矣奉議郎一百四十八

人（景德爲三丞）今爲四百三十一人矣諸司使二十七人今爲二百六十八人矣副使六十三人今爲一千一百一十一人矣供奉官一百九十三人今爲一千三百二十二人矣侍禁三百一十六人今爲二千一百一十七人矣三省之吏六十人今爲一百七十二人矣其餘可以類推臣不敢遍舉也昔者郎止前行卿有定員今之大夫朝議皆無限法尚書侍郎歷改三曹而今之正議銀青合而爲一官秩併增不知其義夫國之財賦非天不生非地不養非民不長取之有法收之有時止於是矣而宗室官吏之衆可以禮法節也祖宗之世士之始有常秩者竢闕則補否則循資而已不妄授也仁宗末年任子之法自宰相以下無不減損英宗之初三載考績增以四歲神宗之始

宗室祖免之外不復推恩祖免之內以試出仕此四事者使今世欲爲之將以爲逆人心違舊法不可言也而況於行之乎雖然祖宗行之不疑當世亦莫之非何者事勢既極不變則敗衆人之所共知也今朝廷履至極之勢獨持之而不敢議臣實疑之誠自今日而議之因其勢循其理微爲之節文使見任者無損而來者有限今雖未見其利要之十年之後事有間矣賈誼言諸侯之變以謂失今不治必爲痼疾今臣亦云苟能裁之天下之幸也

民賦敘

古之民政有不可復者三焉自祖宗以來論事者嘗以爲言而爲政者嘗試其事矣然爲之愈詳而民愈擾事之愈力而功愈難其故何哉古者隱兵於農無

事則耕有事則戰安平之世無廩給之費征伐之際
得勤力之士此儒者之所歎息而言也然而熙寧之
初爲保甲之令民始嫁母贅子斷壞支體以求免丁
及其既成子弟挾縣官之勢以邀其父兄擅弓劍之
技以暴其鄉黨至今河朔京東之盜皆保甲之餘也
其後元豐之中爲保馬之法使民計產養馬畜馬者
衆馬不可得民至持金帛買馬於江淮小不中度輒
斥不用郡縣歲時閱視可否權在醫駔民不堪命民
兵之害乃至於此此所謂不可復者一也周官泉府
之制凡民之貸者以國服爲之息貸而求息三代之
政有不然者矣詩曰倬彼甫田歲取十千我取其陳
食我農人自古有年而孟子亦云春省耕而補不足
秋省斂而助不給古蓋有是道矣而未必有常數亦

未必有常息也至於熙寧青苗之法凡主客戶得相保任而貸其息歲取十二出入之際吏緣爲姦請納之勞民費自倍凡自官而及私者率取二而得一自私而入公者率輸十而得五錢積於上布帛米粟賤不可售歲暮寒苦吏卒在門民號無告二十年之間民無貧富家產盡耗此所謂不可復者二也古者治民必周知其夫家田畝六畜器械之數未有不知其數而能制其貧富者也未有不能制其貧富而能得其心者也故三代之君開井田畫溝洫謹步畝嚴版圖因口之衆寡以授田因田之厚薄以制賦經界既定仁政自成下及隋唐風流已遠然其授民田有口分永業皆取之於官其斂民財有租庸調皆計之於口其後世亂法壞變爲兩稅戶無主客以見居爲簿

人無丁中以貧富爲差田之在民其漸由此貿易之際不可復知貧者急於售田則田多而稅少富者利於避役則稅少而田多僥倖一興稅役皆弊故丁謂之記景德田況之記皇祐皆以均稅爲言矣然嘉祐中薛向孫琳始議方田量步畮審肥瘠以定賦稅之入熙寧中呂惠卿復建手實抉私隱祟告訐以實貧富之等元豐中李琮追究逃絶均虛編戶以補失陷之稅此三者皆爲國斂怨所得不補所失事不旋踵而罷此所謂不可復者三也故臣愚以謂爲國者當務實而已不求其名誠使民盡力耕田賦輸以養兵終身無復征戍之勞而朝廷招募勇力强狡之民教之戰陣以衞良民二者各得其利亦何所不可哉富民之家取有餘以貸不足雖有倍稱之息而子本之

債官不爲理償還之日布縷菽粟雞豚狗彘百物皆售州縣晏然處曲直之斷而民自相養蓋亦足矣至於田賦厚薄多寡之異雖小有不齊而安靜不撓民樂其業賦以時入所失無幾因其交易而質其欺隱繩之以法亦足以禁其太甚昔宇文融括諸道客戶州縣觀望虛張其數以實戶爲客雖得戶八十餘萬歲得錢數百萬而百姓困弊實召天寶之亂均稅之害何以異此凡此三者皆儒者平昔之所稱頌以爲先王之遺法用之足以致太平者也然數十年以來屢試而屢敗足以爲後世好名者之戒矣惟嘉祐以前百役在民衙前大者主倉庫躬饋運小者治燕饗職迎送破家之禍易如反掌至於州縣役人皆貪官暴吏之所誅求仰以爲生者先帝深究其病鬻坊場

以募衙前均役錢以雇諸役使民得闔門治生而吏
不敢苛問有司奉行不得其當坊場求數倍之價役
錢取寬剩之積而民始困躓不堪其生矣今二聖鑒
觀前事知其得失之實既盡去保甲青苗均稅至於
役法舉差雇之中惟便民者取之郡縣奉承雖未即
能盡而天下之民知天子之愛我矣故臣於民賦之
篇備論其得失俾後有考焉

欒城後集卷第十五

欒城後集卷第十六

兄除翰林承旨乞外任劄子四首

臣伏見兄軾近除翰林學士承旨兼侍讀以臣備位執政不敢復居要職比雖受命仍奏乞候過坤成上壽再乞外任伏念臣頃蒙誤恩擢居丞轄才微德薄常有負乘致寇之憂但以遭逢聖明恩德深厚未知所報不敢求去今者乃以忝冒之故復致兄軾遂巡退避不敢安職於臣私情莫遑寧處況復兄軾才高行備過臣遠甚不唯衆所共知抑亦聖鑒所亮兼臣自蒙擢用今將半年雖日夜勉勵終無所補若使兄軾得安處侍從論思講讀正其所長未必無補於聖德也故臣以謂陛下只可使弟避兄不可使兄避弟只可使不肖避賢不可使賢避不肖區區愚懇竭盡

於此伏乞聖慈察臣深心除臣一郡上以全朝廷之
公道下以伸兄弟之私義臣不勝至願冒昧自陳取
進止
貼黃臣自聞兄軾相次到闕即欲上章避
位意謂恐涉援引兄軾之嫌今者竊觀朝
廷擢用兄軾首冠禁林經筵眷遇之意可
謂至重榮名厚祿亦云極矣雖愚無知豈
復更有僥倖無厭之望臣以此不敢復避
小嫌令兄軾不安其職伏乞聖慈體察早
賜施行

第二

臣竊以君臣之間譬如父子中有所懷不當不盡臣
近以兄軾爲臣備位省轄不敢安職援引故事力求

補外臣內緣長少之義外量賢愚之分冒瀆聖聽欲
求一郡以厭公義今月十二日面被德音以臣與轍
既非同官不須回避臣退而思念聖恩隆厚不以兄
弟並處要劇爲嫌略去形迹責之實効臣等雖復捐
軀何以爲報然而兄弟孤遠愚拙寡援前後進用皆
出聖造臣既預聞國政兄復首冠侍從一家寵榮朝
臣未見其比若不知退避下則羣言可畏上則陰譴
可虞既兄弟未可並退而臣自知才氣學術皆不如
兄是以自求引去意欲使軾稍安於位竭力圖報庶
幾有補於國而無害於家耳區區之誠非復矯飾伏
乞指揮檢會前奏早賜施行取進止

第三

臣忝備執政無補萬一而兄軾自外召還以臣故不

敢安處要近力求補外臣比以長少之宜能否之分再歷肝膽乞守郡自効以安私義皆面蒙聖訓不允所請雖再三干冒已不容誅而區區寸誠終不可已特以坤成在近臣子皆得上千萬歲壽況臣遭逢恩寵倍常是以未敢復有所請欲俟過聖節卽伸前懇伏乞聖慈特賜鑒察取進止

第四

臣伏以兄軾近自杭州召還爲翰林學士承旨兼侍讀軾以臣備位政府避嫌請外臣亦再上章自陳以謂朝廷若以長幼論之則當使弟避兄若以才否論之則當使臣避軾事理至順意必見從而志淺言輕不蒙聽察兄軾近已蒙恩除知潁州雖聖恩深厚曲遂其請而緣臣忝冒致之外徙不惟私意有所未順

質之公議尤曰非宜況臣供職以來於今半年雖勉强自將而毫髮無補久妨賢路心自不遑欲乞聖慈諒臣誠心非有矯飾特除臣一郡以安愚衷干冒宸嚴不勝戰汗隕越之至取進止

舉王鞏乞外任劄子五首

臣伏見御史中丞鄭雍殿中侍御史楊畏言臣前任中憲日舉王鞏不當臣伏自念臣昔薦鞏本緣方今人物衰少惜其才有可採謂宜洗濯瑕疵稍加錄用朝廷因此過聽除鞏大藩臣雖無欺君之言終有輕舉之罪人言不已情實難安伏乞聖慈速正典刑以弭羣議取進止

第二

臣昨以鄭雍楊畏言臣薦王鞏不當奏乞速正典刑

以弭羣議尋復見諫官虞策與臺官安鼎亦論此事
內虞策所言與鄭雍楊畏不甚相遠惟有安鼎謂臣
欺罔詐謬機械深巧不速譴責恐臣挾朋誕謾日滋
日橫信如鼎言則臣死有餘責有何面目尚在朝廷
今臣既以舉官不當乞行朝典不敢復與鼎辨別曲
直然鼎頃與趙君錫賈易等同搆飛語誣罔臣兄軾
以惡逆之罪嘗與君錫等同上殿奏對上賴聖鑒照
察知其挾情虛妄君錫與易即時降黜惟鼎今在言
路是以盡力攻臣無所不至朝廷若不逐臣鼎必不
肯已伏乞聖慈憫臣孤立無援早賜責降使鼎私意
得伸不復煩瀆聖聽則臣死生幸甚臣謹已家居待
罪伏乞早賜施行取進止
貼黃臣本欲候二十二日奏事面陳家居

待罪之意但以鼎攻臣甚急若不早自引
避恐再以惡言見及伏乞聖慈體察

第三

臣適蒙恩押赴起居奏事尋面奏以臺諫有言理合
回避乞除外任以安危迹蒙德音宣諭臺諫所言止
是舉官不當一事令臣且爲朝廷安心供職臣仰服
聖恩察臣無他過惡便合祗稟訓詞不當再有陳請
然臣備位執政而舉非其人國有成法在臣則當奉
法以率衆於朝廷則不宜曲法以私臣況臣比年以
來再任言責每有論奏不敢觀望以此仇怨滿前孤
立寡援每一念此不寒而慄雖無人言自當引去今
羣言未已其鋒可畏若不蒙聖恩諒臣此心許臣補
外實恐橫被攻擊立見顛隮臣已不敢復入東府見

在天壽院聽候指揮伏乞聖慈愍臣窮迫早賜施行

臣無任祈天俟命激切屏營之至取進止

第四

臣今日伏蒙聖恩特降中使賜臣不允陳乞外任詔書一道仍傳宣聖旨令臣早赴省供職者孤危之迹以外爲安保全之恩留而不遺仰荷眷獎惟知感泣然念臣兩任臺諫因緣言事仇怨甚多今輕舉之罪雖蒙寬貸終恐難以自安伏乞聖慈察臣危懇檢會前奏早賜開許再三干瀆天聽無任惶懼戰慄之至取進止

第五

臣今月二十五日伏蒙聖恩特降中使賜臣詔書仍傳聖旨令臣赴省供職臣以愚直寡助朝多仇怨尋

具劄子復申前請臣之愚意非止欲求安身蓋將稍息煩言免致上瀆天聽俯伏竢命今已三日未聞報可憂懼實深尚冀聖慈察其孤慄畏人之心恕其再三冒聞之罪檢會累奏早賜施行則臣死生幸甚取進止

乞賜張宣徽謚劄子一首

臣伏見故宣徽南院使太子太保贈司空張方平始以博學高文名冠多士終以中立不倚望重累朝練達政體言不虛發遭遇聖明眷禮隆異每用其言輒效見當世其所不用皆有驗於後當熙寧變法之際與大臣議論不合引就外補年方七十懇請致仕杜門不出十有餘年觀其始終動合典禮有古人大節然性本渾朴不近名譽臨終戒其子孫不許請謚立

碑士大夫聞之莫不嘆息臣昔少年識方平於成都一見以忠義相勉其後兩從奏辟分兼師友竊以謂約身殺禮雖人臣執謙之美而誄行易名本人君追遠之義況自方平之亡臣親聞德音許其忠直竊見故事臣寮之家有不乞謚者皆因奏請特詔禮官定議以示褒勸伏乞聖慈以臣此奏降付太常寺於其家取索行狀依例施行取進止

貼黃本朝翰林侍讀學士兵部侍郎兼祕書監贈太子太師楊徽之翰林學士承旨工部尚書宋祁此二人身亡皆不請謚其後參知政事宋綬爲徽之請謚曰文莊翰林學士承旨張方平爲祁請謚曰景文伏乞付有司檢會施行

立皇后制書劄子一首

臣昨日躬聽制書伏承太皇太后陛下上皇帝陛下云皇帝奉承
慈訓公選賢淑下逮側微明建中宮以助內治羣臣在
位無不忻歡臣每因進見備聞德音知采擇之艱前
後經涉二歲所訪何止百家逮玆成命聖心勤止臣
今日偶以在告不獲隨衆面致懇誠不勝區區激切
惶恐之至

論黃河軟堰劄子一首申三省狀附

臣今月八日以式假不預進呈公事竊見三省同奉
聖旨北流軟堰依都水監所奏候下手日先將檢計
到功料奏取指揮竊緣臣從來都堂聚議常以謂軟
堰不可施於北流利害甚明蓋東流本人力所開闊
止百餘步冬月河流斷絶故軟堰可爲今北流旣是

大河正溜比之東流何止數倍見今河水行流不絶
軟堰何由能立蓋水官之意欲以軟堰爲名實作硬
堰陰爲回河之計耳朝廷既已覺其軟堰之請不宜
復從昨已於正月二十八日面奏大略以謂昔先帝
因河決導之北流已得水性惟隄防未立每歲不免
決溢之患蓋小小決溢是黃河常事本不爲大害而
數年前朝廷議欲回河王孝先吳安持等因此橫生
河事昔北京以南黃河西岸有闞村等三河門遇河
水決溢卽開此三門放水西行空地至北京之北却
合入大河故北京生聚無大危急只自建議回河先
塞此三門又於西隄作鋸牙馬頭約水東流直過北
京之上故北京連年告急緣此水勢臥東故去年東
流遂多於昔由此言之分流之說非徒無利實亦有

害也何者每年秋水泛漲分入兩流一時之間稍免決溢此分水之利也河水重濁緩即生淤既分爲二不得不緩故今日北流已見淤塞此分水之害也然將來漲水之後河流東北蓋未可知臣等昨問吳安持安持亦言去年河水自東安知今年河水不自北太皇太后宣諭曰水官尚如此此言餘人更安敢保臣又奏曰昨來安持等因河流稍東乞於東流添埽五七緷稱此機會不可少緩臣等恐安持意欲因此指揮多添埽緷壅遏北流不爲穩便卽乞指揮所增埽不得過元乞數然時方河冰埽緷皆不到地所稱機會悉是妄言安持等既未得如意卽又奏乞北流河門只留一百五十步蓋北流河門本闊三百餘步今若塞其大半河流既未可保其不北若使所塞堅壯

不可動搖則漲水咽怒必爲上流之患京師以來皆未免憂也若所塞浮虛漲水一至隨流蕩去人工物料無慮數百萬頃刻而盡民之膏血深可痛惜然臣愚意亦非敢便謂河水必北而不東也但欲俟今年夏秋漲水之來徐觀河勢所向水若全東則北流不塞自當淤斷水若復北則北河如舊自可容納朝廷作事務在萬全若行險儌倖萬一成功此則水官之意臣不敢從也安持等既見前計不行則又要橫截北流以爲軟堰見今北流稍緩安持等已恐因此生淤故立此堰然却因作堰欲盡留使臣人工物料積漸增卑撩淺卽是用河上諸埽人力般土填河數月之後積土成山不知與見今河淤孰爲多少名欲分水實是回河決不可許臣欲乞先令安持等結罪保

明河流所向及土堰若成有無塡塞河道致將來之患然後遣使按行具可否利害太皇太后曰水官猶不能保河之東北時暫遣使又安能知且可重別商量臣奏曰臣迫於異同之論故乞遣官若出自聖斷只朝廷商量亦無不可太皇太后又曰縱令水官結罪待其敗事然後施行於事何補臣奏曰誠如聖旨昔修六塔河先責李仲昌狀其功不成隨即責降此是富弼等當時謬政不足復用今來聖旨極爲允當臣退復思之嘗聞頃歲北流河門闊十餘里水面闊七八里今來河門止闊三百餘步蓋水官數年以來堙塞大河一至於此使洪流不安誰任其咎又東流河門止闊百餘步每年漲水東行已有滿溢之懼今復欲併入北流理難包畜遂指揮中書工房令作畫

一問都水監至今未有回報朝廷欲作軟堰當問候
得此二事委無妨礙有實及臣等看詳實有利無害
乃可施行若不待報遽降依奏指揮必恐有悞國事
雖云先具功料奏取指揮然已令依奏下手則是邪
說已行必致驚動衆聽且貽後患伏乞聖慈特賜詳
察降此議付三省所有八日指揮乞未行下候臣參
假商量取旨河事至重措置不當一方生靈被害非
細臣時暫在告心有所見不敢默已干冒天威甘俟
誅譴取進止

工房畫一

一勘會北流元祐二年河門元闊幾里水面闊幾
里逐年開排直至去年只闊三百二十步有
何緣故

一勘會東流河門見今闊幾步每年漲水東出水面南北闊幾里南面有無堤岸北京順水堤不沒者幾尺今來北流若果淤斷將來漲水東行係併合北流多少分數有無包畜不盡貼黃看詳軟堰之議吳安持等本只是奏乞令外丞司相度北流水勢如更有減落即令用軟堰權閉元未敢便乞下手今朝廷指揮更不相度便令下手即依奏之言深爲未當兼將來敗事安持等得以歸過朝廷尤爲不便臣忝預執政只合每事反覆商量不當獨入文字只爲此命一行臣自度參假之後必不敢不爭若大臣爭已行之命顯異同之迹非所以示天下故須

至密入此疏仍已一面密申三省乞未施行

附論軟堰申三省狀

右轍今月八日以式假不預進呈公事竊見中書省錄黄北流軟堰事三省同奉聖旨依都水監北外都水丞司所奏候下手日先將檢計到功料奏取指揮竊緣轍從來於都堂商量以謂軟堰不可施於北流利害甚明兼曾於正月二十八日面奏蒙聖旨令別具商議聞奏今來八日指揮愚意實未以爲然況轍時暫在告心知不便難以緘默已別具論奏謹具申三省所有八日指揮乞未行下工部俟參假日更別商量取旨謹狀

論御試策題劄子二首

臣伏見御試策題歷詆近歲行事有欲復熙寧元豐故事之意臣備位執政不敢不言然臣竊料陛下本無此心其必有人妄意陛下牽於父子之恩不復深究是非遠慮安危故勸陛下復行此事此所謂小人之愛君取快於一時非忠臣之愛君以安社稷爲悅者也臣竊觀神宗皇帝以天縱之才行大有爲之志其所設施度越前古蓋有百世而不可變者矣臣請爲陛下指陳其略先帝在位近二十年而終身不受尊號裁損宗室恩止祖免減朝廷無窮之費出賣坊場雇募衙前免民間破家之患罷黜諸科誦數之學訓練諸將慵惰之兵置寄祿之官復六曹之舊嚴重祿之法禁交謁之私行淺攻之策以折西戎之狂收六色之錢以寬雜役之困其微至於設抵當賣熟藥

凡如此類皆先帝之聖謨睿算有利無害而元祐以來上下奉行未嘗失墜者也至如其他事有失當何世無之父作之於前而子救之於後前後相濟此則聖人之孝也昔漢武帝外事四夷內興宮室財賦匱竭於是修鹽鐵榷酤平準均輸之政民不堪命幾至大亂昭帝委任霍光罷去煩苛漢室乃定光武顯宗以察爲明以讖決事上下恐懼人懷不安章帝卽位深鑒其失代之以寬豈弟之政後世稱焉及我本朝眞宗皇帝右文偃革號稱太平而羣臣因其極盛爲天書之說章獻明肅太后臨御覽大臣之議藏書梓宮以泯其迹及仁宗聽政亦絕口不言天下至今韙之英宗皇帝自藩邸入繼大臣過計創濮廟之議朝廷爲之洶洶者數年及先帝嗣位或請復舉其事寢

而不答遂以安靖夫以漢昭章之賢與吾仁宗神宗之聖豈其薄於孝敬而輕事變易也哉蓋事有不可不以廟社爲重故也是以子孫旣獲孝敬之實而父祖不失聖明之稱此眞明君之所務不可與流俗議也臣不勝區區願陛下反覆臣言愼勿輕事改易若輕變九年已行之事擢任累歲不用之人人懷私忿而以先帝爲詞則大事去矣臣不勝憂國之心冒犯天威甘俟譴責取進止

第二

臣近以御試策題有欲復熙寧元豐故事之意尋具劄子論先帝所行善政見今遵行者自已非一其間事有過差元祐以來隨宜修改以安天下者正是子孫孝敬之義未審陛下以臣言爲然否然臣竊觀自

陛下親政於今已是半年臣等日侍清光若聖意誠謂先帝舊政有不合改更自當宣諭臣等令商議措置今自宰臣以下未嘗略聞此言而忽因策問進士宣露密旨中外聞者莫不驚怪譬如家人父兄欲有所爲子弟有不預知而亟與行路謀之可乎臣聞兩喜必有溢美之言兩怒必有溢惡之言喜怒不忘於心而以議天下之政必有過甚而不平者朝廷雖有今昔之異其實一家欲有所爲當愛惜事體豈可如仇讎之相反惟患不速也哉頃者元祐之初初議改更亦未免此病故役法一事隨改隨復數年而後稍定臣於此時初爲諫官後爲御史每言差役不可盡行而河流不可強遏上下顧望終不盡從陛下以此察之臣非私元祐之政也蓋知事出怱遽則民受其

病耳議者誠謂元豐之事有可復行而元祐之政有所未便臣願陛下明詔臣等公共商議見其可而後行審其失而後罷深以生民社稷爲意勿爲此怱怱則天下之幸也取進止

貼黃臣竊見章惇昔任樞密使與司馬光爭論役法其言有曰免役之法利害相雜又曰見行役法今日自合改更又曰自行免役所遣使者不能體先帝愛民之意差役舊害雖已盡去而免役新害隨而復生今日正是更張修完之時又曰凡改更政事固有不可緩者有可以緩者如京東西保馬緩一日則民間有一日之害此不可緩者也如役法歲月之間改更了當誠不

爲緩陛下謂惇豈欲破壞元豐故事者哉
而言猶若此則元祐改更誠不爲過矣

待罪劄子一首

臣以愚拙特蒙聖恩擢用不次備位政府已及三年報效不聞負乘爲罪前後累致煩言浼瀆天聽孤危之迹寢食不遑祗自去秋以來紛紜少止方欲祈天請命力求補外適以東朝變故不敢自陳今者偶因政事懷有所見輒欲傾盡以報知遇而天資闇冥不達機務論事失當冒犯天威不敢自安謹以還入觀音院待罪伏乞聖慈察臣久欲退避以免素餐之譏憐臣不識忌諱出於至愚之性少寬刑誅特賜屏逐以允公議臣無任瞻天瀝懇戰懼殞越之至取進止

欒城後集卷第十六

欒城後集卷第十七

元祐七年生日謝表二首

臣某言伏蒙聖恩以臣生日特遣中使降詔書賜臣羊酒米麵者與聞幾政每懷尸祿之憂時及初生曲蒙好賜之厚使華臨賁親族增榮臣轍誠惶誠恐頓首頓首伏念臣起自畎畝之微貧無甔石之積永念屬厭之戒曾無求飽之心迨玷近班適緣乏使不稱是懼如醉其憂豈意生育之期復煩慶賜之重此蓋伏遇皇帝陛下政本於惠禮從其隆萬物盛多如魚麗之時羣臣和樂有鹿鳴之喜斥餼牽以爲饋助燕私而不忘自顧何功敢竊大烹之養誓將圖報少逃素食之譏臣無任感天荷聖激切屏營之至謹奉表稱謝以聞臣轍誠惶誠恐頓首頓首謹言

臣某言伏蒙聖恩以臣生日特遣中使降詔書賜臣
羊酒米麵者弧矢之祥永記於生育𢈔庖之賜曲被
於渙恩祇荷寵靈豈勝愧懼臣軱誠惶誠恐頓首頓
首伏念臣少方志學曾藜藿之莫辭長欲事親愧旨
甘之不贍雖居近列之寵常懷罔極之悲顧乏遠謀
猥叨亟饋此蓋伏遇太皇太后陛下約於奉己侈在
養賢躬周公吐餔之勞服大禹惡酒之戒特推觴豆
之賜以助室家之私敢不酌民言助調國政庶無
覆餗之患以圖報德之方臣無任感天荷聖激切屏
營之至謹奉表稱謝以聞臣軱誠惶誠恐頓首頓首
謹言

　　笏記

臣伏蒙聖慈以臣生日特遣中使降詔書賜臣羊酒

米麪者獲貳文昌再經生育荐蒙慶賜之典仰承慈惠之風食浮於人念素餐之可愧任過其量無令德之足觀欲報之心未知所措臣無任感天荷聖激切屛營之至

元祐八年生日謝表二首

臣轍言伏蒙聖恩以臣生日特遣中使降詔書賜臣羊酒米麪者老逢誕日泣養親之無從賜出天廚愧君恩之莫報臣轍誠惶誠恐頓首頓首伏念臣生於窮陋晚被寵榮粗飯垢衣未改生平之舊嘉肴旨酒每驚日食之豐復緣載育之辰曲霈馭幸之典室家交慶心口自慚此蓋伏遇皇帝陛下儉以約身優於養士勑廩人而繼粟閔褐父之睨盛力行舊章以惠列辟德非易物澤配漏泉矧玆異數之隆非復周行

之比食無避難敢忘臣子之心志在屬厭更誦古人
之戒臣無任感天荷聖激切屏營之至謹奉表稱謝
以聞臣轍誠惶誠恐頓首頓首謹言
臣轍言伏蒙聖恩以臣生日特遣中使降詔書賜臣
羊酒米麪者惠以餼牽示同安於飽滿繼之麴蘖恩
共享於和平臣轍誠惶誠恐頓首頓首伏念臣生自
寒鄉幼被慈訓父篤教忠之義母有擇鄰之風孤苦
積年衰羸無用每逢生日私竊疚懷敢期老病之餘
獲霑好賜之末既醉且飽兼喜與悲此蓋伏遇太皇
太后陛下知臣下之劬勞散廩庖之充積謂擬或不
以而周雅作刺食每無餘而秦風變衰霑爲大烹度
越前世蓋視如手足俾知體貌之隆況門有桑蓬本
效馳驅之用欲圖報德誓以移忠臣無任感天荷聖

激切屛營之至謹奉表稱謝以聞臣轍誠惶誠恐頓首頓首謹言

箚記

臣伏蒙聖慈以臣生日特遣中使降詔書賜臣羊酒米麪者枉蒙寄任空閱歲時每遇初生輒被好賜醉酒飽德雖喜太平之風鳴野食苹未展盡心之報臣無任感天荷聖激切屛營之至

辭門下侍郎劄子一首

臣竊覩今月內降聖旨臣轉官除門下侍郎伏以執政近臣預聞國論可用才舉難以次遷苟以先後歲月爲倫必致添冒沉淪之議況臣頃由縣道擢寘從官首尾七年歷盡華貫逮居丞轄之地訖無絲髮之功黽勉逾年慙負塡臆敢期聖眷未已擢任愈隆臣

反覆思之始者既以不次度越衆賢今者又因見任遷貳元宰前後僥倖豈可常然茍復冒居出納之司不知進退之分公論不允必致顛隮況臣久以愚拙誤蒙矜閔幸今命出未下勢尚可回伏乞聖恩念臣孤危非有矯飾特寢明命以安微衷臣無任祈天竢命激切屏營之至取進止

免太中大夫門下侍郎表二首

臣轍言伏奉告命蒙恩除臣太中大夫守門下侍郎者久塵右轄無補於時進貳東臺有慙在列言莫宣於誠意聽未感於高明臣轍誠惶誠懼頓首頓首伏念臣頃以虛名誤蒙收錄旋塵近侍非有勞能咀噍文詞本腐儒之事業彈治邪枉犯衆口之憎嫌及夫進貳文昌日侍軒闥隨衆出入得失何補於萬幾奉

行文書勉强自慙者期歲此則聖主之所親見孤臣之所自知豈待人言難逃天鑒敢謂超升累級復進崇階雜用負乘行自招於寇盜未嘗狩獵食何取於鶉貆伏望太皇太后陛下因功以舉賢選衆以拔士采其譽者必考其實聽其言者皆原其心如臣空疎自難隱伏特追成命以慰公言使聖朝無失於用人則臣愚若蒙於厚賜臣無任祈天竢命激切屏營之至謹奉表陳免以聞臣轍誠惶誠懼頓首頓首謹言

臣轍言伏奉誥命蒙恩除臣太中大夫守門下侍郎者喉吻之任密侍於禁中綸綍之行風傳於海內苟用人之失當於累上以非輕臣轍誠惶誠懼頓首頓首伏念臣西南陋儒墳史樸學非有過人之大節惟守事君之小心無其實不敢居其名非其任不敢竊

其祿任歷三世年逾半生奉以周旋未始失墜今者乃欲以尋尺之材居棟梁之任以斗升之量受鐘鼎之藏雖欲欺君且非本志矧復躐等超累級之上遷秩非舊比之常靖言以思未見其可伏望皇帝陛下因任庶物照臨百官短長各盡其宜大小無失所養必其力有餘而後用則其任逾久而常新抑將多士皆賴以安豈惟微臣獨被其賜愚衷已竭天聽尚回臣無任祈天竢命激切屏營之至謹奉表陳免以聞臣轍誠惶誠懼頓首頓首謹言

謝太中大夫門下侍郎表二首

臣轍言伏奉制命除臣太中大夫守門下侍郎再具詞免蒙降批答不許仍斷來章者黄閣之崇惟賢是用四品之貴匪功弗加自憨迂拙之餘併荷寵光之

及臣轍誠惶誠恐頓首頓首伏惟太皇太后陛下政由家出德與性成盡心與民雖萬鍾無愛於國潔身由義雖一毫未嘗取人惟至清故大臣小吏不察而盡知惟至公故貴戚近習不戒而自飭臣每因雙日獲覲清光嘗恐病竊不中於規模固陋難逃於冰鑑方欲仰干聰聽少避衆賢敢謂未見瑕疵尚加進擢豈以其拙直無欺罔之過而遲鈍少狂躁之心致此誤恩濫於末品此蓋伏遇太皇太后陛下人非求備志在養賢將欲因鮑以致管生尊隗以招樂子拔十覯五人之用累百求一鶚之精廣而不遺多故致雜臣敢不仰體聖意旁求哲人既以寬寤寐之久勞亦以救空踈之不逮過此以往未知所裁臣無任感天荷聖激切屏營之至謹奉表稱謝以聞臣轍誠惶誠

恐頓首頓首謹言
臣轍言伏奉制命除臣太中大夫守門下侍郎再具
詞免蒙降批答不允仍斷來章者掌轄逾年何補六
曹之劇納言置貳仍忝一階之崇雖曰次遷要爲非
據臣轍誠惶誠恐頓首頓首竊以臣之事君理先審
己器小受大有滿溢之禍力薄負重有顛覆之虞臣
世本寒微技止文墨向者翺翔翰苑才殫於書詔之
閑總執臺綱力盡於議論之際至於參陪大政實匪
其人久爾冒居日深愧畏未能謀遠常恐見譏於匹
夫有若發蒙何以折衝於下國方知難而欲退偶進
擢之非常貪戀恩榮已乖行意之義顧瞻中外豈無
潛德之人徒以天聽甚高異命已發循牆雖切反汗
無緣上累朝廷知人之明下愧明友責善之實此蓋

伏遇皇帝陛下游神淵默灼見羣臣之情運智密微
陰扶聖母之斷人惟求舊德用日新念臣嘉祐之直
言仕亦既久識臣建元之司諫心則無邪志其鄙凡
日加親近身非木石猶有圖報之心恩隆父兄當驗
服勤之效臣無任感天荷聖激切屏營之至謹奉表
稱謝以聞臣輒誠惶誠恐頓首頓首謹言

進郊祀慶成詩狀一首

右臣伏覩今月十四日親饗郊廟禮成肆赦者恭以
莫大之儀成於一日無窮之澤施及四方歡聲所同
和氣畢應伏惟皇帝陛下奉烈祖之成憲蹈父母之
訓言臨御七年慎守一德人服孝慈之化物知仁厚
之心神祇降休麥禾薦熟長日既至舊章不忘以爲
再享明堂未暇圜丘之大祀躬謁皇地久稽先帝之

遺言惕然不寧述而非作是用修合祭之舊補不講之文人情所安神意昭答況復肆眚之令一寬於冥頑已責之恩大弛於纍縶施仁於不報之地收福於無求之中臣每侍清光略聞大旨勉强吟咏形容盛明愧周頌二后之精深乏唐賦三禮之廣麗圖寫天日自知難成閑雜風謠猶或有取謹賦皇帝郊祀慶成詩一首謹繕寫隨狀上進輕冒宸嚴臣無任懇懼激切之至謹進

免南郊加恩表二首

臣轍言伏奉誥命以郊祀禮畢特加臣護軍進封開國伯食邑五百戶食實封二百戶者幸以空疎獲陪元祀敢祈恩霈下逮無功臣轍誠惶誠恐頓首頓首恭以三年而郊百禮咸至上則六聖德澤洋溢於無

盡下則四方奔走勞苦而不辭鳩工聚財講禮修器經涉累歲克舉舊儀斯皆恭儉足以感神仁聖足以服衆故得事舉如素禮成不違其於左右之臣豈有纖芥之助今當宁之美以謙而弗居相祀之勞雖微而咸錄苟不知避將何以安伏望太皇太后陛下上屈至恩俛從私欲使無勞者不得受賜而辭寵者獲遂本心體天地無私之明厲臣下有恥之節聰聽雖遠懇誠必聞臣無任祈天竢命激切屏營之至謹奉表陳免以聞臣轍誠惶誠恐頓首頓首謹言

臣轍言伏奉誥命以郊祀禮畢特加臣護軍進封開國伯食邑五百戸食實封二百戸者叨陪祀事已極忻榮貪冒寵光實增愧畏臣轍誠惶誠恐頓首頓首恭以皇帝陛下紹統六聖臨政七年愛敬盡於事親

故道要而用博終始念於典學故德修而弗知間者
稽參古今並享天地人情旣協神理弗違月朔以還
雨雪猶作齋宿之際風霾未除及夫晝漏盡而天宇
肅清月幾望而雲物晏燦執玉而進如將弗勝受福
以歸謙不自有衆庶如堵歡欣一詞此則聖性得於
自然臣下望而莫及曾何誤寵橫及無勞伏望皇帝
陛下徇固請之誠收已行之命福胙旣均於在列名
器豈宜以假人倘愼予奪之權深厲廉恥之節眇然
微願冀在必從臣無任祈天竢命激切屛營之至謹
奉表陳免以聞臣轍誠惶誠恐頓首頓首謹言
謝南郊加恩表二首
臣轍言伏奉誥命特加臣護軍進封開國伯食邑五
百戶食實封二百戶尋具表辭免蒙降批答不許仍

斷來章者元祀告成靈貺昭答推廣乾坤之施普霑
臣子之私顧惟何勞竊冒斯寵臣轍誠惶誠恐頓首
頓首伏惟太皇太后陛下母儀三世坤載四方享天
下之養而非以厚其身攬天下之務而非以私其族
培附帝業保佑神孫譬如農夫之養苗耘鋤以族其
長玉人之作器琢磨而望其成厲之以講學之勤示
之以聽斷之敏導之事天而天錫之福訓之祀地而
地應以和凡下民所以知戴吾君皆東朝有以啓迪
其意如臣等輩絶企光塵雖復因時以舉儀祗令以
從事參備羽衛進執豆籩豈有勞能坐被光寵此蓋
伏遇太皇太后陛下因脤膰之餘慶錄左右之微勤
以謂承天之休不可以專享及物之惠不嫌於過優
致此誤恩首霑近列辭避無所寢興莫遑臣無任感

天荷聖激切屏營之至謹奉表稱謝以聞臣轍誠惶
誠恐頓首頓首謹言
臣轍言伏奉誥命特加臣護軍進封開國伯食邑五
百戶食實封二百戶尋具表辭免蒙降批答不允仍
斷來章者祗相元祀粗免弗虔敢緣均福之常妄冀
及私之寵重紓訓語祗益兢慚臣轍誠惶誠恐頓首
頓首恭惟郊廟之崇祖宗所敬先之以寬刑薄斂使
民罔艱虞副之以潔粢碩牲使神無恫怨民神胥協
家國用寧顧臣何人預聞庶政裕民之意詔令具存
事神之誠威儀可效乃者密侍旒冕手薦璧琮睟容
穆然而祗畏之心明羣工肅然而吳敖之意息聽於
輿人之誦知有列聖之風臣目覩盛儀無周南之嘆
位在近列有粃前之譏首被恩私實增戰越此蓋伏

遇皇帝陛下體二儀之博施襲累聖之成規霈然雨
露之私無復賢愚之間勳封之錫深愧於勞臣田邑
之加幾至於成國功無毫髮恩積邱山臣無任感天
荷聖激切屏營之至謹奉表稱謝以聞臣轍誠惶誠
恐頓首頓首謹言

欒城後集卷第十七

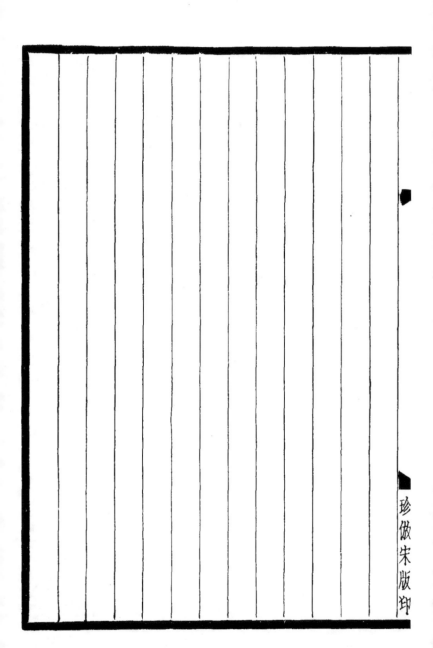

欒城後集卷第十八

表䟽一十九首

汝州謝上表一首

臣轍言伏奉告命差知汝州軍州事臣已於四月二十一日到任上訖者論事非宜本虞於大譴承命出守猶荷於寛恩臣轍誠惶誠恐頓首頓首伏念臣性本迂愚學非練達頃值時乘之始偶同彚進之餘由一邑之棲遲歷九年之僥倖遍塵侍從未聞毫髮之勞久處廟堂滋見斗筲之陋疎拙日慙於君父滿盈每誚於友朋貪戀寵光不知引避愚而自用言之不疑寡慮直前初獨任其狂斐干時妄作信自取於顛隮尚賴深仁黜臨善地此葢伏遇皇帝陛下堯舜相受常懷善繼之心父母兼容深照不逮之實稍寛憲

法特許省循收去幹之竄雖知甚幸若喪家之犬私竊自憐恐懼未忘寢興何暇有民與社永知愧於明時使過與愚冀或收於異日臣無任瞻天荷聖惶懼戰越之至謹奉表稱謝以聞臣轍誠皇誠恐頓首頓首謹言

分司南京到筠州州謝表一首

臣轍言臣前得罪蒙恩落職知汝州六月十二日再被告降三官知袁州即治陸行趨陳留具舟赴任九月十日行至江州彭澤縣界復被告降授試少府監分司南京筠州居住尋拜受前行於九月二十五日至筠州居住訖者愚守一心漫無趨避歲更三黜始悟愆尤臣轍誠惶誠恐頓首頓首伏念臣家傳樸學仕偶聖時本無意於功名徒自勤於翰墨因時乏使

亟塵言事之班竊食無功復預聞政之列纔經九歲遍歷要塗人心忌其超遷天意惡其盈滿捫心自省事猶可追任意直前罪所從出惟闇故不明利害惟拙故不達幾微以至罪積如山命輕若髮荐經彈擊雖九死以猶輕黜守幽遐累千里而為近今兹責分留務棄置陋邦不親吏民許追思其過咎稍霑祿秩俾粗免於飢寒人微固無可言恩深繼之以泣自違天日分委泥塗朝無為言恩出獨斷此蓋伏遇皇帝陛下法天廣覆配地兼容雖雷霆之震驚與雪霜之嚴冽未始絕物之命要在厚民之生故兹賤微猶得陳述如臣自處本復何言顧惟兄弟二人迭相須為性命江嶺異域恐遂隔於存亡況復墳墓闊疏父子離散若臣家之憂患實今世之孤窮靜言思之誰可

告者惟有自投於君父庶幾有冀於生全泣血書詞
叩閽仰訴生有捐軀之日死存結草之誠臣無任瞻
天望聖激切屏營之至謹奉表稱謝以聞臣轍誠惶
誠恐頓首頓首謹言

明堂賀表一首

臣轍言伏覩今月十九日赦書明堂禮畢大赦天下
者饗帝尊親古今之大典推恩肆眚天地之至仁舉
此盛儀併在今日臣轍誠懽誠忭頓首頓首伏惟皇
帝陛下以仁御世以誠事天乾清坤寧兵戢民阜人
悅故神罔不宥物備故禮得以成一享圓丘三謁路
寢誠敬之心與日兼茂寬大之澤靡物不蒙能事既
修全福自至方將享堯舜之上壽膺成康之令名民
願所同天心是若臣頃侍帷幄稍歷歲時譴責之深

坐甘沒齒江湖之遠猶冀首邱久蟄泥塗聞震雷而惕若深囚籠檻得清風而自疑臣無任瞻天望聖激切屏營之至謹奉表稱賀以聞臣轍誠懽誠忭頓首頓首謹言

雷州謝表一首

臣轍言臣先蒙恩責降分司南京筠州居住於今年閏二月內又蒙恩責授化州別駕雷州安置已於今月五日至貶所訖者謫居江外已閱三年再斥海濱通行萬里罪名既重威命猶寬臣轍誠惶誠懼頓首頓首伏念臣性本朴愚老益頑鄙連年驟進不知盈滿之爲災臨出妄言未悟顛危之已至命微如髮釁積成山比者水陸奔馳霧雨烝濕血屬星散皮骨僅存身錮陋邦地窮南服夷言莫辨海氣常昏出有踐

蛇茹蠱之憂處有陽淫陰伏之病艱虞所迫性命豈
常念咎之餘待盡而已伏惟皇帝陛下仁齊堯舜政
述祖宗日月之明無幽不燭天地之施有生共霑憐
臣草木之微念臣犬馬之舊未忍視其殞斃猶復許
以生全臣雖棄捐尚識恩造知殺身之何補但沒齒
以無言臣無任感天荷聖激切屏營之至謹奉表稱
謝以聞臣轍誠惶誠懼頓首頓首謹言

移岳州謝狀一首

得罪南遷於今七歲投竄嶺表又已四年瘴癘所侵
僅存皮骨親屬淪喪生意幾盡自分必死荒徼不復
歸見中原豈意聖神御極恩貸深廣不遺舊物尚許
北還元子赦書重加開宥事出特旨恩實再生臣見
具舟前往自爾稍近華風遂脫瘴死君恩至厚力報

無由臣無任感天荷聖激切屏營之至

復官宮觀謝表一首

臣轍言昨於虔州准告授臣濠州團練副使岳州居住臣尋乘船至鄂州復准告授臣太中大夫提舉鳳翔府上清太平宮外州軍任便居住臣已望闕祗受訖者謫徙南方自分必死恩移近地已若再生復茲舊職之還仍領真祠之秘居從私欲感極涕零臣轍誠惶誠懼頓首頓首伏念臣稟生甚微處世多難反身自省本欲忠孝於君親報國何功粗免愧畏於俯仰徒以氷炭難於同器仇怨因而滿前被以惡名指爲私黨將杜其生還之路遂立爲不赦之文前後三還奔馳萬里瘴癘纏繞骨肉喪亡聞者爲臣傷心見者爲臣隕涕雖百夫所聚公議自明而衆楚相咻有

口誰訴此蓋伏遇皇帝陛下體天地之造坦然無私奮堯舜之明斷然有作自初踐阼卽聞德音內推聖母之慈仁外照羣臣之情僞荐垂恩宥至於再三春雷發聲蟄戶咸震臣得以遲莫復覩盛明頃嘗卜居嵩潁之間粗有伏臘之備杜門可以卒歲蔬食可以終身生當擊壤以詠聖功死當結草以效誠節至於陰陽之施草木何酬臣無任瞻望闕庭披瀝肝膽激切屏營之至謹奉表稱謝以聞臣轍誠惶誠懼頓首頓首謹言

南郊賀表一首

臣轍言伏覩今月二十三日皇帝親饗圜丘禮成肆赦者臨御再朞初見上帝神人交感德澤旁周臣轍誠懽誠忭頓首頓首伏以本朝六代八聖承平之久

曠古所未聞三年一郊極盛之儀有唐之成法因四
海來祭之廣成百神受職之文推演神休肆宥多辟
恭惟皇帝陛下體天地之大德性堯舜之深仁受命
之符本緣斯致御世之道亦由是隆復因行禮之終
益廣好生之澤臣頃斥居荒服豈意生還今密邇邦
畿亟聞敷命造庭稱慶雖絕望於餘生鼓腹載歌竊
有幸於今日臣無任瞻天望聖踴躍屏營之至謹奉
表稱賀以聞臣轍誠懽誠忭頓首頓首謹言

降授朝請大夫謝表一首

臣轍言伏奉告降授朝請大夫賜紫金魚袋差遣勳
封食實封如故者罪大恩寬言者未厭官高德薄法
所不容尚領真祠實出寬憲臣轍誠惶誠恐頓首頓
首伏念臣早塵近列無補明時下則拙於身謀上則

闇於國體先朝矜其愚陋宥以遐荒前後七年浮沉
萬死偶眞人之御歷敷大號以惟新普復舊官亟叨
厚祿然臣年迫衰暮知復何爲身利退藏顧未敢請
因循於此黽俛自慙雖復追削者五官仍且獲安於
閑局涵恩至厚爲幸已多此蓋伏遇皇帝陛下以堯
舜之仁行成康之政衷未忘於舊物恩許畢其餘生
臣謹當杜門躬耕沒齒蔬食知生成之難報姑靜默
以待終臣無任瞻天望聖激切屏營之至謹奉表稱
謝以聞臣轍誠惶誠恐頓首頓首謹言

謝復墳寺表一首

臣轍言准潁昌府牒准御筆手詔節文應係籍宰執
墳寺昨經改正仍並給還者名書罪籍慙負明時恩
念私塋特還舊刹九泉受賜荒隴生光臣轍誠惶誠

恐頓首頓首伏念臣早以空疎叨居近密始終無補愚不自量恩禮誤加驟及既往一被黨人之目上遺先臣之憂舊恩已移沒齒何覬豈謂詔恩一出故物復還邱墟絕芻牧之虞松檟變樵枯之色骨肉感涕閭里咨嗟此蓋伏遇皇帝陛下性仁無私聖孝不匱覽二帝初潛之地動一物失所之懷號令所加存沒咸賴臣衰病已久報恩之日不長子孫在前竭忠之心未替過此以往無所裁之臣無任瞻天望聖激切屏營之至謹奉表稱謝以聞臣轍誠惶誠恐頓首頓首謹言

謝復官表二首

屏居田里忽捧絲綸恩旨非常驚喜交至臣中謝伏念臣向者叨塵名位自取顛隮亟蒙召歸卽還舊物

之厚中雖貶奪不失便地之安衰老之餘退藏爲幸閉門念咎既久謝於交游沒齒無言蓋僅同於木石雖未即死豈復干榮此蓋伏遇皇帝陛下聖德日新仁心天覆躬受八寶推恩萬方朝陽一升雖幽咸照時雨既至靡物不蒙遂使死灰再然朽骨重肉顧臣筋力已憊不任鞭策之施耳目俱昏絶望清明之化論報無日荷恩則深臣無任云云

誕膺八寶承天地之休連錫二階均雷雨之施恩深難報感極何言臣中謝伏念臣憂患餘生老病兼至廢黜雖久尚霑品秩之餘奉養雖微更獲耕耘之助一毫以上皆出於君恩累歲偷安有慚於公議復叨寵數深屬無名茲蓋伏遇皇帝陛下天造曲成聖功獨運深憐枯槁重許發生示人以無私之心施德於

不報之地臣雖頑鄙粗識恩私筋力已衰莫展馳驅之用忠誠尚在豈以死生而移臣無任云云

皇太后上僊慰表一首

臣轍言伏覩今月十四日大行皇太后遺誥至潁昌府者母儀淪喪率土震驚臣轍誠哀誠殞頓首頓首大行皇太后定策艱難之中力辭政務之要功存社稷德及生靈奉諱云初痛心罔極伏惟皇帝陛下方以天下爲養遽有終身之憂孝愛兼隆哀慕日遠臣久居謫籍適此召還感恩至深奉慰無路臣無任瞻望闕庭哀慟殞越之至謹奉表陳慰以聞臣轍誠哀誠殞頓首頓首謹言

欽聖憲肅皇后祔廟慰表一首

臣轍言伏聞今月二十六日欽聖憲肅皇后神主祔

廟禮畢者復土告終祔姑成禮悲動宸極痛徹寰瀛
臣轍誠哀誠殞頓首頓首欽聖憲肅皇后內治有光
坤元至順方艱難之際好謀而成迨聽斷之辰退藏
於密奄棄萬邦之養永嚴七世之祠伏惟皇帝陛下
仁孝自天感慕踰等捨曾閔匹夫之志念文武創業
之艱深抑誠心以幸天下臣限以在外不獲奔詣闕
庭臣無任瞻望摧咽激切屏營之至謹奉表稱慰以
聞臣轍誠哀誠殞頓首頓首謹言

欽慈皇后祔廟慰表一首

臣轍言伏聞今月二十六日欽慈皇后神主祔廟禮
畢者孝不及養永深敬愛之情禮極追崇亟成陵廟
之制臣轍誠哀誠殞頓首頓首欽慈皇后毓德仁里
作嬪皇家蚤棄宮闈未遑禕狄之盛禮誕育仁聖克

復祖宗之舊章神人共依中外追感伏惟皇帝陛下
孝恭成德思慕終身雖盡顯親之儀未忘念母之志
中外瞻仰啓處不遑臣限以在外不獲奔詣闕庭臣
無任瞻望摧咽激切屏營之至謹奉表陳慰以聞臣
轍誠哀誠殞頓首頓首謹言

大行太皇太后上僊功德疏一首

臣伏以道大難名本無心於民上功成即去空結想
於人間贄罷褰脩禨陳褘狄敢薦竺文之祕少資天
福之餘大行太皇太后伏願乘佛妙因稱民善禱超
升彼岸旣資福於今生降澤斯民終未忘於故國臣
無任瞻望涕泗激切屏營之至謹疏

皇太后上僊功德疏一首

右臣伏以仙馭賓天聖功在物哀纏率土痛切遺臣

伏惟大行皇太后祖烈崇高坤儀博厚定立長之大
議宗社以安避成功而不居中外咸仰奄棄東朝之
養倏起西方之遊易月有期因山非遠願假佛乘之
妙少資淨土之因超三界以無方福羣生於罔測臣
無任瞻望涕泗激切屏營之至謹疏

哲宗皇帝大祥功德疏一首

右臣伏以日月有期祥禫成禮甫終遏密滋極痛傷
伏惟哲宗皇帝陛下臨御積年威神在物紹聖考之
遺業啓華鄂之遠圖至矣成功蘁然永慕爰假佛乘
之妙少資仙馭之遊伏願追列聖於九霄齊光斗極
福遺黎於四海等固山河臣無任瞻天望聖激切屏
營之至謹疏

天寧聖節功德疏一首

臣伏以地厚天高取數固多於萬物堯仁舜孝降年獨永於百王理雖出乎自然事必從乎衆欲是用假佛乘之至妙祝宸筭之無疆皇帝陛下伏願追繼祖宗之隆度越漢唐之盛恭儉以求仁而仁至愷悌以祈福而福生兼獲華夷之心大副臣民之望臣無任瞻天望聖激切屏營之至謹疏

東塋老翁井齋僧疏一首

降授朝請大夫護軍賜紫金魚袋蘇轍伏爲東塋老翁井近歲以來泉源耗竭人失烹飪田失灌種先壠攸託中情惕然今因姪孫新授廣都主簿元老西歸謹請戒律僧就墳側晨設齋轉經夜設水陸道場以祈冥應謹具疏如後

齋僧七人每僧各轉妙法蓮華經一部七卷

設水陸道場一夜

右伏以先君太子太師兆自東山躬卜靈宅泉出右麓流于西南旱暵不乾霖潦不溢實有常德紀于耆舊越自近歲漸致枯竭永惟艮坎之德行止相尋山下出泉在易爲蒙蒙極必發失其常性厥咎在人轍以愚暗曩竊名位積譴致罰以累茲泉今者歸依佛乘救拔衆苦伏願道場清淨山神歡喜泉流瀵發草木滋潤居人蒙賜塋域增固伏乞三寶證知稽首謹疏

欒城後集卷第十九

青詞十一首

京師一首

臣久以空疎預聞國政上愧天地下慚君父常願蒐私以徇公捐身以濟物而智有所不周力有所不逮事不稱心十常三四俯仰愧負朝夕不忘而復愚幼之年過咎未免長而知悔往不可追頃自十載以來心存至道清心寡欲僅乃少完浩如涉川未知攸濟敢以初生之日仰祈眞聖之恩察其誠心祓以妙力令臣所志獲遂所學有成國以永寧身以長久臣不勝大願頓首頓首謹詞

高安四首

伏以生於微陋性極冥頑叨冒國恩預聞政事才短

德薄福過禍生任意直前不知罪譴之增積終年三黜遂涉江湖之嶮艱手足之親播遷瘴海父子之愛留寓中原寄迹高安遽逢生日術者薦告厄運稍移仰叩天閽冀回聖造矜其愚而多怨察其中之無它赦宥往愆刊除罪籍俾我同氣俱復近邦苟獲閑地以偷安非復要途之敢望棲心澹泊粗成止欲之因畢老勤行竊冀長年之幸傾倒激切不知所裁 臣無任瞻天瀝懇惶恐戰越之至謹詞

伏以 臣 夫婦歸誠至道託迹塵寰自幼至今隨世所行豈免過咎況復近歲預聞國事福祿盈滿功行蔑聞致此顛隮將復誰咎重以兄軾平生悻直仇怨滿前流竄海濱日虞瘴癘以至墳墓隔絕父子分離相望萬里患恙不相救今斥逐以來薦歷寒暑追惟既往

非有邪慝憂患已深理或當復惟真聖慈閔與物無私庶幾北還近獲成命非復有心於榮遇惟覬少獲於安全憐其虛心養氣之勤錫以問道逢師之幸 臣無任懇倒之至謹詞

伏以謫居高安行將再歲杜門自省日懼禍災乃者火焚閭閻勢極熾猛風從北來正趨館舍治任挈族未知所適而風回火轉幸免焚爇向非神祇明察憐憫困窮則雖免灰燼之虞必有狼狽之患敢陳菲供少答靈貺伏願稍垂慶祐洗除宿殃 臣 無任懇倒之至謹詞

伏念本鄉通義以仕爲家再謫高安累年于此以忠獲罪夫婦漂流攜家不前男女離散宿有疾疢不甚康強飽暖安閑雖感恩於造物拘縻窘逼常興嘆於

異鄉日居初生家陳薄供望三清而稽首仰衆聖以
馳誠稍回恩光照此陷穽願涉新歲脫去宿殃祿命
增長骨肉和合悁悁誠意莫敢盡宣臣無任瞻天俟
命激切屏營之至頓首頓首謹詞

龍川二首

伏念臣頃自甲戌之歲大運在西命運相衝是歲生
日之後自門下侍郎謫守汝州爾後四經流竄今在
循州嶮阻厄窮何所不歷疾疢喪禍近復繼作雖卯
西逆順天理難逃微生不幸適丁其會然術推陰命
先凶後吉自始入運今已七年豈始迎其災而終亡
其吉伏願俯念窮困稍垂寬宥覺悟朝廷解釋羅網
骨肉安樂相從北還區區寸誠願盡於此臣無任懇
倒之至謹詞

伏念臣始自甲戌得罪於朝流竄南方於今七載再投嶺表亦又三年瘴毒所侵骨肉凋喪衣食所迫囊橐空虛脾肺冷洩藥石不效北歸無日老而益窮常懼寄死南荒永隔鄉井因上元之穀旦依道士之靈科稽首泥塗歸命仙聖一願養心煉氣日見成功積陰消散真陽充滿二願朝廷覺悟羅網解脫振衣北還躬耕爲樂三願南北眷屬各保安寧北歸之時一一相見臣已身心自誓屏去邪淫等觀冤親普加慈恕遇有方便知無不爲或在廟堂或在田野並推此心無有變易天地鬼神實聞此言雖生成之恩茲未能報而螻蟻之志死且不渝臣無任懇倒之至謹詞

閤皁一首

伏念臣頃自丁丑之春得罪朝廷流放海上是時舟

過臨江近瞻閣阜遥望玉笥誠心愓然徼福聖境願得生還中原當就兹山恭陳薄供以答靈造今已蒙恩授前件官岳州居住乘舟北歸復出山下而私行無力仰止勝地不能自致惟神格斯不可揆度容光必照何所不臨臣邅回瘴癘之鄉得脫病苦出入嶺海之際獲返江湖天地之恩草木何報重念臣志弱才短學術空虛頃歲忝冒實爲過分然其忠國愛民始終一心粗若無愧人不可罔而況於天儻兹心不誣願今日已往隨福所有隨力所堪除其艱難錫之安穩至於壽考由命富貴在天不敢妄祈有所非覬臣無任懇倒激切之至謹詞

許昌三首

伏念臣頃以宿世舊殃七年流竄天鑒在上矜其無

他還寓潁川粗霑微祿顧睠世事自知難堪姑願築室耕田養生送死優游里社聊以卒歲惟是學道之心澹泊已久雖勉求虛靜而習氣未除力行升降而天路猶壅疾病雖去精氣未凝方當厄運之終復遇生日之至仰祈真聖愍我勤勞洗濯往愆助成道力

臣無任懇倒激切之至謹詞

伏念臣頃自嶺外還居潁川雖身沾薄俸而心虞多難汝南經歲老病逼身今滋甲申建歲庚申乘運卯人至此法當少泰偶於歲首復返舊廬敢以初生之辰仰祈真聖之佑然臣久慕至道中無它求唯是欲習初乾日望增進願心廣博終冀成就伏願隨力所堪隨福所有內以安身外以及物雖退轉之咎自誓以必無而保全之功實冀於冥助臣無任懇倒激切

之至謹詞
伏念臣幼爲諸生力學雖蚤聞道則遲中歲從仕憂
患常多安樂則少晚年學道用力雖篤成功未期所
經生日六十有七來日無幾有志未從一自謫居南
服首尾七歲旋居潁川又復五載齒髮衰變氣血消
亡回首功名自分已矣存心性命猶幸得之伏願真
聖哀矜成就微志苟獲安身之福敢忘及物之心臣
無任懇倒激切之至謹詞

祝文二首

嵩山祝文一首

轍昔緣吏役自陳如洛道出嵩少秋雨方淫繁雲如
絮纏覆山上究觀近麓莫矚諸嶺據鞍默禱庶幾一
見俛仰未幾豁然雲移如卷重帷卻頁山後連峯角

立草木可數驚顧竊歎莫知其由昔韓愈南征有感於衡豈以無似克配前烈默然慚愓不以語衆至于今日十有八年永懷疇昔有不能已謹遣家兵以茶酒香燭及佛經疏伸導薄誠神鑒不昧景響昭答謹告

汝州謝雨文一首

維紹聖元年歲次甲戌四月壬寅朔二十六日丁卯太中大夫知汝州軍州事護軍蘇轍謹以清酒特羊之奠恭祭于北園社令后土神君轍以罪戾謫守茲土自春徂夏旱飢爲苦麰麥殄悴禾未出畝吾民憂傷巫覡旁午念予罪人餘譴累汝間行北園亭曰致雨前守趙王有禱咸許顧慚昔賢願躡前武掃地而祭屏去牖戶青漪繞屋喬木環渚微風肅然神物來

處吾僚祇敬齋宿吾府雲興山際倏遍天宇風來不
疾雷發不怒祈祈甘澤如哺如乳酒不濡地雁不升
俎仁哉有神未請而予再宿告晴高下咸溥朝陽既
升鉏耨畢舉宿麥斯實施及禾黍吏免訶譴民病獲
愈念惟始至神則何取祇薦醪牲以承斯祐尚饗

欒城後集卷第十九

欒城後集卷第二十

祭張宮保文

維元祐六年歲次辛未十二月乙卯朔二十日甲戌太中大夫守門下侍郎眉山蘇轍謹以清酒庶羞之奠致祭于故宣徽南院使太子太保贈司空張公四丈之靈轍之方冠公守西蜀時予先君幅巾田服尺書見公一見而知曰此鴻鵠困于棘茨君亦嘻嗟世莫知我孰謂斯人獨明且果顧我與兄復往從之少未更事見亦弗疑後將有成達于家邦斯言是信不折不降涉世多艱久而莫伸從公陳宋庇于有仁既博以文又約以禮示我夷易行不知止南遷而還迎我而笑世將用子要至于道我曰不然將復見公俛仰六年斯志莫從遺章上聞匪私爾傷慶曆之遺今

也則亡嗚呼公之少年坦然不羈自放於酒竹林是師及其從宦精深粹密禮家法士莫見其隙公之問學初亦弗勤汎然游心功倍於人有疑而問時罔弗達禮則鄭產樂則吳札公之行己色温言厲卒然相逢忽若無意其所與交金石弗渝可以託之六尺之孤公之事君道大言深心所不欲富貴莫淫詭詞削草人亦弗知雖罔克用亦罔克疑公老于世事見于外人之知公玆亦其槩公性靜深灼見安危遇物斯應動獲所宜退而自養湛然純一與天爲徒惟道非術逮其將亡言若平生寂然委蛻不怛于行道實在天後必有傳謂予可教而亦弗聞公入不出我出不還而使斯道忽乎茫然嗚呼尚饗

祭文與可學士文一首

元祐七年八月日太中大夫守門下侍郎蘇轍謹以清酒庶羞之奠致祭于故知湖州與可學士親家翁之靈嗚呼漢蜀太守石室之孫散居梓潼耕稼隱淪是生高人文如西京雅詩楚詞雲溶泉清心恬手柔隸草從橫毫墨之餘遇物賦形怪石巑列翠竹羅生得於無心見者自驚嗟世知公以是謂賢公心浩然實而弗炫有觸不屈始知其堅世在熙寧士鋭而鬭利誘于旁奔走傾旋公居其間澹乎忘言洋人病荼徐爲一宣抱志不伸委化而遷惟我與公交友忘年以靜喜我申以婚姻子喪婦存諸孫在前撫而教之尚修公門窀穸有時送車盈阡千里寓詞聞乎不聞嗚呼尚饗

祭亡壻文逸民文

元祐七年八月日太中大夫守門下侍郎蘇轍以清
酒庶羞之奠致祭于故文郎逸民秀才之靈我與君
翁志年之義長女未笄許適君子君少不羣介然老
成誦詩屬文亦繼家聲我獨怪君吐詞悲傷是必多
難否則不長別我于宋送君于株扶喪舟行萬里有
餘我還南方君旅成都相望天涯逾歲一書我還京
師幸將見君一病不復發書酸辛女有烈志留鞠諸
孤賦詩柏舟之死不渝惸惸遺孫教以詩書庶幾有
成歸大君閭嗚呼尚饗

再祭張宮保文

元祐七年八月日太中大夫守門下侍郎眉山蘇轍
謹以清酒庶羞之奠致祭于故宣徽南院使太子太
保贈司空張公四丈之靈公志大而才高氣直而慮

深世俗之所不悅而君子之所服膺轍從公游實見
而知眇視世間若無足爲及其觀會通以行典禮蓋
未嘗失時汎觀衆人澹然無心及其結意氣而同憂
患蓋堅如斷金故方其出也仕歷三世雖未嘗不用
而才莫能旣逮其處也與衆雜居雖圜有不伏而中
情實疏究觀始終疑其天人或因物以有覺或逢人
而益信由是嗇氣養神以終其身中忘我以發照外
忘物而遠塵至於委化之日泊然反真嗚呼我之從
公始於父兄師友之交親戚之情而掩棺不哭送葬
不行無以寄哀請易公名惟文與定庶幾平生公雖
不求朝有典刑嗚呼尚饗

祭亡嫂王氏文

元祐八年歲次癸酉九月丙子朔十八日癸巳太中

大夫守門下侍郎蘇轍與新婦德陽郡夫人史氏謹以家饌酒果之奠致祭于亡嫂同安郡君王氏之靈轍幼學於兄師友實兼志氣雖同以不逮慙兄剛而塞物或不容旣以名世亦以不逢轍騤而從初未免憂嫂以婦人處之則優兄坐語言收畀蓁棘竄逐郏城無以自食賜環而來歲未及期飛集西垣遂入北扉貧富感忻觀者盡驚嫂居其間不改色聲冠服肴蔬率從其先性固有之非學而然族人咨嗟觀行責報謂必多福繼以壽考中歲而殂理有莫知三子俱良聊以慰之兄牧中山始殯而往謂我在茲屬以時享距城半舍旁撫仲婦無感無懼祭遣諸子嗚呼哀哉尚饗

祭八新婦黃氏文

元符二年十一月四日辛未舅姑躬以家饌酒果之
奠致祭于故八新婦黄氏之靈吾不善處世得罪乎
朝播遷南荒水陸萬里家有三子季子季婦實從此
行自筠徙雷自雷徙循風波恐懼蹊遂顛絶所至言
語不通飲食異和瘴霧昏翳醫藥無有歲行方閏氣
候殊惡晝熱如湯夜寒如氷行道殭仆居室困瘁始
自僕隸浸淫不已十病六七而汝獨甚天乎何辜遂
殞于瘴追惟平昔慈祥寬厚孰云不淑而止於是南
北異俗伏臘幾廢燔炙豚魚漸漬果蔬承祀寧賓不
異中夏卒無一言歎恨流落逮及啓手脫然而逝惟
我夙業累爾幼稚興言涕落呼天何益五里禪室頃
所嘗寓土燥室完密邇吾廬權厝其間毋或恐怖二
子雖幼資可成就姑自鞠養無水火患猶冀災厄有

盡天造有復全柩北返歸安故土魂而不昧識此誠意嗚呼哀哉尚饗

北歸祭東塋文

維建中靖國元年歲次辛巳三月壬戌朔十五日丙子男具官轍因姪千之等西歸謹以家饌酒果之奠昭告于先考編禮贈太子太師先妣程氏追封成國太夫人之靈轍恭承先業奉教不謹紹聖之初權臣擅命普害忠良先除異己轍與兄軾同時遷南邅回江西流落嶺外奔走萬里始終七年尚賴世德有憑遺澤未泯久處瘴霧雖病不死庚辰正月帝出于震推恩四海澤及兄弟同復舊秩皆侍真祠轍遂自龍川北還許下始與諸子濡沫相收西望松檟欝葱在目然念灑掃弗躬齋祭遐逖歲月滋久悔咎何贖兄

軾來自海南道遠未至皆以困躓之餘思歸未獲如人病躃心不忘起瞻望涕泗不知所言謹告

祭亡兄端明文

維建中靖國元年歲次辛巳九月己未朔初五日癸亥弟具官轍謹遣男遠以家饌酒果之奠致祭于亡兄端明子瞻之靈嗚呼手足之愛平生一人幼學無師受業先君兄敏我愚賴以有聞寒暑相從逮壯而分涉世多艱竟奚所爲如鴻風飛流落四維渡嶺涉海前後七朞瘴氣所烝颶風所吹有來中原人鮮克還義氣外强道心內全百折不摧如有待然眞人龍翔雷雨浹天自僭而廉自廉而承道路數千亦未出嶺終止毗陵有田數頃逝將歸休築室鑿井嗚呼天之難忱命不可期秋暑涉江宿瘴乘之上燥下寒氣

不能支啓手無言時惟我思念我伯仲我處其季零落盡矣形影無繼嗟乎不淑不見而逝號呼不聞泣血至地兄之文章今世第一忠言嘉謨古之遺直名冠多士義動蠻貊流竄雖久此聲不沒遺文粲然四海所傳易書之祕古所未聞時無孔子孰知其賢以俟聖人後則當然喪來自東病不克迎卜葬嵩陽旣有治命三子孝敬罔留于行陟岡望之涕泗雨零尚饗

再祭亡嫂王氏文

維崇寧元年歲次壬午四月乙酉朔二十三日丁未具官蘇轍與新婦德陽郡夫人史氏謹以家饌酒果之奠致祭于亡嫂同安郡君王氏之靈嗚呼天禍我家兄歸自南沒于毗陵諸孤護喪行于淮汴望之拊

儕自嫂之亡旅殯西圻九年于今兄沒有命葬我嵩
山土厚水深邁往告遷及迨初婦靈輀是升道出潁
川家寓于茲迎哭傷心遠日孟秋水潦方降畏行不
能塋兆東南精舍在焉有佛與僧往寓其堂以須兄
至歸于丘林雖非故鄉親族不遐勿畏勿驚嗚呼尚
饗

再祭亡兄端明文

維崇寧元年歲次壬午五月乙卯朔日弟具官轍與
新婦德陽郡夫人史氏謹以家饌酒果之奠致祭于
亡兄子瞻端明尚書之靈嗚呼惟我與兄出處昔同
幼學無師先君是從遊戲圖書寤寐其中曰予二人
要如是終後迫寒飢出仕于時鄉舉制策並驅而馳
猖狂妄行誤爲世羈始以是得終以失之兄遷于黃

我斥于鎢流落空山友其野人命不自知還服簪紳
俛仰幾何寵祿遄臻欲去未遑禍來盈門大庾之東
漲海之南黎蜒雜居非人所堪瘴起襲帷颶來掀簷
臥不得寐食何暇甘如是七年雷雨一覃兄歸晉陵
我還潁川願一見之乃有不然瘴暑相尋醫不能痊
嗟兄與我再起再顛未嘗不同今乃獨先嗚呼我兄
而止斯耶昔始宦遊誦韋氏詩夜雨對床後勿有違
進不知退踐此禍機欲復斯言而天奪之先壟在西
老泉之山歸骨其旁自昔有言勢不克從夫豈不懷
地雖郟鄏山曰峨眉天實命之豈人也哉我寓此邦
有田一廛子孫安之殆不復還兄來自西於是磐桓
卜告孟秋歸于其阡潁川有蘇肇自兄先嗚呼尚饗

再祭八新婦黃氏文

維年月日舅具官蘇轍姑德陽郡夫人史氏謹以家
饌酒果致祭于亡第八新婦黃氏之靈我昔南遷自
筠徂雷自雷徂循萬里之行季子季婦同此艱勤婦
生名家有德有容幼而逮門繾綣相從冒嶮涉瘴初
無咎言念我厄窮往反累汝愧于心顏瘴病彌月藥
石不効卒殞當年弱子稚女躑躅吾側念母悽然汝
往莫追撫此二孫冀其成人命降自天舉家北返與
柩俱還嗟哉吾兄沒于郟陵返葬郟山兆域寬深舉
棺從之土厚且堅種柏成林以付而子百年以安嗚
呼尚饗

祭范子中朝散文

維建中靖國元年歲次辛巳十二月丁亥朔初十日
丙申太中大夫提舉鳳翔府上清太平宮護軍蘇轍

謹以清酒庶羞之奠致祭于故朝散范君子中之靈
蘇氏范氏同出坤維蜀公告休居潁之湄我老去國
歸亦從之公逝久矣見其長子婚姻之故莫我遐棄
一叩我門遂不再至嗟夫不淑病日以侵一卧歷時
弗寤弗興一子既冠一衣始勝我見蜀公帝城西偏
君與仲叔笑言相驩叔先仲亡君獨蒼顏內撫族黨
外接友朋恭敬愷悌此邦所稱嗟我寓新孰慰此心
升堂不見哭不復聞俛仰幾何獨爲古人鄉黨之好
盡此一罇嗚呼尚饗

祭王子敏奉議文

維年月日具官蘇轍謹以清酌庶羞之奠致祭于故
知縣奉議王君子敏之靈昔我在宋吾兄在徐君家
伯仲來學詩書行義不回詞章有餘我曰可人綴以

婚姻既親且友其行日新伯氏不淑殞于方春君登
丙科又敏于政惠于上官民亦不病矯然衆中氣和
而正孝友之㫖中發於誠均其有無以及孤惸嫁女
娶婦期不負兄我居穎川君令陵臺十日税駕爲我
徘徊受法道師不近酒杯我顧君笑自苦奚爲隙駒
逝矣爲樂何時去我三年遂病以衰失官居汝啓處
未安伏枕不興將沒何言有志弗從使我永歎嗚呼
尚饗

遣适歸祭東塋文

維崇寧三年歲次甲申八月壬寅朔二十一日壬戌
男降授朝請大夫護軍賜紫金魚袋轍謹遣第二男
承事郎監東嶽廟适西歸致祭于先君贈太子太師
先妣程氏五三君追封成國太夫人之墓轍自元符

庚辰蒙恩北歸西望松檟即懷歸志孤拙多難事與心違俛仰四年進退惟戻日月不待齒髮變衰深懼溘然無復歸日遣适代往周行北域有志不獲涕泗埀臆兄軾已沒遺言葬汝轍與婦史夙約歸祔常指庚穴以敕諸子苟未即死猶幸一歸躬行汛掃以畢餘願尊靈未泯鑒此誠意尚饗

祭黃師是龍圖文

嗚呼尊先使君與我早歲旅于天廷自唐已然同年友朋異姓第兄南北東西不約而親義均同生君家在陳我官陳庠時始合幷君方少年出從鄉貢曄然有聲一飛絶羣不入州縣數載公卿無惡於民無怨於友氣和且平我還南方歸來老矣故舊無幾君家父子見我京師相顧而喜往來綢繆昏姻之好實始

于此我廢于時君仕日躋一榮一瘁親友之恩始終不渝允也君子君於父兄人無間言閔子是似其於吏民不剛不柔汝公之比謂當百年仰事慈親以及愛弟奈何不淑有志不終中道而棄丹旐翩然宛丘之隅萬事已矣我老杜門素車不行一慟永已嗚呼尚饗

祭范彝叟右丞文

維年月日具官蘇轍謹遣男具官遲以清酌庶羞之奠致祭于故右丞范公彝叟之靈維昔先正文正稱首嗟我晚生不識耆舊從事南都見其叔子議論琅然前人是似我還南方六年而歸平生交舊多聚京師晚遇仲氏秉國之維以義知我傾蓋不疑我復還南仲亦繼往瘴癘侵凌氣血凋喪同歸潁川白首相

向問疾于牀執手無言慟哭其堂殲此忠賢公方在
朝四方所瞻居未逾歲亦來守邦顧我里閈盃酒相
從往還之歡意若將終我寓汝南公旅彭城尺書不
通期我以誠我還舊廬終歲杜門公歸訪我欣然笑
言三日不見而以訃聞老病無朋誰復念我永懷仲
叔言出涕墮嗚呼哀哉尚饗

祭寶月大師宗兄文

維紹聖二年歲次乙亥十月癸亥朔十一日癸酉降
授左朝議大夫試少府監分司南京護軍蘇轍因僧
法舟西歸以香茶果蔬之奠致祭于故寶月大師宗
兄之塔轍方志學從先君子東遊故都覽觀藥市解
鞅精舍時始見兄頎然如鵠介而善鳴宗黨之故情
若舊識屈信臂頃閱歲四十性直且剛纖惡不容與

人盡言口如病風惟我兄弟不見瑕玼行有利病勢
有隆汙始終一意不爲薄厚交遊之間蓋未始有昔
我之東師則有言遊宦如寄非可久安意適忘歸憂
患所由亟還于鄉泉石可求我志師言未返而顛師
亦不待與化俱遷遺舟與榮萬里來訃開紙失聲悔
恨無所彈指西望卯塔既成臨絕之言求我以銘自
我竄逐憂病相襲緝綴清風得一忘十追懷曩好徒
有此心心則不忘而病未能收淚語舟歸酌流水一
生一死誠則無已嗚呼尚饗

祭逍遙聰長老文

紹聖三年九月二十九日降授左朝議大夫試少府
監分司南京護軍蘇轍謹以香茶果蔬之奠告于故
逍遙長老聰公我生多故再謫於筠萬里故鄉孰爲

故人師自吾蜀爲筠導師坦然無心言直氣夷顧我
如故彌久而堅逮茲再來爲我出山逍遥無師衆願
師往師念我獨爲衆所强入山幾何自春徂秋一病
不治蟬蜕莫留此心超然去住不疑筠人懷思涕泣
嗟沓山中來告卯塔將成一奠之哀斯未忘情尚饗

欒城後集卷第二十

欒城後集卷第二十一

雜文一十三首

汝州龍興寺修吳畫殿記一首

予先君宮師平生好畫家居甚貧而購畫常若不及予兄子瞻少而知畫不學而得用筆之理轍少聞其餘雖不能深造之亦庶幾焉凡今世自隋晉以上畫之存者無一二矣自唐以來乃時有見者世之志於畫者不以此爲師則非畫也予昔遊成都唐人遺迹遍於老佛之居先蜀之老有能評之者曰畫格有四曰能妙神逸蓋能不及妙妙不及神神不及逸稱神者二人曰范瓊趙公祐而稱逸者一人孫遇而已范趙之工方圜不以規矩雄傑偉麗見者皆知愛之而孫氏縱橫放肆出於法度之外循法者不逮其精有

從心不逾矩之妙於眉之福海精舍爲行道天王其記曰集潤州高座寺張僧繇予每觀之輒歎曰古之畫者必至於此然後爲極歟其後東遊至岐下始見吳道子畫乃驚曰信矣畫必以此爲極也蓋道子之迹比范趙爲奇而比孫遇爲正其稱畫聖抑以此耶紹聖元年四月予以罪謫守汝陽間與通守李君純繹遊龍興寺觀華嚴小殿其東西夾皆道子所畫東爲維摩文殊西爲佛成道比岐下所見筆迹尤放然屋瓦弊漏塗棧缺弛幾侵於風雨蓋事之精不可傳者常存乎其人人亡而迹存達者猶有以知之故道子得之隋晉之餘而范趙得之道子之後使其迹亡雖有達者尚誰發之時有僧惠眞方葺寺大殿乃喻使先治此予與李君亦少助焉不逾月堅完如新於

殿危之中得記曰治平丙午蘇氏惟政所葺衆異之曰前後葺此皆蘇氏豈偶然也哉惠眞治石請記五月二十五日

汝州楊文公詩石記一首

祥符六年楊公大年以翰林學士請急還陽翟省親疾繼稱病求解官章聖皇帝以其才高名重排羣議貸不加罪逾年以祕書監知汝州公至汝常稱病以事付僚史以文墨自虞得詩百餘篇既還朝汝人刻之於石皇祐中郡守王君爲建思賢亭於北園之東偏紹聖元年四月予自門下侍郞得罪出守玆土時亭弊已甚詩石散落士者過半取公汝陽編詩而刻之乃增廣思賢龕石于左右壁嗚呼公以文學鑒裁獨步咸平祥符閒事業比唐燕許無愧所與交皆賢

公相一時名士多出其門然方其時則已有流落之歎既沒十有五年聲名猶籍籍於士大夫而思賢廢於隸舍馬廐之後詩石散於高臺華屋之下矣凡假外物以爲榮觀蓋不足恃而公之淸風雅量固自不隨世磨滅耶然予獨拳拳未忍其委於荒榛野草而復完之抑非陋歟抑非陋歟

李簡夫少卿詩集引

熙寧初予從張公安道以弦誦敎陳之士大夫方是時朝廷以繇役溝洫事責成郡邑陳雖號少事而官吏奔走以不及爲憂予獨以詩書諷議竊祿其閒雖幸得脫於簡書而出無所與遊蓋亦無以爲樂也時太常少卿李君簡夫歸老於家出入於鄉黨者十有五年矣閒而往從之其居處被服約而不陋豐而不

餘聽其言未嘗及世俗徐誦其所爲詩曠然閑放往
往脫略繩墨有遺我忘物之思問其所與遊多慶曆
名卿而元獻晏公深知之求其平生之志則曰樂天
吾師也吾慕其爲人而學其詩患莫能及耳予退而
質其里人曰君少好學詳於吏道蓋嘗使諸部矣未
老而得疾不至於廢而棄其官其家蕭然饘粥之不
給而君居之泰然其子君武始棄官以謀養浮沉里
閭不避勞辱未幾而家以足聞陳人喜種花比於洛
陽每歲春夏遊者相屬彌月君攜壺命侶無一日不
在其間口未嘗問家事晚歲其詩尤高信乎其似樂
天也予時方以遊宦爲累以謂士雖不遇如樂天入
爲從官以諫爭顯出爲牧守以循良稱歸老泉石憂
患不及其身而文詞足以名後世可以老死無憾矣

君仕雖不逮樂天而始終類焉夫又將何求葢予未
去陳而君亡其後十有七年元祐辛未予以幸遇與
聞國政祿浮於昔人而令名不聞老將至矣而國恩
未報未敢言去葢嘗恐玆心之不從也君之孫宣德
郎公輔以君詩集來告願得予文以冠其首予素高
君之行嘉其止足而懼不能蹈也故具道疇昔之意
以授之凡君詩古律若干篇分爲二十卷

王子立秀才文集序一首

昔予既壯有二壻曰文務光王適務光俊而剛適秀
而和予方從事南都二子從予學爲文皆長於詩騷
然務光之文悲哀摧咽有江文通孟東野感物傷己
之思予每非之曰子有父母昆弟之樂何苦爲此務
光終不能改也既而喪其親終喪五年而終予哭之

慟曰悲夫彼其文固有以兆之乎始予自南都謫居江南凡六年而歸適未嘗一日不從也既與予同憂患至於涵泳圖史馳騖浮圖老子之說亦未嘗不同之故其聞道益深爲文益高而予觀之亦益久蓋其於兄弟妻子嚴而有恩和而有禮未嘗有過故予嘗曰子非獨予親戚亦朋友也元祐四年秋予奉詔使契丹九月君以女弟將適人將饗濟南之田以遺之告予爲一月之行明年春還自契丹及境而君書不至予固疑之及家問之曰噫嘻君未至濟南病沒於奉高予哭之失聲君大父諱礈慶曆中樞密使以厚重氣節稱考諱正路尚書比部郎中樂易好施得名於士大夫而君以孝友文章居其後謂當久遠而中道天理有不當然者況予老矣而并失此二人能無

悲乎君之沒女初未能言而子裔未生君弟適昔與君客徐始識予兄子瞻子瞻皆賢之意王氏之遺懿其卒在適乎適哀君之文得詩若干賦若干雜文若干分爲若干卷以示予予讀之流涕爲此文冠之庶幾俟裔能立以畀之

子瞻和陶淵明詩集引一首

東坡先生謫居儋耳寘家羅浮之下獨與幼子過負擔渡海葺茅竹而居之日啗荼芋而華屋玉食之念不存於胸中平生無所嗜好以圖史爲園囿文章爲鼓吹至此亦皆罷去獨喜爲詩精深華妙不見老人衰憊之氣是時轍亦遷海康書來告曰古之詩人有擬古之作矣未有追和古人者也追和古人則始於東坡吾於詩人無所甚好獨好淵明之詩淵明作詩

不多然其詩質而實綺癯而實腴自曹劉鮑謝李杜諸人皆莫及也吾前後和其詩凡百數十篇至其得意自謂不甚愧淵明今將集而幷錄之以遺後之君子子爲我志之然吾於淵明豈獨好其詩也哉如其爲人實有感焉淵明臨終疏告儼等吾少而窮苦每以家貧東西遊走性剛才拙與物多忤自量爲己必貽俗患黽勉辭世使汝等幼而飢寒淵明此語蓋實錄也吾今眞有此病而不蚤自知半生出仕以犯世患此所以深服淵明欲以晚節師範其萬一也嗟夫淵明不肯爲五斗米一束帶見鄉里小人而子瞻出仕三十餘年爲獄吏所折困終不能悛以陷於大難乃欲以桑榆之末景自託於淵明其誰肯信之雖然子瞻之仕其出入進退猶可考也後之君子其必有

以處之矣孔子曰述而不作信而好古竊比於我老彭孟子曰曾子子思同道區區之迹蓋未足以論士也轍少而無師子瞻旣冠而學成先君命轍師焉子瞻常稱轍詩有古人之風自以爲不若也然自其斥居東坡其學日進沛然如川之方至其詩比杜子美李太白爲有餘遂與淵明比轍雖馳驟從之常出其後其和淵明轍繼之者亦一二焉紹聖四年十二月十九日海康城南東齋引

六孫名字說一首

予三子伯曰遲仲曰适叔曰遜始各一子耳予年六十有五而三人各復一子於是予始六孫昔予兄子瞻命其諸孫皆以竹名故名遲之子長曰簡幼曰策易曰乾以易知坤以簡能易則易知簡則易從易知

則有親易從則有功有親則可久有功則可大可久則賢人之德可大則賢人之業故簡之字曰業乾之策二百一十有六坤之策一百四十有四易之始未有策也文王演而重之然後策可見故策之字曰演适之子長曰籀幼曰範書起於篆而究於隸史籀始篆篆隸皆成於滋也故籀之字曰滋範法也王良與嬖奚乘不獲一禽曰我爲之範馳驅終日不獲一爲之詭遇一朝而獲十我不貫與小人乘請辭故範之字曰御遜之子長曰筠幼曰築始予得罪於朝而放於筠遜從而筠生傳曰禮之於人如松柏之有心也如竹箭之有筠也皆其堅者也故筠之字曰堅孔子曰譬如爲山未成一簣止吾止也譬如平地雖覆一簣進吾往也爲山者必築前無所見則未成一簣而

止苟有見矣則雖覆一簣而進進而不止雖山可成也故築之字曰進予蓋老矣而三子方壯將復有子而予不及見乎則已矣如猶及見焉則又將名之竢其長而示之使知名之之意焉可也

書孫朴學士手寫華嚴經後一首

開府孫公歷仕四朝與聞國政者再經涉夷險而不改其度世皆知貴之矣至其中心純白表裏如一平生無負於物則世之人未必盡知之公之守真定也聞其覺山僧惠實說法惻然有契於心遂以爲善知識復受詔祈雨此山能出其靈蛇以救枯槁此僧此蛇豈其用意專精獨有以識公誠心歟公亦嘗爲請於朝得間歲度僧又爲實立碑于塔終身眷眷若有遇於此公子元忠復手書此經藏之山中以成公遺

意如佛所說因緣不爲妄語則予兄子瞻所記可信不疑矣元祐八年十二月八日

書楞嚴經後一首

予自十年來於佛法中漸有所悟經歷憂患皆世所希有而眞心不亂每得安樂崇寧癸未自許遷蔡杜門幽坐取楞嚴經翻覆熟讀乃知諸佛涅槃正路從六根入每趺坐燕安覺外塵引起六根根若隨去卽墮生死道中根若不隨返流全一中中流入卽是涅槃眞際觀照既久如淨琉璃內含寶月稽首十方三世一切佛菩薩羅漢僧慈悲哀愍惠我無生法忍無漏勝果誓願心心護持勿令退失三月二十五日志

書金剛經後二首

予讀楞嚴知六根源出于一外緣六塵流而爲六隨

物淪逝不能自返如來憐愍衆生爲設方便使知出門卽是歸路故於此經指涅槃門初無隱蔽若衆生能洗心行法使塵不相緣根無所偶返流全一六用不行晝夜中中流入與如來法流水接則自其肉身便可成佛如來猶恐衆生於六根中未知所從乃使二十五弟子各說所證而觀世音以聞思修爲圓通第一其言曰初於聞中入流無所所入既寂動靜二相了然不生如是漸增聞所聞盡盡聞不住覺所覺空空覺極圓空所空滅生滅既滅寂滅見前若能如是圓拔一根則諸根皆脫於一彈指頃遍歷三空卽與諸佛無異矣既又讀金剛經說四果人須陀洹名爲入流而無所入不入色聲香味觸法是名須陀洹乃廢經而歎曰須陀洹所證則觀世音所謂初於聞

中入流無所者耶入流非有法也唯不入六塵安然
常住斯入流矣至於斯陀含名一往來而實無往來
阿那含名爲不來而實無不來蓋往則入塵來則返
本斯陀含雖能來矣而未能無往阿那含非徒不往
而亦無來至阿羅漢則往來意盡無法可得然則所
謂四果者其實一法也但歷三空有淺深之異耳予
觀二經之言本若符契而世或不喻故明言之
經言如來有五眼近矚牆宇遠覽山河肉眼也隨其
福德見有遠近天眼也知物皆妄坐而轉物慧眼也
入萬法遍法界法眼也以慧眼轉物以法眼遍物佛
眼也謂如來有慧眼法眼佛眼可也何肉眼天眼之
有曰如來爲衆生故入諸趣在人則同其肉眼在天
則同其天眼如聲聞人住無爲法而畏生死則亦有

慧眼而已耳

書白樂天集後二首

元符二年夏六月予自海康再謫龍川冒大暑水陸行數千里至羅浮水益小舟益庳愓然有瘴暍之慮乃留家於山下獨與幼子遠葛衫布被乘葉舟秋八月而至既至廬於城東聖壽僧舍閉門索然無以終日欲借書於居人而民家無畜書者獨西鄰黄氏世爲儒粗有簡册乃得樂天文集閱之樂天少年知讀佛書習禪定既涉世履憂患胸中了然照諸幻之空也故其還朝爲從官小不合即捨去分司東洛優游終老蓋唐世士大夫達者如樂天寡矣予方流轉風浪未知所止息觀其遺文中甚愧之然樂天處世不幸在牛李黨中觀其平生端而不倚非有所附麗者

也蓋勢有所至而不能已耳會昌之初李文饒用事樂天適已七十遂求致仕不一二年而沒嗟夫文饒尚不能置一樂天於分司中耶然樂天每閑冷衰病發於咏嘆輒以公卿投荒僇死不獲其終者自解予亦鄙之至其聞文饒謫朱崖三絕句刻覈尤甚樂天雖陋蓋不至此也且樂天死於會昌之初而文饒之竄在會昌末年此決非樂天之詩豈樂天之徒淺陋不學者附益之耶樂天之賢當爲辨之圓覺經云動念息念皆歸迷悶世間諸修行人不墮動念中即墮息念中矣欲兩不墮必先辨真妄使真不滅則妄不起妄不起而六根之源湛如止水則未嘗息念而念自靜矣如此乃爲真定真定既立則真惠自生定惠圓滿而衆善自至此諸佛心要也金剛經云應無所

住而生其心既不住六塵亦不住靜六塵日夜遊於六根而兩不相染此樂天所謂六根之源湛如止水也六祖嘗告大弟子假使坐而不動除得妄起心此法同無情卽能障道道須流通何以却住心心不住卽流通住卽被縛故五祖告牛頭亦云妄念既不起眞心任遍知皆所謂應無住而生其心者也佛祖舊說符合如此而樂天入漸偈亦似見此事故書其後寄子瞻兄

書鮮于子駿父母贈告後一首

中山鮮于子駿世居閬中昔伯父文甫郎中通守是邦子駿方弱冠以進士見伯父稱之曰君異日學爲名儒仕爲循吏遂以鄉舉送之其後子駿宦學日以有聲予侍親京師始從之遊已而予在應天幕府子

駿以部使者攝府事朝夕相從也元祐初予爲中書舍人子駿爲諫議大夫出入東西省無日不見是時司馬君實呂晦叔范堯夫皆在朝廷與子駿有平生之舊方將大用之而子駿已病矣是歲明堂赦書贈其先人金紫光祿大夫安德郡太夫人予適當制實爲之詞未幾子駿以疾不起歸葬陽翟後十年士大夫遭南遷之禍凡七年予自龍川歸潁川子駿之子綽來見涕泗言曰伯兄頔季弟焯不幸亡矣惟羣綽在公與先君有文字之好願錄舊詞將刻之石以慰諸孤思慕不已之意予亦流落南荒不自意全得至于此撫念存沒流涕而從其請建中靖國元年三月十七日記

欒城後集卷第二十一

亡兄子瞻端明墓誌銘一首

予兄子瞻謫居海南四年春正月今天子即位推恩海內澤及鳥獸夏六月公被命渡海北歸明年舟至淮浙秋七月被病卒於毗陵吳越之民相與哭於市其君子相弔於家訃聞四方無賢愚皆咨嗟出涕太學之士數百人相率飯僧慧林佛舍嗚呼斯文墜矣後生安所復仰公始病以書屬轍曰即死葬我嵩山下子爲我銘轍執書哭曰小子忍銘吾兄公諱軾姓蘇字子瞻一字和仲世家眉山曾大父諱杲贈太子太保妣宋氏追封昌國太夫人大父諱序贈太子太傅妣史氏追封嘉國太夫人考諱洵贈太子太師妣程氏追封成國太夫人公生十年而先君宦學四方

太夫人親授以書聞古今成敗輒能語其要太夫人嘗讀東漢史至范滂傳慨然太息公侍側曰軾若爲滂夫人亦許之否乎太夫人曰汝能爲滂吾顧不能爲滂母耶公亦奮厲有當世志太夫人喜曰吾有子矣比冠學通經史屬文日數千言嘉祐二年歐陽文忠公考試禮部進士疾時文之詭異思有以救之梅聖俞時與其事得公論刑賞以示文忠文忠驚喜以爲異人欲以冠多士疑曾子固所爲子固文忠門下士也乃寘公第二復以春秋對義居第一殿試中乙科以書謝諸公文忠見之以書語聖俞曰老夫當避此人放出一頭地士聞者始譁不厭久乃信服丁太夫人憂終喪五年授河南福昌主簿文忠以直言薦之祕閣試六論舊不起草以故文多不工公始具草

文義粲然時以爲難比答制策復入三等除大理評事簽書鳳翔府判官長吏意公文人不以吏事責之公盡心其職老吏畏服關中自元昊叛命人貧役重岐下歲以南山木栰自渭入河經底柱之險衙前以破產者相繼也公徧問老校曰木栰之害本不至此若河渭未漲操栰者以時進止可無重費也患其乘河渭之暴多方害之耳公卽修衙規使衙前得自擇水工栰行無虞乃言於府使得係籍自是衙前之害減半治平二年罷還判登聞鼓院英宗在藩聞公名欲以唐故事召入翰林宰相限以近例欲召試祕閣上曰未知其能否故試如蘇軾有不能耶宰相猶不可及試二論皆入三等得直史館丁先君憂服除時熙寧二年也王介甫用事多所建立公與介甫議論

素異既還朝寘之官告院四年介甫欲變更科舉上疑焉使兩制三館議之公議上上悟曰吾固疑此得蘇軾議意釋然矣即日召見問何以助朕公辭避久之乃曰臣竊意陛下求治太急聽言太廣進人太銳願陛下安靜以待物之來然後應之上竦然聽受曰卿三言朕當詳思之介甫之黨皆不悅命攝開封推官意以多事困之公決斷精敏聲問益遠會上元有旨市浙燈公密疏舊例無有不宜以玩好示人即有旨罷殿前初策進士舉子希合爭言祖宗法制非是公爲考官退擬答以進深中其病自是論事愈力介甫愈恨御史知雜事者爲誣奏公過失窮治無所得公未嘗以一言自辨乞外任避之通判杭州是時四方行青苗免役市易浙西兼行水利鹽法公於其間

常因法以便民民賴以少安高麗入貢使者凌蔑州
郡押伴使臣皆本路筦庫乘勢驕橫至與鈐轄亢禮
公使人謂之曰遠夷慕化而來理必恭順今乃爾暴
恣非汝導之不至是也不悛當奏之押伴者懼爲之
小戢使者發幣於官吏書稱甲子公卻之曰高麗於
本朝稱臣而不禀正朔吾安敢受使者亟易書稱熙
寧然後受之時以爲得體吏民畏愛及罷去猶謂之
學士而不言姓自杭徙知密州時方行手實法使民
自疏財產以定戶等又使人得告其不實司農寺又
下諸路不時施行者以違制論公謂提舉常平官曰
違制之坐若自朝廷誰敢不從今出於司農是擅造
律也若何使者驚曰公姑徐之未幾朝廷亦知手實
之害罷之密人私以爲幸郡嘗有盜竊發而未獲安

撫轉運司憂之遣一二班使臣領悍卒數十人入境
捕之卒凶暴恣行以禁物誣民入其家爭鬬至殺人
畏罪驚散欲爲亂民訴之公投其書不視曰必不至
此潰卒聞之少安徐使人招出戮之自竄徒徐是時
河决曹村泛于梁山泊溢于南清河城南兩山環繞
呂梁百步扼之匯于城下漲不時洩城將敗富民爭
出避水公曰富民若出民心動搖吾誰與守吾在是
水决不能敗城驅使復入公履屨杖策親入武衞營
呼其卒長謂之曰河將害城事急矣雖禁軍宜爲我
盡力卒長呼曰太守猶不避水潦吾儕小人效命之
秋也執挺入火伍中率其徒短衣徒跣持畚鍤以出
築東南長隄首起戲馬臺尾屬於城隄成水至隄下
害不及城民心乃安然雨日夜不止河勢益暴城不

沉者三板公廬於城上過家不入使官吏分堵而守
卒完城以聞復請調來歲夫增築故城爲木岸以虞
水之再至朝廷從之訖事詔褒之徐人至今思焉徙
知湖州以表謝上言事者擿其語以爲謗遣官逮赴
御史獄初公旣補外見事有不便於民者不敢言亦
不敢默視也緣詩人之義託事以諷庶幾有補於國
言者從而媒蘖之上初薄其過而浸潤不止是以不
得已從其請旣付獄吏必欲寘之死鍛鍊久之不決
上終憐之促具獄以黃州團練副使安置公幅巾芒
屩與田父野老相從溪谷之間築室於東坡自號東
坡居士五年上有意復用而言者沮之上手札徙汝
州略曰蘇軾黜居思咎閱歲滋深人材實難不忍終
棄未至上書自言有飢寒之憂有田在常願得居之

書朝入夕報可士大夫知上之卒喜公也會晏駕不
果復用至常以哲宗即位復朝奉郎知登州至登召
爲禮部郎中公舊善門下侍郎司馬君實及知樞密
院章子厚二人冰炭不相入子厚每以謔侮困君實
君實苦之求助於公公見子厚曰司馬君實時望甚
重昔許靖以虛名無實見鄙於蜀先主法正曰靖之
浮譽播流四海若不加禮必以賤賢爲累先主納之
乃以靖爲司徒許靖且不可慢況君實乎子厚以爲
然君實賴以少安既而朝廷緣先帝意欲用公除起
居舍人公起於憂患不欲驟履要地力辭之見宰相
蔡持正自言持正曰公徊翔久矣朝中無出公右者
公固辭持正曰今日誰當在公前者公曰昔林希同
在館中年且長持正曰希固當先公耶卒不許然希

亦由此繼補記注元祐元年公以七品服入侍延和
卽改賜銀緋二年遷中書舍人時君實方議改免役
爲差役差役行於祖宗之世法久多弊編戶充役不
習官吏虐使之多以破產而狹鄉之民或有不得休
息者先帝知其然故爲免役使民以戶高下出錢而
無執役之苦行法者不循上意於雇役實費之外取
錢過多民遂以病若量出爲入毋多取於民則足矣
君實爲人忠信有餘而才智不足知免役之害而不
知其利欲一切以差役代之方差官置局公亦與其
選獨以實告而君實始不悅矣嘗見之政事堂條陳
不可君實忿然公曰昔韓魏公刺陝西義勇公爲諫
官爭之甚力魏公不樂公亦不顧軾昔聞公道其詳
豈今日作相不許軾盡言耶君實笑而止公知言不

用乞補外不許君實始怒有逐公意矣會其病卒乃
已時臺諫官多君實之人皆希合以求進惡公以直
形己爭求公瑕疵既不可得則因緣熙寧謗訕之說
以病公公自是不安於朝矣尋除翰林學士二年復
除侍讀每進讀至治亂盛衰邪正得失之際未嘗不
反覆開導覬上有所覺悟上雖恭默不言聞公所論
說輒首肯喜之三年權知禮部貢舉會大雪苦寒士
坐庭中噤不能言公寬其禁約使得盡其技而巡捕
內臣伺其坐起過爲凌辱公以其傷動士心虧損國
體奏之有旨送內侍省撻而逐之士皆悅服嘗侍上
讀祖宗寶訓因及時事公歷言今賞罰不明善惡無
所勸沮又黃河勢方西流而强之使東夏人寇鎮戎
殺掠幾萬人帥臣掩蔽不以聞朝廷亦不問事每如

此恐寖成衰亂之漸當軸者恨之公知不見容乞外
任四年以龍圖閣學士知杭州時諫官言前宰相蔡
持正知安州作詩借郝處俊事以譏刺時事大臣議
逐之嶺南公密疏言朝廷若薄確之罪則於皇帝孝
治爲不足若深罪確則於太皇太后仁政爲小累謂
宜皇帝降敕置獄逮治而太皇太后內出手詔赦之
則仁孝兩得矣宣仁后心善公言而不能用公出郊
未發遣內侍賜龍茶銀合用前執政恩例所以慰勞
甚厚及至杭吏民習公舊政不勞而治歲適大旱飢
疫並作公請於朝免本路上供米三之一故米不翔
貴復得賜度僧牒百易米以救飢者明年方春卽減
價糶常平米民遂免大旱之苦公又多作饘粥藥劑
遣吏挾醫分坊治病活者甚衆公曰杭水陸之會因

疫病死比他處常多乃裒羨緡得二千復發私橐得
黃金五十兩以作病坊稍畜錢粮以待之至于今不
廢是秋復大雨太湖泛溢害稼公度來歲必飢復請
于朝乞免上供米半又多乞度牒以糴常平米弃義
倉所有皆以備來歲出糶朝廷多從之由是吳越之
民復免流散杭本江海之地水泉鹹苦居民稀少唐
刺史李泌始引西湖水作六井民足於水故井邑日
富及白居易復浚西湖放水入運河自河入田所溉
至千頃然湖水多葑自唐及錢氏歲輒開治故湖水
足用近歲廢而不理至是湖中葑田積二十五萬餘
丈而水無幾矣運河失湖水之利則取給於江潮潮
渾濁多淤河行闤闠中三年一淘爲市井大患而六
井亦幾廢公始至浚茅山鹽橋二河以茅山一河專

受江潮以鹽橋一河專受湖水復造堰閘以爲湖水
畜洩之限然後潮不入市且以餘力復完六井民稍
獲其利矣公間至湖上周視良久曰今欲去葑田葑
田如雲將安所寘之湖南北三十里環湖往來終日
不達若取葑田積之湖中爲長堤以通南北則葑田
去而行者便矣吳人種菱春輒芟除不遺寸草葑田
若去募人種菱收其利以備修湖則湖當不復堙塞
乃取救荒之餘得錢粮以貫石數者萬復請於朝得
百僧度牒以募役者堤成植芙蓉楊柳其上望之如
圖畫杭人名之蘇公堤杭僧有淨源者舊居海濱與
舶客交通牟利舶至高麗交譽之元豐末其王子義
天來朝因往拜焉至是源死其徒竊持其畫像附舶
往告義天亦使其徒附舶來祭祭訖乃言國母使以

金塔二祝皇帝太皇太后壽公不納而奏之曰高麗
久不入貢失賜予厚利意欲來朝矣未測朝廷所以
待之薄厚故因祭亡僧而行祝壽之禮禮意勘薄蓋
可見矣若受而不答則遠夷或以怨怒因而厚賜之
正墮其計臣謂朝廷宜勿與知而使州郡以理却之
然庸僧猾商敢擅招誘外夷邀求厚利爲國生事其
漸不可長宜痛加懲創朝廷皆從之未幾高麗貢使
果至公按舊例使之所至吳越七州實費二萬四千
餘緡而民間之費不在乃令諸郡量事裁損比至民
獲交易之利而無侵撓之害浙江潮自海門東來勢
如雷霆而浮山峙於江中與漁浦諸山犬牙相錯洄
洑激射歲敗公私船不可勝計公議自浙江上流地
名石門並山而東鑿爲運河引浙江及谿谷諸水二

十餘里以達于江又並山爲岸不能十里以達于龍山之大慈浦自浦北折抵小嶺鑿嶺六十五丈以達于嶺東古河浚古河數里以達于龍山運河以避浮山之險人皆以爲便奏聞有惡公成功者會公罷歸使代者盡力排之功以不成公復言三吳之水瀦爲太湖太湖之水溢爲松江以入海海日兩潮潮濁而江清潮水嘗欲淤塞江路而江水清駛隨輙滌去海口嘗通則吳中少水患昔蘇州以東公私船皆以篙行無陸挽者自慶曆以來松江大築挽路建長橋以扼塞江路故今三吳多水欲鑿挽路爲千橋以迅江勢亦不果用人皆恨之公二十年間再莅此州有德於其人家有畫像飲食必祝又作生祠以報六年召入爲翰林承旨復侍邇英當軸者不樂風御史攻公

公之自汝移常也授命於宋會神考晏駕哭於宋而
南至揚州常人爲公買田書至公喜作詩有聞好語
之句言者妄謂公聞諱而喜乞加深譴然詩刻石有
時日朝廷知言者之妄皆逐之公懼請外補乃以龍
圖閣學士守頴先是開封諸縣多水患吏不究本末
決其陂澤注之惠民河河不能勝則陳亦多水至是
又將鑿鄧艾溝與頴河並且鑿黃堆注之於淮議者
多欲從之公適至遣吏以水平準之淮之漲水高於
新溝幾一丈若鑿黃堆淮水顧流浸州境決不可爲
朝廷從之郡有宿賊尹遇等數人羣黨驚刦殺變主
及捕盜吏兵者非一朝廷以名捕不獲被殺者噤不
敢言公召汝陰尉李直方謂之曰君能擒此當力言
於朝乞行優賞不獲亦以不職奏免君矣直方退緝

知羣盜所在分命弓手往捕其黨而躬往捕遇直方
有母年九十母子泣别而行手戟刺而獲之然小不
應格推賞不及公爲言於朝請以年勞改朝散郎階
爲直方賞朝廷不從其後吏部以公當遷以符會公
考公自謂已許直方卒不報七年徙揚州發運司舊
主東南漕法聽操舟者私載物貨征商不得留難故
操舟者富厚以官舟爲家補其弊漏而周船夫之乏
困故其所載率無虞而速達近歲不忍征商之小失
一切不許故舟弊人困多盜所載以濟飢寒公私皆
病公奏乞復故朝廷從之未閱歲以兵部尚書召還
兼侍讀是歲親祀南郊爲鹵簿使導駕入太廟有貴
戚以其車從爭道不避仗衛公於車中劾奏之明日
中使傳命申敕有司嚴整仗衛尋遷禮部復兼端明

殿翰林侍讀二學士高麗遣使請書於朝朝廷以故
事盡許之公曰漢東平王請諸子及太史公書猶不
肯與今高麗所請有甚於此其可予之乎不聽公臨
事必以正不能俯仰隨俗乞守郡自効八年以二學
士知定州定州軍政尤弛武衞卒驕墮不教軍校蠹
食其廩賜皆不敢向問公取其貪汙甚者配隸遠惡
然後繕修城隍禁止飲博軍中衣食稍足乃部勒以
戰法衆皆畏懼故諸校多不自安者有卒史復以贓
訴其長公曰此事吾自治則可汝若得告軍中亂矣
亦決配之衆乃定會春大閱軍禮久廢將吏不識上
下之分公命舉舊典元帥常服坐帳中將吏戎服奔
走執事副總管王光祖自謂老將恥之稱疾不出公
召書吏作奏將上光祖震恐而出訖事無敢慢者定

人言自韓魏公去不見此禮至今矣北戎久和邊兵不試臨事有不可用之憂惟沿邊弓箭社兵與寇爲鄰以戰射自衛猶號精銳故相龐公守邊因其故俗立隊伍將校出入賞罰緩急可使歲久法弛復爲保甲所撓漸不爲用公奏爲免保甲及兩稅折變科配長吏以時訓勞不報議者惜之時方例廢舊人公坐爲中書舍人日草責降官制直書其罪誣以謗訕紹聖元年遂以本官知英州尋復降一官未至復以寧遠軍節度副使安置惠州公以侍從齒嶺南編戶獨以少子過自隨瘴癘所侵蠻蜒所侮胸中泊然無所蔕芥人無賢愚皆得其歡心疾苦者畀之藥殞斃者納之竁又率衆爲二橋以濟病涉者惠人愛敬之居三年大臣以流竄者爲未足也四年復以瓊州別駕

安置昌化昌化非人所居食飲不具藥石無有初僦
官屋以庇風雨有司猶謂不可則買地築室昌化士
人畚土運甓以助之爲屋三間人不堪其憂公食芋
飲冰著書以爲樂時從其父老遊亦無間也元符三
年大赦北還初徙廉再徙永已乃復朝奉郎提舉成
都玉局觀居從其便公自元祐以來未嘗以歲課乞
遷故官止於此勳上輕車都尉封武功縣開國伯食
邑九百戶將居許病暑暴下中止於常建中靖國元
年六月請老以本官致仕遂以不起未終旬日獨以
諸子侍側曰吾生無惡死必不墜愼無哭泣以怛化
問以後事不答湛然而逝實七月丁亥也公娶王氏
追封通義郡君繼室以其女弟封同安郡君亦先公
而卒子三人長曰邁雄州防禦推官知河間縣事次

曰追次曰過皆承務郎孫男六人簞符箕籥筌籌明
年閏六月癸酉葬於汝州郟城縣鈞臺鄉上瑞里公
之於文得之於天少與轍皆師先君初好賈誼陸贄
書論古今治亂不爲空言既而讀莊子喟然歎息曰
吾昔有見於中口未能言今見莊子得吾心矣乃出
中庸論其言微妙皆古人所未喻嘗謂轍曰吾視今
世學者獨子可與我上下耳既而謫居於黃杜門深
居馳騁翰墨其文一變如川之方至而轍瞠然不能
及矣後讀釋氏書深悟實相參之孔老博辯無礙浩
然不見其涯也先君晚歲讀易玩其爻象得其剛柔
遠近喜怒逆順之情以觀其詞皆迎刃而解作易傳
未完疾革命公述其志公泣受命卒以成書然後千
載之微言煥然可知也復作論語說時發孔氏之祕

最後居海南作書傳推明上古之絶學多先儒所未
達既成三書撫之嘆曰今世要未能信後有君子當
知我矣至其遇事所爲詩騷銘記書檄論譔率皆過
人有東坡集四十卷後集二十卷奏議十五卷內制
十卷外制三卷公詩本似李杜晚喜陶淵明追和之
者幾遍凡四卷幼而好書老而不勌自言不及晉人
至唐褚薛顏柳髣髴近之平生篤於孝友輕財好施
伯父太白早亡子孫未立杜氏姑卒未葬先君沒有
遺言公既除喪即以禮葬姑及官可蔭補復以奏伯
父之曾孫彭其於人見善稱之如恐不及見不善斥
之如恐不盡見義勇於敢爲而不顧其害用此數困
於世然終不以爲恨孔子謂伯夷叔齊古之賢人曰
求仁而得仁又何怨公實有焉銘曰

蘇自欒城西宅于眉世有潛德而人莫知猗歟先君
名施四方公幼師焉其學以光出而從君道直言忠
行險如夷不謀其躬英祖擢之神考試之亦既知矣
而未克施晚侍哲皇進以詩書誰實間之一斥而疏
公心如玉焚而不灰不變生死孰爲去來古有微言
衆說所蒙手發其樞恃此以終心之所涵遇物則見
聲融金石光溢雲漢耳目同是舉世畢知欲造其淵
或眩以疑絶學不繼如已斷弦百世之後豈其無賢
我初從公賴以有知撫我則兄誨我則師皆還于南
而不同歸天實爲之莫知我哀

欒城後集卷第二十二

欒城後集卷第二十三

歐陽文忠公神道碑一首（答公子叔弼書附）

熙寧五年秋七月觀文殿學士太子少師致仕歐陽文忠公薨于汝陰八年秋九月諸子奉公之喪葬于新鄭旌賢鄉自葬至崇寧五年凡三十有二年矣公子棐以墓隧之碑來請轍方以罪廢于家且病不能執筆辭不獲命乃曰病苟不死當如君志既而病已謹案歐陽氏自唐率更令之四世孫琮爲吉州刺史後世因家于吉曾祖諱郴南唐武昌令贈太師中書令妣劉氏追封楚國太夫人祖諱偃南唐南京衛院判官贈太師中書令兼尚書令妣李氏追封吴國太夫人考諱觀秦州軍事推官贈太師中書令兼尚書令封鄭國公妣鄭氏追封韓國太夫人公諱脩字永

叔生四歲而孤韓國守節自誓親教公讀書家貧至以荻畫地學書公敏悟過人所覽輒能誦比成人將舉進士爲一時偶儷之文已絶出倫輩翰林學士胥公時在漢陽見而奇之曰子必有名於世館之門下公從之京師兩試國子監一試禮部皆第一人遂中甲科補西京留守推官始從尹師魯遊爲古文議論當世事迭相師友與梅聖俞遊爲歌詩相倡和遂以文章名冠天下留守王文康公知其賢還朝薦之景祐初召試遷鎮南軍節度掌書記館閣校勘時范文正公知開封府每進見輒論時政得失宰相惡之斥守饒州公見諫官高若訥若訥詆誚范公以爲當黜公爲書責之坐貶峽州夷陵令明年移乾德令復爲武成軍節度判官康定初范公起爲陝西經略招討

安撫使辟公掌書記公笑曰吾論范公豈以爲利哉
同其退不同其進可也辭不就召還復校勘遷太子
中允與脩崇文總目慶曆初遷集賢校理同知太常
禮院求補外通判滑州事時西師未解契丹初復舊
約京東西盜賊蜂起國用不給仁宗知朝臣不任事
始登進范公及杜正獻公富文忠公韓忠獻公分列
二府增諫員取敢言士公首被選以太常丞知諫院
賜五品服未幾修起居注公每勸上延見諸公訪以
政事上再出手詔使諸公條天下事又開天章閣召
對賜坐給紙筆使具疏于前諸公惶恐退而上時所
宜先者十數事於是有詔勸農桑興學校革磨勘任
子等弊中外悚然而小人不便相與騰口謗之公知
其必爲害常爲上分別邪正勸力行諸公之言初范

公之貶饒州公與尹師魯余安道皆以直范公見逐目之黨人自是朋黨之論起久而益熾公乃爲朋黨論以進言君子以同道爲朋小人以同利爲朋人君但當退小人之僞朋用君子之眞朋其言懇惻詳盡其後諸公卒以黨議不得久留於朝公性疾惡論事無所回避小人視之如仇讎而公愈奮厲不顧上獨深知其忠改右正言知制誥賜三品服仍知諫院故事知制誥必試上知公之文有旨不試與近世楊文公陳文惠公比逮公三人而已嘗因奏事論及人物上目公曰如歐陽脩何處得來蓋欲大用而未果也四年大臣有言河東芻粮不足請廢麟州徙治合河津或請廢其五寨命公往視利害公曰麟州天嶮不可廢也麟州廢則五寨不可守五寨不守則府州遂

爲孤壘今五寨存故虜在二三百里外若五寨廢則
爽河皆虜巢穴河內州縣皆不安居矣不若分其兵
駐並河清塞堡緩急不失應副而平時可省轉輸由
是麟州得不廢又言忻代州岢嵐火山軍並邊民田
廢不得耕號爲禁地吾雖不耕而虜常盜耕之若募
民計口出丁爲兵量入租粟以耕歲可得數百萬斛
不然它日且盡爲虜有議下太原帥臣以爲不便持
之久之乃從凡河東賦斂過重民所不堪奏罷者十
數事自河東還會保州兵亂又以公爲龍圖閣直學
士河北都轉運使陛辭上面諭無爲久留計有所欲
言言之公曰諫官得風聞言事外官越職而言罪也
上曰第以聞勿以中外爲意河北諸軍怙亂驕恣小
不如意輒脅持州郡公奏乞優假將帥以鎮壓士心

軍中乃定初保州亂兵皆招以不死既而悉誅之脅
從二千人亦分隸諸州富公爲宣撫使恐後生變與
公相遇於內黃夜半屏人謀欲使諸州同日誅之公
曰禍莫大於殺已降況脅從乎既非朝命州郡有一
不從爲變不細富公悟乃止公奏置御河催綱司以
督粮餉邊州賴之又置磁相州都作院以繕一路戎
器河北方小治而二府諸公相繼以黨議罷去公慨
然上書論之用事者益怒會公之外甥女張嫁公族
人晟以失行繫獄言事者乘此欲幷中公遂起詔獄
窮治張貲產上使中官監劾之卒辨其誣猶降官知
滁州事居二年徙揚州又徙潁州遷禮部郎中復龍
圖閣直學士留守南京遷吏部郎中丁韓國太夫人
憂至和初服除入見鬚髮盡白上怪之問勞惻然恩

意甚厚命判吏部流內銓小人畏公且大用僞爲公
奏乞澄汰宦官宦官聞之果怒會選人胡宗堯當改
官坐嘗以官舟假人經赦去官法當循資公引對取
旨上特令改官宦官有密奏者曰宗堯翰林學士宿
之子有司右之私也遂出公知同州言者多謂公無
罪上悟留刊脩唐書俄入翰林爲學士自滁州之貶
至是十二年矣上臨御既久遍閱天下士羣臣未有
以大稱上意上思富公韓公之賢復召寘二府時慶
曆舊人惟二公與公三人皆在朝廷士大夫知上有
致治之意翕然相慶公以學士判三班院二年奉使
契丹契丹使其貴臣宗愿宗熙蕭知足蕭孝友四人
押燕曰此非常例以卿名重故爾嘉祐初判太常寺
二年權知貢舉是時進士爲文以詭異相高文體大

壞公患之所取率以詞義近古爲貴凡以嶮怪知名
者黜去殆盡榜出怨謗紛然久之乃服然文章自是
變而復古三年加龍圖閣學士權知開封府事所代
包孝肅公以威嚴御下名震都邑公簡易循理不求
赫赫之譽有以包公之政勵公者公曰凡人材性不
一用其所長事無不舉强其所短勢必不逮吾亦行
吾所長耳聞者稱善四年求罷還給事中充羣牧使
唐書成拜禮部侍郎俄兼翰林侍讀學士公在翰林
凡八年知無不言所言多聽河決商胡賈魏公留守
北京欲開橫瓏故道回河使東仲曰昔欲道商胡入
六塔河詔兩省臺諫集議公故奉使河北知河決根
本以爲河水重濁理無不淤淤從下起下流既淤上
流必決水性避高決必趨下以近事驗之河非不能

力塞故道非不能力復但勢不能久必決於上流耳橫瓏功大難成雖成必有復決之患六塔狹小不能容受大河以全河注之濱棣德博必被其害不若因水所趨增治隄防疏其下流浚之入海則河無決溢散漫之憂數十年之利也陳恭公當國主橫瓏之議恭公罷去而宰相復以仲昌之言爲然行之而敗河北被害者凡數千里狄武襄公爲樞密使奮自軍伍多戰功軍中服其威名上不豫諸軍訛言籍籍公言武臣掌機密而得軍情不惟於國不便鮮不以爲身害請出之外藩以保其終始遂罷知陳州公嘗因水災上言陛下臨御三十餘年而儲宮未建此久闕之典也漢文帝卽位羣臣請立太子羣臣不自疑而敢請文帝亦不疑其臣有二心後唐明宗尤惡人言太

子事然漢文帝立太子之後享國長久爲漢太宗明宗儲嗣不早定而秦王以窺覬陷于大禍後唐遂亂陛下何疑而久不定乎公言事不擇劇易類如此五年以本官爲樞密副使明年爲參知政事公在兵府與曾魯公考天下兵數及三路屯戍多少地里遠近更爲圖籍凡邊防久闕屯戍者必加蒐補其在政府凡兵民官吏財利之要中書所當知者集爲總目遇事不復求之有司時富公久以毋憂去位公與韓公同心輔政每議事心所未可必力爭韓公亦開懷不疑故嘉祐之政世多以爲得時東宮猶未定臣僚間有言者然皆不克行最後諫官司馬光知江州呂誨言之中書將因二疏以請幸上有可意相與力贊之一日奏事垂拱讀二疏未及有言上曰朕有意久矣

顧未得其人耳宗室中誰可者韓公對曰宗室不接外人臣等無由知之抑此事非臣下所敢議當出自聖斷上乃稱英宗舊名曰宮中嘗養此人今三十許歲矣惟此人可耳是日君臣定議於殿上將退公奏曰此事至大臣等未敢卽行陛下今夕更思之來日取旨明日請之崇政上曰決無疑矣諸公皆曰事當有漸容臣等議所除官時英宗方居濮王憂遂議起復除泰州防禦使判宗正寺來日復對上大喜諸公奏曰此事旣行不可中止乞陛下斷之於心內批付臣等行之可也上曰此豈可使婦人知之中書行之足矣時六年十月也及命下英宗力辭上聽候服除七年二月英宗旣免喪稱疾不出至七月韓公議曰宗正之命旣出外人皆知必爲皇子矣今不若遂正

其名使知愈退而愈進示朝廷不可回之意衆稱善乃以其累表上之上曰今當如何韓公未對公進曰宗室舊不領職事今有此命天下皆知陛下意矣然誥勑付閤門得以不受今若以爲皇子詔書一出而事定矣上以爲然遂下詔及宮車晏駕皇子嗣位海內泰然有磐石之固然後天下皆詠歌仁宗之聖以及諸公之賢而向之黨議消釋無餘至於小人亦磨滅不見矣英宗卽位之初以疾未親政慈聖光獻太后臨朝公與諸公往來二宮彌縫其間卒復明辟樞密使嘗闕人公當次補韓公曾公議將進擬不以告公公覺其意謂二公曰今天子諒陰毋后垂簾而二三大臣自相位置何以示天下二公大服而止其後張康節公去位英宗復將用公公又力辭不拜公再

辭重位諸公不喻其意而服其難八年遷戶部侍郎
治平初特遷吏部神宗卽位遷尙書左丞公性剛直
平生與人盡言無所隱及在二府士大夫有所干請
輒面喻可否雖臺諫論事亦必以是非詰之以此得
怨而公不卹也朝廷議加濮王典禮詔下禮官與從
官定議衆欲改封大國稱伯父議未下臺官意公主
此議遂專以詆公言者旣以不勝補外而來者持公
愈急御史蔣之奇弁以飛語汙公公杜門求辨其事
神宗察其誣連詔詰問詞窮逐去公亦堅求退上知
不可奪除觀文殿學士知亳州事熙寧初遷兵部尙
書知青州兼充京東東路安撫使時諸縣散青苗錢
公乞令民止納本錢以示不爲利罷提舉管局官聽
民以願請不報三年除檢校太保宣徽南院使判太

原府河東路經略安撫使公辭求知蔡州從之公在
亳已六請致仕比至蔡逾年復請四年以觀文殿學
士太子少師致仕公年未及謝事天下益以高公公
昔守潁上樂其風土因卜居焉及歸而居室未完處
之怡然不以爲意公之在滁也自號醉翁作亭瑯邪
山以醉翁名之晚年又自號六一居士曰吾集古錄
一千卷藏書一萬卷有琴一張有棊一局而常置酒
一壺吾老於其間是爲六一自爲傳刻石亦名其文
曰居士集居潁一年而薨享年六十有六贈太子太
師謚文忠天下學士聞之皆出涕相弔後以諸子贈
太師追封兖國公公之於文天材有餘豐約中度雍
容俯仰不大聲色而義理自勝短章大論施無不可
有欲效之不詭則俗不淫則陋終不可及是以獨步

當世求之古人亦不可多得公於六經長於易詩春秋其所發明多古人所未見嘗奉詔撰唐本紀表志撰五代史二書本紀法嚴而詞約多取春秋遺意其表傳志考與遷固相上下凡爲易童子問三卷詩本義十四卷唐本紀表志七十五卷五代史七十四卷居士集五十卷外集若干卷歸榮集一卷外制集三卷內制集八卷奏議集十八卷四六集七卷集古錄跋尾十卷雜著述十九卷公篤於朋友不以貴賤生死易意尹師魯石守道孫明復梅聖俞既沒皆經理其家或言之朝廷官其子弟尤獎進文士一有所長必極口稱道惟恐人不知也公前後歷七郡守其政察而不苛寬而不弛吏民安之滁楊之人至爲立生祠鄭公嘗有遺訓戒愼用死刑韓國以語公公終身

行之以謂漢法惟殺人者死今法多雜犯死罪故死
罪非殺人者多所平反蓋鄭公意也昔孔子生於衰
周而識文武之道其稱曰文王既沒文不在玆乎雖
一時諸侯不能用功業不見於天下而其文卒不可
揜孔子既沒諸弟子如子貢子夏皆以文名於世數
傳之後子思孟子孫卿並爲諸侯師秦人雖以塗炭
遇之不能廢也及漢祖以干戈定亂紛紜未已而叔
孫通陸賈之徒以詩書禮樂彌縫其闕矣其後賈誼
董仲舒相繼而起則西漢之文後世莫能髣髴蓋孔
氏之遺烈其所及者如此自漢以來更魏晉歷南北
文弊極矣雖唐正觀開元之盛而文氣衰弱燕許之
流倔強其間卒不能振惟韓退之一變復古闕其頹
波東注之海遂復西漢之舊自退之以來五代相承

天下不知所以爲文祖宗之治禮文法度追迹漢唐而文章之士楊劉而已及公之文行於天下乃復無愧於古於乎自孔子至今千數百年文章廢而復興惟得二人焉夫豈偶然也哉公初娶胥氏卽翰林學士偃之女再娶楊氏集賢院學士大雅之女後娶薛氏資政殿學士簡肅公奎之女追封岐國太夫人男八人發故承議郎奕故光祿寺丞棐朝奉大夫辯故承議郎餘早亡孫男六人愻故臨邑縣尉憲通仕郎恕奉議郎愬故宣義郎愿懋皆將仕郎孫女七人皆適士族公之在翰林也先君文安先生以布衣隱居鄉閭聞天子復用正人喜以書遺公公一見其文曰此孫卿子之書也及公考試禮部亡兄子瞻以進士試稠人中公與梅聖俞得其程文以爲異人是歲轍

亦中下第公亦以謂不忝其家先君不幸捐館舍亡兄與轍皆流落不偶元祐初會於京師公家以公碑諉子瞻子瞻許焉既又至於大故轍之不敏以父兄故不敢復辭銘曰

於穆仁宗有臣文忠自嶮而夷保其初終惟古人臣終之實難匪不用賢有孽其間公奮自南聲被四方允文且忠有煒其光上實開之下實泥之三起三僨誰實使之僨而復全惟天子明克明克終乃卒有成逮歲嘉祐君臣一德左右天造民用飲食舜禹相授不改舊臣白髮蒼顏翼然在廷功成而歸維公本心彼其何知言恐不深潁水之濱甲第朱門新鄭之墟茂木高墳野人指之文忠之遺忠臣不危仁祖之思

附答歐陽叔弼學士書一首

轍啓令子承務見訪蒙示手書以先公神道碑未立
猥以見屬轍與士兄子瞻俱出先公門下士兄平昔
已許譔述不幸奄至大故此志不申則轍今日不當
復以鄙陋不足以發明先公事業爲辭矣但有一事
自患難以來八九年間駑怯畏避未嘗秉筆爲文衆
所共悉又自北歸衰病日侵鬚髮變白志意消縮非
復曩日之比斯文一時大手筆也雖復勉强爲之深
恐失前志後不能成文重以獲罪柰何柰何若叔弼
不以朝夕見迫許遷延三數年間如其病疾少差幸
未至死則不復辭矣然恐孝愛懇切急於表見當世
難以歲月竢耳不能如教悚息悚息

欒城後集卷第二十三

欒城後集卷第二十四

雜文五首

巢谷傳一首

巢谷字元脩父中世眉山農家也少從士大夫讀書老爲里校師谷幼傳父學雖朴而博舉進士京師見舉武藝者心好之谷素多力遂棄其舊學畜弓箭習騎射久之業成而不中第聞西邊多驍勇騎射擊刺爲四方冠去遊秦鳳涇原間所至友其秀傑有韓存寶者尤與之善谷教之兵書二人相與爲金石交熙寧中存寶爲河州將有功號熙河名將朝廷稍奇之會瀘州蠻乞弟擾邊諸郡不能制乃命存寶出兵討之存寶不習蠻事邀谷至軍中問焉及存寶得罪將就逮自料必死謂谷曰我涇原武夫死非所惜顧妻

子不免寒餓橐中有銀數百兩非君莫使遺之者谷許諾卽變姓名懷銀步行往授其子人無知者存寶死谷逃避江淮閒會赦乃出予以鄉閭故幼而識之知其志節緩急可託者也予之在朝谷浮沉里中未嘗一見紹聖初予以罪謫居筠州自筠徙雷自雷徙循予兄子瞻亦自惠再徙昌化士大夫皆諱與予兄弟遊平生親友無復相聞者谷獨慨然自眉山誦言欲徒步訪吾兄弟聞者皆笑其狂元符二年春正月自梅州遺予書曰我萬里步行見公不自意全今至梅矣不旬日必見死無恨矣予驚喜曰此非今世人古之人也既見握手相泣已而道平生逾月不厭時谷年七十有三矣瘦瘠多病非復昔日元脩也將復見子瞻於海南予愍其老且病止之曰君意則善然

自此至儋數千里復當渡海非老人事也谷曰我自視未即死也公無止我留之不可閱其橐中無數十錢予方乏困亦强資遣之船行至新會有蠻隸竊其橐裝以逃獲於新州谷從之至新遂病死予聞哭之失聲恨其不用吾言然亦奇其不用吾言而行其志也昔趙襄子厄於晉陽知伯率韓魏決水圍之城不沉者三版縣釜而爨易子而食羣臣皆懈惟高恭不失人臣之禮及襄子用張孟談計三家之圍解行賞羣臣以恭爲先談曰晉陽之難惟恭無功曷爲先之襄子曰晉陽之難羣臣皆懈惟恭不失人臣之禮吾是以先之谷於朋友之義實無愧高恭者惜其不遇襄子而前遇存寶後遇予兄弟予方雜居南夷與之起居出入蓋將終焉雖知其賢尚何以發之聞谷有

子蒙在涇原軍中故爲作傳異日以授之谷始名穀及見之循州改名谷云

亡姊王夫人墓志銘一首

伯父大中大夫生女子四人仲姊適進士王君東美器之獨享上壽年七十有五從其子肄爲梓州銅山尉官滿而歸沒於鄉閭實建中靖國元年十二月庚寅也前一歲轍與兄子瞻皆自嶺南蒙恩北還將歸埽先墓是時兄弟惟仲姊在耳而子瞻舟行至毗陵復以疾不起轍既哭之則訃於鄉曰天倫之愛惟仲姊一人矣東西相望將誰訴者訃未達而仲姊又亡葢哭之慟曰已矣手足盡矣何以立於世惟夫人幼敏而靜四歲而知絲纊十歲而知饋饎父母以爲能既長奉己以法不妄言笑二十而歸王氏蚤莫不懈

舅姑亦賢之舅祕書丞兼没於耀州貧不能歸夫人
勸其家盡所有以歸葬未幾而姑亡器之亦即世生
事不給人不堪其憂夫人處之哀而不傷衰服飲食
雖窶必脩與親族交雖貧不傲雖富不屈訓導諸子
不失家法遇其有過未嘗見聲色曰使爾自悟則善
勉强從我無益也春秋祠事必親視滌濯執庖爨夜
以達旦以此終其身嘗夢一老人旁有贊拜者既覺
猶拜未已旦求其家繪像則四代祖母也自是并祭
四代肆及元祐九年進士第時轍備位政府以親祀
圜丘恩賜冠帔使肆以歸奉夫人肆迎養銅山夫人
常稱內外祖父從政之方以敕之及其疾病肆刲股
以具饍既執喪水漿不入口者累日哀毀殆不能勝
鄉人稱之將以崇寧元年十月六日祔於器之之墓

世次爵里既具今不復載夫人三子長曰聿幼曰晝皆以儒學自力仲子則肄也三女長適朝散郎劉襄早亡次適進士牟介次適進士楊濤孫五人曰弼知武知悌曰驥慶長銘曰

生而知禮傅勿煩老而知義窮益堅天既知之報以年大其後昆子復賢我欲見之不得還勒銘幽室虞變遷後要當歸空九原仰視松柏涕潸然

龍井辯才法師塔碑一首

浙江之西有大法師號辯才以佛法化人心具定慧學具禪律人無賢不肖見之者知尊其道奉其教居上天竺說法齋衆者二十年退居龍井燕居行道者十年元祐六年歲在辛未九月乙卯無疾而滅吳越之人失其所歸依奔走號慕如佛滅度相與訃於淮

南請於揚州太守蘇公子瞻以志其塔公曰吾固知師矣予弟子由雖未嘗識師而其知師不在吾後吾爲汝請轍以公命不敢辭師姓徐氏名元淨字無象杭之於潛人家世喜爲善客有過其鄉者指其居以語人曰是有佳氣鬱鬱上騰當生奇男子師生而左肩肉起如袈裟條八十一日乃滅其伯祖父歎曰是宿世沙門也慎毋奪其願長使事佛八十一者殆其算也及師之終實八十有一師生十年而出家口不茹葷血每見講堂坐輒嘆曰吾願登此說法度人年十六落髮受具足戒十八就學於天竺慈雲師雲門人方盛厭衆欲卻之雲曰疇昔吾夢甚異此子殆法器也勿卻師日夜勤力學與行進不數年而齒其高第雲沒復事明智韶師韶嘗講摩訶止觀至方便五

緣曰淨名所謂以一食於一切供養諸佛及衆賢聖
然後可食此一方便也師聞之悟曰今乃知色聲香
味皆具第一義諦因淚下如雨由此遇物中無疑矣
嘗夢與其同門友元素入一寺曰妙樂有僧出師問
之曰此非荊溪尊者製法華文句記處耶曰然師訪
以尊者遺像相與至東閣見一梵僧趺坐不動容貌
甚偉謂師曰我汝過去師也當爲我作禮師拜已而
覺忽若有得年二十五恩賜紫衣及辯才號蓋代郜
爲衆講說者凡十五年知杭州呂公溱請師住大悲
寶閣院師嚴設紀律犯者秋毫皆斥去其徒畏敬之
居十年沈公遘治杭以謂上天竺本觀音大士道場
以聲音懺悔爲佛事非禪那居也乃請師以教易禪
師至吳越人爭以檀施歸之遂鑿山增室幾至萬礎

重樓傑觀冠於浙西學者數倍其故有禱於大士者亦鮮弗答詔名其院曰靈感觀音熙寧初龍圖祖公無擇在杭言者或不悅其政遽起制獄師以鑄鐘事預逮居其閒泰然擬金剛篋撰圓事理說居十七年有僧文捷者利其富倚權貴人以動轉運使奪而有之遷師於下天竺師恬不爲忤捷猶不厭使者復爲逐師於潛逾年而捷敗事聞朝廷復以上天竺畀師捷之在天竺也吳人不悅施者不至巖石草木爲之索然及師之復士女不督而集山中百物皆若有喜色淸獻趙公抃與師爲世外友親見而贊之曰師去天竺山空鬼哭天竺師歸道場光輝然師復留三年終欲捨去謂其徒曰吾祖智者聖人也猶以急於化人害於行己位本五品而證止鐵輪况吾凡夫也哉

固謝去老於南山龍井之上以茅竹自覆吳越聞之爭爲之築室廬具像設甓瓦金碧咄嗟而就三年復爲太守鄧公温伯請居南屏一年鄧公去乃歸龍井終焉師於講說不擇晝夜常曰鬼神威德不具多畏人晝說或不得至比夜人靜庶幾能聽嘗焚指以供佛右三左二僅能以執其徒有欲效之者輒禁之曰如我乃可平生脩西方淨業未嘗以須臾廢行成力具能以其餘見於外者非一世子兄子瞻中子迨生三年不能行請師爲落髮磨頂祝之不數日能行如宅兒布衣李生者習禪觀甚辯而無行欲從師出家子瞻憐之爲請於師未言其名師拒不許若知其爲人者秀州嘉興令陶象有子得魅疾巫醫莫能治師咒之而愈越州諸暨陳氏女子心疾漫不知人父母

以見師警以微言醒然而悟嘗與僧熙仲會食仲視
師眉間有光如螢遽起攬之得舍利師曰愼毋以告
人不知者將以妄疑我自是常有於其臥起得之者
及其將化入室燕坐謝賓客止言語飲食召其常與
往來僧道潛告之曰吾西方業成如是七日無魔橫
右脅吉祥而逝吾願足矣至五日出偈告衆七日奄
然而寂皆如其言師度弟子若干人四方學者不可
以數計頗能以其道教化吳越至十月庚午塔成頌
曰
如來昔在世心禪語爲教譬如四大海惟是一濕性
於其濕性中變化千萬億風來爲濤瀾風去爲湛然
魚龍所游戲神鬼所出沒船筏借其力網罟取其利
其上爲洲渚諸國所生育其下爲淵谷百怪所藏伏

東西出日月上下屬河漢觀者不能了瞬眙何暇說
如來知迷悶隨變爲解釋因變所說者是則名爲教
彼善聞教人當知是幻爾既已知是幻則當識眞實
我觀世教師皆謂教是實由謂教實故則爲禪所訶
禪雖訶教乎終以教致禪禪若不取教是杜所入門
教而不知禪是不識家也辯才眞法師於教得禪那
口舌如瀾翻而不失道根心湛如止水得風輒粲然
以是於東南普服禪教師士女常奔走金帛常圍遶
師惟不取故物來不得拒道成數有盡西方一瞬息
西方亦非實要有眞實處

逍遙聰禪師塔碑一首

予元豐中以罪謫高安旣涉世多難知佛法之可以
爲歸也是時洞山有文黃蘗有全聖壽有聰是三老

人皆具正法眼超然無累於物予稍從之遊旣久而有見也居五年予自高安移宰績溪未幾而全委化文去洞山聰去聖壽凡十年予再謫高安而文住歸宗聰退老黃蘗不復出矣聰聞予來出見曰吾夢與君遊於山中知君復來去來宿緣也無足怪者與予處一年弊衣糲食澹然若將終焉高安之人曰有如聰禪師而不坐道場者耶師曰吾未始不在道場顧以蘇公一來餘無求也衆曰逍遙唐帝子遺築賓旅不至而貲粮可以老居之無害師不聽予告之曰師豈以我故廢傳法耶師笑而許之紹聖乙亥十有二月始杖策入山山久蕪不理十方不至師方治其缺圮以延衆予亦得般若涅槃寶積華嚴四大部舊經於聖壽補其殘破而授之明年夏師得疾山深無醫

愈而復劇九月戊申而寂春秋五十有五師本綿州鹽泉王氏幼事劍門慈雲海亮師年二十三誦經得度始遊成都從講師捨之南至吳越見淨慈大本禪師久而不悟本曰吾疇昔夢汝異甚汝不勉則死師茫然不知所謂常志南嶽思大口吞三世諸佛語一日爲僧伽作禮醒然而喻即見本具道所以然本曰汝得之矣吾夢汝吞一世界一剃刀知汝自今始眞出家也即爲擊鼓告衆師遊江西高安人敬愛之延住眞如開善聖壽三道場師性靜默與物無牾所居不問有無安於戒律不知持犯之別平居未嘗談說叩之輒亹亹不竭予見之二十年口不言人過逍遙祖師曰僖唐肅宗少子也出家事忠國師忠記之居逍遙賜田甚廣經五代亂民盜耕之幾盡前長老文

因訴於縣十得一二可以居衆矣而衆未集因相山之勝環植松柏將自爲窣堵波旣沒或言其不利改葬宅所及師之寂卽因之以葬衆皆曰有德之報十月庚午而葬銘曰

逍遥峻深帝子道場百年無人龍天悲傷師遊吳中得法本翁口呑大千不蔕于胸律精不持道備不言遊戲諸方物知其賢翼然歸之師卻避之草庵布衣逝與世辭忽來自山衆迎而喜爲予而出予豈堪此衆曰逍遥法鼓不鳴師雖老矣强爲我行師入居之草木欣然俯仰幾何寂如蛻蟬吁嗟前人度是塔址成而不居若有所竢新塔巋然松柏離離匪人所圖緣則在兹

天竺海月法師塔碑一首

餘杭天竺有二大士一曰海月一曰辯才皆事明智
韶法師以講說作佛事而心悟最上乘不爲講說所
縛吳越多禪衆聞其言者皆曰說教如是是亦禪也
故吳越之人歸之與佛菩薩無異熙寧中予兄子瞻
通守餘杭從二公遊敬之如師友海月之將寂也使
人邀子瞻入山以事不時往師遺言須其至乃闔棺
既寂四日而子瞻至發棺視之膚理如生心頂溫然
驚嘆出涕後十有六年子瞻守餘杭復從辯才遊及
其滅也子瞻守淮南其徒請爲塔銘子瞻以屬予又
十三年予與子瞻皆自嶺外得歸而子瞻終於毗陵
餘杭參寥師弔予潁川既而泣曰辯才既以子瞻故
得銘於公海月獨未有銘公以子瞻其亦勿辭予亦
泣許之公名惠辯字訥翁姓富氏秀之華亭人也幼

不好弄其父奇之以施普照寺年十有九受具足戒
從韶於天竺受天台教習西方觀復事三衢浮石矩
法師皆盡其學韶之將老也命公代之講者八年學
者宗之及其老遂領寺事翰林沈文通治杭以威猛
御物僧徒嚴憚之見者惶駭失據公獨從容如平日
文通異之遂以泴僧職卒至都僧正凡講授二十五
年往來千人得法者甚衆西方觀成與同社人造塔
及閤公容止端靜不畜長物有盜夜入其室脫衣與
之導之出門使從支徑逃去熙寧六年十月有疾十
七日旦起盥濯與衆別焚香跏趺而逝年六十臘四
十一公初入天竺及澗有老人冠帶傴僂逾梁迎之
入門而失始代師講夢章安尊者以金篦擊其口曰
汝勤於誨人當得辯惠嘗苦脾痛久而不愈夢天神

以金盤盛水使師瞑目而洗其腸浣已復內覺而痛止公沒之歲吳越大旱禱於天竺觀音像不應公以疾晝寢夢老人白衣烏帽告曰明日日中必雨問其人曰山神也如期而雨公學行高妙報在西方其以感通者不可勝言而聞於人者如此今住天竺德賢師實公之高弟以銘授之俾刻之石銘曰

佛本說一乘無二亦無三空洞無一物應物無不在欲以是教人人或不能信以其不信故示以方便方便皆是幻惟惠爲真實有方便惠解無方便惠縛有惠方便解無惠方便縛惟惠惟方便更相爲縛解縛脫解亦除然後至佛乘智者古智人具惠與方便示人西方觀其實則是幻由幻而得佛於以度衆生會歸於一乘何者非佛法海月辯才師智者之孫曾

由教而得禪皆僧中第一我不識其面知其心中事
作銘書塔石二公知其然

欒城後集卷第二十四

珍做宋版郑

欒城第三集目錄　　全

第一卷

詩七十首

釀重陽酒
戲題菊花
九日三首
十日二首
初成遺老齋待月軒藏書室三首
久雨
方築西軒穿地得怪石
肺病
送遜監淮西酒幷示諸任二首
風雪
讀傳燈錄示諸子
夢中詠西湖
買炭

第二卷

詩七十一首

遺老齋絶句十二首

移花

服栗

白菊

九日家釀未熟

南齋獨坐

西成

藏菜

示諸子

示諸孫

十一月一日作

冬至日

南齋竹三絶句
中秋新堂看月戲作
午寢
九日陰雨不止病中把酒示諸子三首
落葉滿長安分題
臘月九日雪三絶句
己丑除日二首
同外孫文九新春五絶句
上元前雪三絶句
上元雪
春陰
庭中種花
曾郎元矩見過蹁月聽其言久而不厭追感

第三卷

閏八月二十五日菊有黄花園中燦然奪目
九日不憂無菊而憂無酒戲作
九日三首
戲題三絶
木冰
夜坐
老史
臘雪次遲韻
小雪
土牛
除夜二首
遺老齋南一柏雙榦昔歲坐堂上僅可見也
今出屋已尺餘偶賦

第四卷

欒城第三集目錄

欒城第三集引

崇寧四年余年六十有八編近所爲文得二十四卷目之欒城後集又五年當政和元年復收拾遺稾以類相從謂之欒城第三集方昔少年沉酣文字之間習氣所薰老而不能已既以自喜亦以自笑今益以老矣餘日無幾方其未死將復有所爲故隨類輒空其後以竢異日附益之云爾

欒城第三集卷第一

詩七十首

丙戌十月二十三日大雪一首

秋成粟滿倉冬藏雪盈尺天意慜無辜歲事了不逆誰言豐年中遭此大泉厄肉好雖甚精十百非其實田家有餘糧靳靳未肯出閭閻但坐視慜慜不得食

朝饑願充腸三五本自足飽食就茗飲竟亦安用十
姦豪得巧便輕重竊相易鄰邦轂如土胡越兩不及
閑民本無賴翩然去井邑土著坐受窮忍饑待捐瘠
彼哉陶鈞手用此狂且愎天且無奈何我亦長太息

畫歎一首并引

武宗元比部學吳道子畫佛菩薩鬼神燕肅龍圖學
王摩詰畫山川水石皆得其彷彿潁川僧舍往往見
之而里人不甚貴重獨重趙董二生二生雖工而俗
不識古名畫遺意作畫歎
武燕未遠嗟誰識趙董紛紛枉得名已矣孫陳舊人
物至今但數漢公卿

夢中反古菖蒲一首并引

古詩云石上生菖蒲一寸十二節仙人勸我食令我

好顏色十一月八日四鼓夢中反之作四韻見一愚
公在側借觀示之赧然有愧恨之色
石上生菖蒲一寸十二節仙人勸我食再三不忍折
一人得飽滿餘人皆不悅已矣勿復言人人好顏色
次遲韻復雪一首
老人怕寒愁早作夜聞飛霰知相虐粟車未到泥復
深場薪欲盡心驚愕山川滉蕩勢如海孤舟一葉知
安泊山中故人消息斷欲問有無隔溪壑人言王生
好事人回船不顧山陰約故侯生來本貧窶妻子至
今美藜藿曳履長歌解忍飢裹飯往飼今誰託家人
來告酒可篘洗盞開瓶同一酌
次韻文氏外孫驥以其祖父與可學士書卷
還謝悰學士一首

西南自是賢俊府衰老思歸謾留許春禾磨麥非平生子孫便推我作古賢哉與可詩中傑筆墨餘功散縉楮南陽諸謝世有人此邦亦自非其土一時與我俱作客白髮蒼顏愧非伍儒術真傳漢太翁風流未滅晉諸庾兩家尚有往還帖舊集脫遺應可補明窗展卷清淚滴悅然似與故人語欲鎖空廚付長康恐君譏我不與取

守歲一首

歲云莫矣誰能守唯有此心初不移宇宙隨流任爾去虛空對面即吾師三盃醉倒聊從俗一點靈明欲語誰來日日新無限事歸根一笑彼安知

上元不出一首

春寒未脫紫貂裘燈火催人夜出遊老厭歌鍾空命

酒病嫌風露怯登樓擁袍坐睡曾無念結客追歡久已休試問西鄰傳法老此時情味似儂不

將築南屋借功田家一首

先人敝廬寄西南不歸三紀今何堪卜營蒐裘閱歲三西成黍豆餘石甑借功田家弃鑁枕農事未起來不嫌併遣浮客從丁男芒鞵禿巾短後衫杵聲登登駭閭閻期我一月久不厭我方窮困人所諳有求不答心自甘一言見許不妄談飲汝信厚心懷慚晨炊暮餉增醯鹽歸時不礙田與蠶

丁亥生日一首

少年即病肺喘作鋸木聲中年復病脾暴下泉流傾困苦始知道處世百欲輕收功在晚年二疾忽已平來年今日中正行七十程老聃本吾師妙語初自明

至哉希夷微不受外物嬰非三亦非一了了無形形
迎隨俱不見瞿曇謂無生湛然琉璃內寶月長盈盈

初葺遺老齋二首

髭鬚渾白已經歲腰痛春來日又多一味安閑猶有
礙却令朝謁擬如何築居定作子孫計好事久遭僧
佛呵尤愧白家履道宅十年成就飽經過
爲留十步南牆竹莫怪門前鳥雀多陋巷何妨似顏
子勢家應未奪蕭何詩書懶惰何曾讀氣息調勻不
用呵多病從來少賓客杜門今復幾人過

謝人惠千葉牡丹一首

東風催趁百花新不出門庭一老人天女要知摩詰
病銀瓶滿送洛陽春可怜最後開千葉細數餘芳尚
一旬更待遊人歸去盡試將童冠浴湖濱

移陳州牡丹偶得千葉二本喜作一首

小圃初開清潩岸名花近取宛邱城爭言千葉根難認忽發雙葩眼自明謫墮神仙終不俗飛來鸞鳳有餘清細鉏瓦礫除荆棘未可令齊衆草生

因舊一首并敘

予因卞氏故居改築新宅其廳事陋甚有柴氏廳三間求售三百餘萬錢力不能致子遲曰因卞之舊而易其尤不可子孫若賢當師公儉予愧其言從之作因舊詩

君不見林上鵲冬深始營巢及春巢已成又不見梁上燕春深初作窠及夏雛已生我爲一區屋三年費經營紛紛伐梧楸日厭斤斧聲老境能幾何何日安餘齡一言愧吾兒事忌與力爭青楊易三棟赤榆換

雙楹指顧行卽具構築役亦輕鄭侯念子孫不處高閈閎吾今何人斯此則坐右銘

初成遺老齋二首

花時懶出伴遊人暑雨深藏養病身新宅丁丁厭斤斧舊書寂寂卷埃塵久將生事累諸子頓歛浮根付一真遺老齋成謀宴坐澹然無語接來賓

舊說潁川宜老人朱櫻斑筍養閑身無心已絕衣冠念有眼不遭車馬塵青篛自書遺老傳白鬚仍寫去年真齋成謾作笑談主已是蕭然一世賓

蠶麥二首

疎慵自分人嫌我貧病可憐天養人蠶眠已報冬裘具麥熟旋供湯麪新擷桑曉出露濡足拾穗暮歸塵滿身家家辛苦大作社典我千錢追四鄰

三界人家多鮮福一時蠶麥得難兼鉏耰已愧非吾力湯火尤驚取不廉貴客爭誇火浣布貧家粗有水精鹽薄衫冷麪消長夏捫腹當知百不堪

文氏外孫入村收麥一首

欲收新麥繼陳穀賴有諸孫替老人三夜陰霪敗場圃一竿晴日舞比鄰急炊大麲償飢乏多博村酤勞苦辛閉廩歸來真了事賦詩憐汝足精神

李方叔新宅一首

我年七十無住宅斤斧登登亂朝夕兒孫期我八十年宅成可作十年客人壽八十知已難從今未死且磐桓不如君家得衆力咄嗟便了三十間李君雖貧足圖史旋鑿明窗安淨几閉門但辦作詩章好事時來置樽俎我恨年來不出門不見君家棟宇新心安

卽是身安處自揣頭顱莫問人

苦雨一首七月朔

蠶婦絲出盎田夫麥入倉斯人薄福德二事未易當
忽作連日雨坐使秋田荒出門陷塗潦入室崩垣墻
覆壓先老稚漂淪及牛羊餘粮詎能久歲晚憂糟糠
天災非妄行人事密有償嗟哉竟未悟自謂予不戕
造禍未有害無辜輒先傷簞瓢吾何憂作詩熱中腸

殺麥二首

麥幸十分熟雨過三日霪初晴尚未伏半夜卷重陰
細築場無隙輕推磨有音驚聞諸縣水一𣫍直千金

又

雨後麥多病庚中蛾欲飛不辭終日暑幸脫半年飢
潦水來何暴秋田望已微農夫愚可念此報定誰非

立秋後一首

伏中苦熱焦皮骨秋後清風濯肺肝天地不仁誰念爾身心無著偶能安詩書久爲消磨日毛褐還須準擬寒謾許百年知到否相從一日且磐桓

初築南齋一首

我老不自量築室盈百間舊屋收半料新材伐他山盎中粟將盡橐中金亦殫涼風八月高扶架起南邊首成遺老齋願與客周旋古檜長百尺翠竹森千竿隔城過清潁有井皆甘泉平生隱居念眷眷在山川誰言白髮年有作竟不然我本師瞿曇所遇無不安諸子知我懷勉更求榱椽堂成鋪莞簟無夢但安眠

中秋月望十六終夜如晝一首

秋氣久已到月明如可期雲生未望夜天借極圓時

泠澈登臨倦衰慵起舞遲兎閑長擣藥桂老尚生枝
運轉何年住清明與物宜油然任消長斤斧定何施

釀重陽酒一首

家人欲釀重陽酒香麴甘泉家自有黄花抱蘂有佳
思金火未調無好手老奴但欲致村酤小婢爭言試
三蚪我年七十似童兒逢節歡欣事從厚廩粟已空
豆方實羔豚雖貴魚可取病嫌秋雨難爲腹老嚥饞
涎空有口折花誰是送酒人來客但有鄰家父閉門
一醉莫問渠巷爭不用纓冠救

戲題菊花一首

春初種菊助盤蔬秋晚開花插酒壺微物不多分地
力終年乃爾任人須天隨七箸幾時輟彭澤樽罍未
遽無更擬食根花落後一依本草太傷渠

九日三首

昔忝衣冠舊今從野老遊籬根菊初綻甕面酒新蒭不負重陽節都無舉世憂人生定誰是萬事本悠悠

又

欲就九日飲旋炊三斟醅今朝不一醉坐客有空回白髮何須吝黃花恨晚開問知缾未罄相勸盡餘盃

又

從古重此日今人那得違菊遲知歲閏酒貴念人飢身安且自慰家遠不成歸尚憶少年樂驚呼人盡非

十日二首

酒經重九尚殘巵雨送初寒問篋衣養氣安閑眞得計讀書勤苦已知非謾存講說傳家學深謝交遊絶世譏築室未成中自笑何如茅屋對柴扉

憂患經懷沃漏卮榮華過眼脫輕衣定心稍覺無來往時事誰能問是非祿去身安常自喜宅成囊竭可無譏交遊散盡餘親戚酒熟時來一扣扉

初成遺老齋待月軒藏書室三首

老人身世兩相遺綠竹青松自蔽虧已喜形骸今我有枉將名字與人知往還尚許鄰家父問訊纔通說法師燕坐蕭然便終日客來不識我爲誰 遺老齋

軒前無物但長空孤月忽來東海東圓滿定從何處得清明許與衆人同怜渠生死未能免顧我盈虧略已通夜久客寒要一飲油然細酌意無窮 待月軒

讀書舊破十年功老病茫然萬卷空插架都將付諸子閉關猶得養衰翁案頭螢火從乾死窻裏飛蠅久未通自見老盧真面目平生事業有無中 藏書室

久雨一首

雲低氣尙濁雨細泥益深經旬勢不止晚稼日已侵閑居賴田食憂如老農心堆場欲生耳棲畝將陸沉常賦雖半釋雜科起相尋凶年每多暴此憂及山林號呼天不聞有言不如喑願見雲解脫秋陽破羣陰

方築西軒穿地得怪石一首

卞氏平日本富家庭中怪石蹲麏麚子孫分散不復惜排棄坑谷埋泥沙一株躍出隨畚鍤知我開軒方種花頹然遠嶺垂澗壑谽然洞穴通煙霞十夫徙置幸不遠軒前桐柏陰交加我家舊隱久不到小池尺水三流槎少年旋遶看不足時呼野老來翦茶老人得此且自慰更訪餘石探幽遐或言卞氏舊石尚多但未知沉淪處爾

肺病一首

肺病比不作屈信三十年今年胡爲爾呀然上衝咽寒氷未易温死灰誰使然醫言無庸怪此理環無端少年少壯敗今日存精堅假年復除害非人豈非天

送遜監淮西酒并示諸任二首

疇昔南遷海上雷艱難唯與汝同來再從龍尉茅叢底旋卜雲橋荔子堆相與閉門尋舊學誰言復出理官醅乘田委吏先師事莫學陶翁到即回

淮西留滯昔經年唯有諸任時往還炊黍留賓不嫌陋借書度日免長閑歸來潩水無人問夢遶伊家古檜間二老舊遊唯我在後生誰復識蒼顏遵聖師中二老人雖鄉人今無識之者矣

風雪一首閏十月十一日

冬温未宜人風雪中夜止疾雷略吾窗輕氷入吾被

病去適三日驚起存一氣心安氣亦安二物本非二皎然一寸燈下燭九泉底物來無不應物去未嘗昧恨我俗緣深撓此古佛智醫來視六脈六脈非昔比醫適有此言

讀傳燈錄示諸子一首

大鼎知難一手扛此心已自十年降舊存古鏡磨無力近喜三更月到窗早歲文章真自累一生憂患信難雙從今父子俱清淨共說無生或似龐

夢中詠西湖一首

誰鑿西湖十里中扁舟載酒颺輕風草木蕃滋百事足寒暄淡薄四時同東鄰適與吾廬便西岸遙將岳麓通閑遊草草無人識竹杖藤鞵一老翁前四句夢中得後四句起而足之

買炭一首

苦寒搜病骨絲纊莫能禦析薪燎枯竹勃鬱煙充宇
西山古松櫟材大招斤斧根槎委溪谷龍伏熊虎踞
挑抉靡遺餘陶穴付一炬積火變深黳牙角猶憤怒
老翁睡破氈正晝出無屨百錢不滿籃一坐幸至莫
御爐歲增貢圓直中常度閭閻不敢售根節姑付汝
升平百年後地力已難富知夸不知嗇俛首欲誰訴
百物今盡然豈爲一炭故我老或不及預爲子孫懼

欲雪一首

今年麥中熟麨餌不充口老農畏冬旱薄雪未覆畝
驕陽引狂風三白知應否久晴車牛通薪炭家家有
惟有口腹憂此病誰能救達官例謀身一醉日自富
尚應天愍人雲族朝來厚飛花得盈尺一麥可平取

那吒一首

北方天王有狂子只知拜佛不拜父佛知其愚難教語寶塔令父左手舉兒來見佛頭輙俯且與拜父略相似佛如優曇難值遇見者聞道出生死嗟爾何爲獨如此業果已定磨不去佛滅到今千萬祀只在江湖挽船處

示諸子一首

老去惟堪一味閑坐令諸子了生緣般柴運水皆行道挾策讀書那廢田兄弟躬耕真盡力鄉鄰不慣枉稱賢裕人約己吾家世到此相承累百年范五德孺近語遲聞君家兄弟善治田蓋取其不盡利爾

戊子正旦一首

百歲行來已七分筋骸轉覺不如人法傳心地初投

種雨過花開不待春識路一時如有得到家諸事本
非新舊陳芻狗今無用付與時人藉兩輪

題舊鍾馗一首并引

癸丑歲予為興德軍掌書記是歲大旱除日府中饋
畫鍾馗行雪中狀甚怪後三十六年檢篋中舊畫得
之戲作此篇

濟南書記今白須歲節鍾馗舊綠襦舉手托天欣見
雪破鞾踏凍可怜渠滔滔時輩今黃壤六六年華屬
老夫兒女未容翁便去銀瓶隔夜浸屠酥

七十吟一首

年來霜雪上人頭俄爾相將七十秋欲去天公未遣
去久留敝宅恐難留六窗漸暗猶牽物一點微明更
著油近聽老盧親下種滿田宿草費鉏耰

久旱府中取虎頭骨投邢山潭水得雨戲作一首

邢山潭中黑色龍經年懶臥泥沙中嵩陽山中白額虎何年一箭肉爲土龍雖生虎雖死天然猛氣略相似生不益人死何負虎頭枯骨金石堅投骨潭中潭水旋龍知虎猛心已愧虎知龍懶自增氣山前一戰風雨交父老曉起看麥苗君不見岐山死諸葛真能奔走生仲達

生日一首

扶杖今年見國人懸弧早歲憶茲晨佛身三世歸依地隣寺百僧清淨因蘧子知非慙已晚白公起定惜餘春舞雩一濯平湖水鄉黨驚呼白髮新是日南堂供三世佛西寺齋僧百人

將折舊屋權住西廊一首

平生未有三間屋今歲初成百步廊欲趁閑年就新宅不辭暑月臥斜陽脩篁已謝前人種甘井何妨衆口嘗奔走從來成底事安居到處漫爲鄉

種花二首

築室力已盡種花功尚疎山丹得春雨艷色照庭除末品何曾數羣芳自不如今秋接千葉試取洛人餘

又

築室少閑地種花能幾畦松筠舊滿眼桃李漸成蹊無計通湖水長思種藕泥幽懷終不愜拄杖出城西

同遲賦千葉牡丹一首

未換中庭三尺土漫種數叢千葉花園工言近家糞土多蟲故不宜花須換糞土三尺花乃茂云云造物不違遺老意一枝頗似洛人家

名園不放尋芳客陋巷希聞載酒車未忍晝瓶脩佛
供清樽酌盡試山茶
同遲賦春晚一首
池塘春旱欲生塵一雨能令草木新脾病不嫌櫻筍
薄廩空偏喜麥禾勻白須照水湖光淨淥酒留人鳥
哢頻但恐少年嫌老醜眼前無復一時人
春無雷一首
經冬無雪麥不死秋雨過多深入土人言來歲定無
麥農父掉頭笑不許清明雨足麥欣欣旋敕奴婢脩
破囷大麥過期當半熟小麥未晚猶十分東家西舍
發陳積十錢一𪌷猶難得向來天公不爲人市人半
是溝中瘠前望麥熟一月期老稚相勸聊忍飢誰令
伏枕作寒熱囊中無錢誰肯醫天公愛人何所吝一

春雨作雷不震雷聲一起百妖除病人起舞不須扶
聞卞氏舊有怪石藏宅中問其遺孫指一廢
井云盡在是矣井在室中床下尚未能取先
作一首
昔人遊宦久江湖怪石嵌空駭里閭一井深藏緣底
事百年不出待潛夫弃捐泥土性仍在睥睨林亭氣
漸蘇微物廢興猶有定此生窮達謾長吁
仲夏始雷一首
陽氣溟濛九地來經春涉夏始聞雷麥禾此去或可
望桃李向來誰使開號令迍邅人共怪陰陽顛倒物
應猜一聲震蕩雖驚耳遍地妖氛未易回
八璽一首
秦人一璽十五城百二十城當八璽元日臨軒組綬

新君臣相顧無窮喜九鼎崢嶸夏禹餘八璽錯落古所無古人鄙陋今人笑父老不慣空驚呼

讀舊詩一首

早歲吟哦已有詩年來七十未全衰開編一笑恍如夢閉目徐思定是誰敵手一時無復在賞音他日更難期老人不用多言語一點空明萬法師

五月園夫獻紅菊二絕句

黃花九月傲清霜百草滿園無此香紅紫無端盜名字試尋本草細商量

南陽白菊有奇功潭上居人多老翁葉似皤蒿莖似棘未宜放入酒杯中

夏至後得雨一首

天惟不窮人旱甚雨輒至麥乾春澤匝禾稿夏雷墜

一年失二雨廩實真不繼我窮本人窮得飽天所畀
奪祿十五年有田潁川涘躬耕力不足分穫中自愧
餘功治室廬棄積霑狗彘久養無用身未識彼天意

遲往泉店殺麥一首

罷民不耕穫豈利有攸往古人爲我言許此亦無妄
一冬免鉏犂二麥盈甕盎火老金尚伏雨過築場壤
隣家助伯亞蒼耳割榛莽朝暘得終日經歲可無恙
老夫終病慵長子幸可仗劬勞慎勿厭麪餌家共享
秋田雨初足已作豐熟想歸來報好音相對開膓釀

夏夜對月一首

大火直南方萬物委爐炭微雲吐涼月中夜初一浣
老人氣如縷枕簟亦流汗披衣遶中庭星斗嘒相粲
鳴蜩思清露抱葉一長歎栖鵲亦未安遶樹再三轉

我生仰田食候雨占雲漢枵然未可期無食終誰怨
褰帷竟不寐夜氣淨如練愛之不忍觸惟恐朝來散

千葉白蓮花一首

蓮花生淤泥淨色比天女臨池見千葉謫墮問何故
空明世無匹銀瓶送佛所清泉養芳潔爲我三日住
蔫然落寳牀應返梵天去

追和張公安道贈別絶句一首并引

予年十八與兄子瞻東遊京師是時張公安道守成
都一見以國士相許自爾遂結忘年之契公晚事裕
陵君臣之義初不淺也既而與用事者異議拂衣而
出初守宛丘次守南都予亦以議論不合連從公遊
元豐初子瞻以詩獲罪竄居黄州予謫監筠州酒稅
公凄然不樂酌酒相命手寫一詩爲別曰可憐萍梗

飄浮客自歎匏瓜老病身從此空齋掛塵榻不知重掃待何人後七年蒙恩召還復見公南都自是又八年而有升沉之歎時公薨已數年矣及自龍川還潁川姪過出子瞻遺墨中有公所贈章覽之泣下不能止乃追和之

少年便識成都尹中歲仍爲幕下賓待我江西徐孺子一生知己有斯人

欒城第三集卷第一

欒城第三集卷第二

詩七十一首

遺老齋絶句十二首

杜門本畏人門閉自無客孤坐忽三年心空無一物

又

衆音入我耳諸色過吾目聞見長歷然靈源不受觸

又

茲心淨無垢尚愛南齋竹當暑得清風泠然若新沐

又

老檜真百尺疎竹疑千畝紛紛霰雪中見此歲寒友

又

栽竹種松檜十年未成陰昔人定知我爲我養南林

又

久無叩門聲剝啄問何故田中有人至昨夜盈尺雨

又

我居近西城城枕湖一曲不到平湖上何物禁吾足

又

北臨鳳凰臺鳳去臺亦圮萋萋脩竹林喈喈何日至

又

昔我過嵩麓雲移見諸峯重遊未有日想像曨䨴中

又

避事已謝客養性不看書書中多感遇掩卷輒長吁

又

人言里中舊獨有陳太邱文若命世人惜哉憂人憂

又

巢由老箕山遁世聊可耳臨流愧堯舜又甚陳仲子

移花一首 八月十六日

種花南堂南堂毀花亦瘞理畦西軒西花好未忍棄慇懃拔陳草秋雨流入地移根傳生土指日春風至花來本陳洛盈尺不爲異方求千葉枝更與一溉水人功誠已盡天巧行可致我老百不爲愛此養花智

服栗一首

老去日添腰脚病山翁服栗舊傳方經霜斧刃全金氣插手丹田借火光入口鏘鳴初未熟低頭咀噍不容忙客來爲說晨興晚三嚥徐收白玉漿

白菊一首

白菊長先黃菊開年年九日泛新醅猶存古曆標花候不奈時人信手栽得勢從教盈九畹倪眉聊復引三盃愈風明目須真物能使神農爲爾回

九日家釀未熟一首

平生不喜飲九日猶一酌今年失家釀節到真寂寞
床頭瀉餘樽畦菊吐微蕚洗盞對妻孥肴蔬隨厚薄
興來欲徑醉量盡還自却傍人歎身健省己知脾弱
尚有姑射人自守常綽約養生要慈儉已老慚矍鑠
燕居漸忘我杜門奚不樂風麴日已乾濁醪可徐作

南齋獨坐一首

獨坐南齋久忘家似出家香烟穠作穗茶面結成花
細竹纔通徑長松初有槎往還真斷絕一一數歸鴉

西成一首

野老端相慶西成僅十分寒來多釀酒客過預留饙
近事姑求飽遠憂要浪聞一壺真有理終日得醺醺

藏菜一首

爨清葵芥充朝饍歲晚風霜斷菜根百日園枯未易過一家口衆復何言多排甕盎先憂盡旋設盤盂未覺煩早晚春風到南圃侵凌雪色有新萱

示諸子一首

諸子才不惡功名舊有言窮愁念父母心力盡田園志在要須命身閑且養源遊魚脫淵水何處有飛翻

示諸孫一首

少年真力學玄月閉書帷老去渾無賴心空自不知交遊誰識面文字略存詩笑向諸孫說疏慵非汝師

十一月一日作一首

晝短圖書看不了夜長鼓角睡難堪老懷騷屑誰爲伴心地空虛成妄談酒少不妨隣叟共病多賴有衲僧諳覺師識病善用藥積陰深厚陽初復一點靈光勤自參

冬至日一首

陰陽升降自相催齒髮誰教老不囘猶有髻珠常照物坐看心火冷成灰酥煎隴坂經年在柑摘吳江半月來官冷無因得官酒老妻微笑潑新醅

除日一首

年年最後飲屠酥不覺年來七十餘十二春秋新罷註五千道德適親書木經霜雪根無蠹船出風波載本虛自怪多年客箕潁每因吾黨賦歸歟

臘中三雪一首

一臘不空度三雪自相因暗添池上凌稍壓麥中塵餘潤想猶在苦寒將及春慇懃欲盡酒扶養病衰人

伐雙榖一首十二月二十七日作

芳蘭非不嘉當自門宜鋤刈此惡木陰久妨長者車

僕夫礪尋斧告我日方除久持不忍意柯條益扶疎
植根雖云固伐去曾須臾我塗雖不寬出入自有餘
開門聽還往幷納賢與愚荒穢一朝盡來者皆虛徐

上元夜适勸至西禪觀燈一首

三年不踏門前路今夜仍看屋裏燈照佛有餘長自
照澄心無法便成澄追歡狂客去忘返入定孤僧喚
不譍更到西禪何所問隔牆魚鼓正登登

程八信孺表弟剖符單父相遇潁川歸鄉待

闕作長句贈別一首

我生猶及見大門弟兄中外十七人兩家門戶甲鄉
黨正如潁川數孫陳噫噫鳴鴈略雲漢風吹散落天
一垠歸來勉强整毛羽飲水啄粒傷離羣東西隔絕
不敢恨死生相失長悲辛蕭蕭華髮對妻子往往老

淚流衣巾仲叔已盡季亦老雙星孤月耿獨存老夫閉門不復出喜君三度乘朱輪今春剖符地尤勝不齊自古留芳塵回車訪我念衰老挽衣把臂才逡巡君行到官我未死杖藜便是不速賓一尊酌我當有問此國豈有賢於君兄弟中惟僕與程八程九在耳

種松一首

城郭人家歲寒木檜柏森森映華屋青松介僻不入城野性特嫌塵土辱中庭冉冉盈尺苗條榦雖短風霜足培根不用糞壤厚插竹預防雞犬觸他年期汝三丈高獨立仙翁毛髮綠老人自分不及見子孫見汝知遺直

二月望日雪二絕

玄冥留雪惱中春損麥傷花病老人已典布裘捐衲

饑朝來酒盡乞比鄰
老翁衰病不憂花百口唯須麥養家聞道田中猶要
雪兼收凝白試山茶
遜自淮康酒官歸覲逾旬而歸送行二絕句
官期未滿許寧親平日宦遊無此恩雨遍公田及私
畝學書兼得問筠孫
乘田委吏責無多舊學年來竟若何開卷新詩可人
意到官無復廢吟哦
去年秋扇二絕句
篋中秋扇委塵埃春晚炎風拂面來舊物不辭爲世
用故人相見莫心猜
扇中秦女舊乘鸞拂去浮塵色尚鮮未盡炎風早歸
去不堪秋後乞哀憐

讀舊詩一首

老人詩思如枯泉轆轤不下甕盎乾舊詩展卷驚三年粲然佳句疑昔賢老來百事不如前藜羹稻飯嗟獨便飽食餘暇盡日眠安用琢句愁心肝

堂成不施丹雘唯紙窗水屏蕭然如野人之居偶作一首

高棟虛窗五月涼客來掃地旋焚香白雲低繞明月觀漲海東流清暑堂病久渴心思沆瀣夢回餘念屬瀟湘老人夫婦修行久此處從今是道場

南齋竹三絕

幽居一室少塵緣妻子相看意自閑行到南窗脩竹下怳然如見舊溪山

舊山脩竹半塵埃誰種南林待我來新筍出牆秋雨

足閉門長與護蒼苔
里中佳客舊孫陳我自踈慵不見人目倦細書長掩卷心遊法界四無鄰

中秋新堂看月戲作一首

年年看月茅簷下今歲堂成月正圓自笑吾人强分別不應此月倍嬋娟虛窗每怯高風度碧瓦頻驚急雨懸七十老翁渾未慣安居始覺貴公賢聞都下諸家新建甲第壯麗頃所未有

午寢一首

食飽年來幸有秋倒床清夢百無憂忍飢終愧首陽客睡足何須雲夢州冰酒黄封生不喜春芽紫筍向誰求平生尚有書魔在一卷還堪作枕頭

九日陰雨不止病中把酒示諸子三首

旱久翻成霧雨災老人腹疾強啣杯官醅菉豆適初
熟籬菊黄花終未開兒女共憐佳節過雞豚恐有故
人來衰年此會真餘幾薄酒無多不用推

又

九日不能飲呦呦覺胃寒妻孥勸把盞莄菊正堆槃
懶極久成病年高終鮮歡道人嫌服藥心息自相安

又

庭菊兼黄白村醪雜聖賢微吟還自喜不飲信徒然
陶亮貧非病孟嘉醒亦顛相看莫相笑與爾各當年

落葉滿長安分題一首

有客倦長安秋風正颯然九衢飛亂葉入水凝寒煙
搖落南山見淒涼陋巷偏名園失綠暗清渭泛紅鮮
衣信催煩杵狼烽報極邊長江苦吟處日暮想横鞭

臘月九日雪三絕句

天公留雪待嘉平飛霰來時曉未明病士擁衾催煖酒閑門不聽掃瑤瓊

去年家釀不須沽秫米今年絕市無雪沒前山薇蕨盡誰憐無語獨攜鉏

臘中得雪春宜麥甕裏無糟寒惱人未暇樽罍伴佳客先將麪餌許比鄰

己丑除日二首

閱遍時人身亦老卷殘舊曆意茫然髭鬚白盡無添處甲子重來又十年酒儉不容時一醉堂成且喜夜安眠春秋似是平生事屋壁深藏付後賢

橘紅安穩近誰傳（予舊有腹疾或教服橘皮煎丸經月良愈）鬢雪蕭騷久已然梅柳任教脩故事蠶絲聊與祝新年（鄉人以餳蜜和麪象

梅枝柳葉又以肉雜物爲羮名之曰蠶絲

不眠粗有官酤供夜飲一瓶渾濁且稱賢

同外孫文九新春五絶句

佳人旋貼釵頭勝園父初挑雪底芹欲得春來怕春晚春來會似出山雲

甕中臘脚長憂凍戸外春風那得知酒熟定應花未動舉瓢先對柳千絲

菊葉萱芽初出土凍虀冷麪欲宜人老人脾病難隨汝洗釜磨刀待晚春

築室恨除千本竹及春先補百株花隔年預與園夫約春雨晴時問汝家

雪覆西山三頃麥一犂春雨祝天工麥秋幸與人同飽昔日黃門今老農

上元前雪三絶句

臘中平地雪盈尺蒿隗山田麥尚乾不管上元燈火夜飛花處處作春寒

閉門不問門前事燈火薰天自不知聞道朝來雪又下老人今歲未應飢

天公似管人間事近事傳聞半是非但使麥田饒雨雪飢人得飽未相違

上元雪一首

上元燈火家家辦遍地瓊瑤夜夜深衲被蒙頭真老病紗籠照佛本無心床頭酒甕恰三斗山下麥田真百金乞我終年醉且飽端能擁鼻作微吟

春陰一首

春後誰令百日陰雨淫風橫兩相侵天公未有惜花

意野老空存念麥心共怪叢筠亦黃落終憐老檜獨
蕭森過中不克陽安在夏旱前知未易禁是春所在竹林皆黃落頭所未見

庭中種花一首

空庭一無有初種六株花青桐綠楊柳相映成田家
春雨散膏油朝曦發萌芽造物知我心初來盡枯槎
開花已可貴結子誠益佳百事盡如此一生復何嗟
我生本窮陋中年旅朝銜失脚墮南海生還夢荒遐
築室雖不多於我則已奢松筠伴衰老已矣無復加

曾郎元矩見過踰月聽其言久而不厭追感
平昔爲賦詩一首

胄子相從得佳婿遲初於太學識元矩因有姻議掖垣同直嘉良朋
交情不意隔生死世事休論有廢興宿草芊緜淚入

士故琴牢落恨填膺遠來似覺淸談勝試問傳家今幾燈

閉門一首

閉門潁昌市不識潁昌人身閑未易過閑久生暗塵我念作閑計欲與黃卷親少年病書史未老目先昏掩卷默無言閉目中自存心光定中發廓然四無鄰不知心已空不見外物紛瞿曇昔嘗云咄哉不肯信一見勿復失愈久當愈眞

林筍復生一首

春寒侵竹竹憔悴父老皆云未嘗記偶然雷雨一尺深知爲南園衆君子從地湧出長如人一一便有淩雲氣吾家老圃倦栽接但以歲寒相嫵媚一朝紛紛看黃落嵇阮相過無醉地陰陽往復知有數已病還

瘳非卽死呼童徑語隣舍翁種竹未改當年意姚黃

魏紫終誤人千葉重臺定何事

老柏一首

柏根可合抱柏身長百尺我年類汝老我心同汝直

我貧初無居愛汝買此宅索居懷舊友開軒得三益

風中有餘勁雪後不改色我貧不栽花遶屋多種竹

全家謬聞道舉目無他物晨興輒相對知我有慚德

蠶麥一首

春寒風雨淫蠶麥止半熟耕桑未嘗親有獲敢求足

隣田老翁嫗囊空庾無粟機張久乏緯食晏惟薄粥

熟耕種未下屢禱雲不族私憂止寒餓王事念鞭朴

爲農艮未易爲吏畏簡牘閉門差似可忍飢有餘福

喜雨一首

夏田已報七分熟秋稼方憂十日乾好雨徐來不倉
卒天公似欲救艱難魃張鷹犬無遺力社近雞豚趁
早寒老病隨人幸一飽爐香無語只長歎

題東坡遺墨卷後一首

少年喜爲文兄弟俱有名世人不妄言知我不如兄
篇章散人間墮地皆瓊英凜然自一家豈與餘人爭
多難晚流落歸來分死生晨光迫殘月回顧失長庚
展卷得遺草流涕濕冠纓斯文久衰弊涇流自爲清
科斗藏壁中見者空嘆驚廢興自有時詩書付西京

洗竹一首

寒甚南軒竹半黃晚抽旱筍雜榛荒不嫌毒手千竿
盡稍放清風八月涼短篲只堪除糞壤新萌會看伏
牛羊扶持造化須人力早聽人言布麥糠

寄張芸叟一首并引

張芸叟侍郎編樂府詩相示繼以書問手戰之故

懇懇有見憐衰病意作小詩謝之

老矣張芸叟親編樂府詞才高君未覺手戰我先衰

點驌舊無對吟哦今與誰十年酬唱絕歡喜得新詩

欒城第三集卷第二

欒城第三集卷第三

詩七十首

雨中秋絕句二首并引

昔予謫居龍川己卯歲閏九月重九南方初有涼氣予置酒招同巷黃氏老與之對酌作四絕句其卒章曰尉佗城下兩重陽白酒黃雞意自長卯飲下牀虛已散老年不似少年忙明年蒙恩北歸寓居潁川庚寅歲閏八月遇雨中秋賦雨絕句以繼前作俛仰十有二年時正苦腹疾秋思索然老病日加亦理勢然矣

潁川城下雨中秋金氣初凝火尚流脾病家人不教飲官廚好酒亦難求

兩逢重九尉佗城蜒叟相從倒酒瓶十二年來均寂

寞此心南北兩冥冥

贈德仲一首

我昔見子京邑時鬚髮如漆無一絲今年相見潁昌
市霜雪滿面知爲誰故人分散隔生死子然惟以影
自隨憐子肝心如鐵石昔所謂可今不移世間取舍
竟誰是惟有古佛終難欺嗟哉我自不知子意子清
淨持律師忽然微笑不言語袖中錦繡開新詩可憐
相識二十載終日對面初不知蚌含明珠不肯吐暗
行沙底藏光輝蚌爲身計良可耳旁人不悟寧非蠢

閏八月二十五日菊有黃花園中粲然奪目

九日不憂無菊而憂無酒戲作一首

年年九日憂無菊今歲牀空未有糟世事何嘗似人
意天公端解惱吾曹金龜解去瓶應滿玉液傾殘氣

尙豪門外白衣還到否今時好事恐難遭

九日三首

瓢尊空挂壁九日若爲歡白髮逃無計黃花開已闌
酒慳慙對客風起任飄冠賴有陶翁伴貧居得自寬

又

解衣換村酒酒薄不須嫌節到勿空過盃行且强拈
得閑身尙健適意事難兼醉臥南窗日誰知酸與甜

又

幼子淮西客雙壺思老人遠來經潁淡細酌喜清醇
飲罷遙憐汝歸來早及春南齋昔未有餘似舊時貧

戲題三絕

懊惱嘉榮白髮年逢人依舊唱陽關渭城朝雨今誰
聽砑鼓跳踉一破顏

謝傅凄涼已老年胡琴羗笛怨遺賢使君於此雖不
俗挽斷髭鬚誰見憐
遍地花鈿歎百年蒼顏白髮意凄然回頭笑指此郎
子破賊將來知有天
木冰一首
老病不眠知夜寒晨興薄冰滿庭前枯榆老柳變精
妍細稍如苗麄如椽風敲碎玉落紛然冰裏槲葉誰
雕鑴鄰家父老呼東垣欲沽官酒囊無錢我亦强起
試一觀樹稼不見今十年
夜坐一首
少年讀書目力耗老怯燈光睡常早一陽來復夜正
長城上鼓聲寒考考老僧勸我習禪定跏趺正坐推
不倒一心無著徐自靜六塵消盡何曾掃湛然已似

須陁洹久爾不負瞿曇老回看塵勞但微笑欲度羣迷先自了平生誤與道士遊妄意交梨求火棗知有毗盧一逕通信脚直前無別巧

老史一首

口食陽翟粟身衣陽穀絲二物不相卽飽暖常不時老史知我窮一歲一奔馳方暑勸脂車苦寒伺來歸嗟我垂老年未免憂寒飢老史甚忠信但恨性重遲事我三十年閔閔不相離我門了無求辛苦終不辭平生金石交至此或已攜老史未易得試復養其兒

臘雪次遲韻一首

冬儲久未辦佳雪爲人留穀豆入高廩薪蒸轉千斛紛紛了歲事閔閔念農疇家有二頃田一頃種米麰風聲夜中變飛霰曉未休粗畢今歲寒復免來年憂

天公知人心未禱得所求傾瓢有遺酌起和田中謳

小雪一首

小雪僅能消膈熱苦寒偏解惱衰翁年豐誰使百物貴心淨要令萬事空老去禪功深自覺生來滯運與人同閑中未斷生靈念清夜焚香處處通

土牛一首

天地非不仁萬物自芻狗土牛適成象逡巡見屠剖田家挽雙角歸理纍絲釜生無負重力死作初耕候碎身初不辭及物稍無負君看劉表牛豈脫曹公手

除夜二首

年年賦除夜一賦一衰殘家有三斗釀春餘半月寒鷄豚不改舊隣里自相歡元日應無客蕭然不著冠

又

七十三年客相從尚幾年西方他日事東魯一經傳漸解平生縛初安半夜禪紛紛爭奪際何意此心全

遺老齋南一柏雙榦昔歲坐堂上僅可見也今出屋已尺餘偶賦一首

翠柏擢雙榦冉冉出屋危柏長雖云喜我老亦可知苦寒不改色烈風終自持門閑斷來客相對不相欺

正月十六日一首

上元已過欲收燈城郭遊人一倍增陌上紅塵霏似霧雲間明月冷如氷誰言世上驅馳客老作庵中寂定僧漏水半消燈火冷長空無滓色澄澄

七十三歲作一首

一生有志恨無才久爾蕭蕭白髮催力學當年真自信初心到此未應回舊人化去渾無幾新障重生撥

不開七十三年還往否獲麟後事轉難裁

春旱彌月郡人取水邢山二月五日水入城而雨一首

春旱時聞孽火然邢山龍老不安眠麥生三寸未覆壠雨過一犁初及泉深愧貧民飢欲死可憐肉食坐稱賢南齋遺老知尤幸湯餅黃虀又一年

龍川道士一首 廖有象

昔我遷龍川不見平生人傾囊買破屋風雨庇病身頎然一道士野鶴墮鷄羣飛鳴閭巷中稍與季子親刺口問生事褰裳觀運斤俛仰忽三年愈久意愈真送我出重嶺長揖清江濱方營玉皇宮棟宇期一新成功十年後脫身走中原見公心自足徒步非我勤我歸客箕潁晝日長掩關僕夫忽告我門有萬里賓

問其所從來笑指南天雲心知故人到驚喜不食言
我老盆不堪惟有二頃田年年種麥禾僅能免饑寒
君來亦何爲助我耕且耘嗟古或有是今世非所聞

重贈一首

出家無復家視身等雲浮東西隨風行忽然遍九州
君居龍川城築室星一周屋瓦如翬飛象設具冕旒
弟子五六人門徒散林丘本爲百年計自可一世留
胡爲不復顧脫去如敝裘萬里一藤杖來從故人遊
故人病老翁輕重恐未酬疑君了心法萬物皆浮漚
去彼非有嫌來此亦無求是心摩尼珠不受篋笥收
故人感君意一言還信不遠行不爲此浪走非良謀

食櫻筍二首

一旱經春草木焦朱櫻結子獨盈條盤中宛轉明珠

滑舌上逡巡絳雪消仰囁佳人露猶濕偷銜啼鳥語尤嬌南方荔子爭先後羞見炎風六月燒林竹抽萌不忍挑誰家盈束伴晨樵鐔龍似欲號無罪食客安知惜後凋不願鹽梅調鼎味姑從律呂應簫韶林間老死雖無用一試冬深雪到腰

西軒畫枯木怪石一首

西軒素屏開白雲婆娑老桂依霜輪顧兔出走蟾蜍奔河漢卷海機石蹲牽牛自載倚桂根清風颯然吹四鄰東坡妙思傳子孫作詩髣髴追前人筆墨墮地稱奇珍閉藏不聽落泥塵老人讀書眼病昏一看落筆生精神

悟老住慧林一首

能公住嶺南正觀呼不起忠公客中禁朝恩不爲累

道人無淨穢所遇忘嗔喜悟公清淨人心厭紛華地
慧林虛法席去有遲遲意投身淤泥中佛法何處是
引身山林間過患差無幾力小難自欺心安似無愧
悟世常失人違心輒喪己除行勿與較乘流得坎止
君看淨因揩志以直自遂殺身竟何益犯難豈爲智
去住本由天毋求亦無避相期明且哲大雅亦如此

蠶麥一首

春旱麥半熟蠶收僅十分不憂無餅餌已幸有襦裙
造化真憐汝耕桑不謾勤經過話關陝貧病不堪聞

北堂一首

吾廬雖不華粗有南北堂通廊開十窗爽氣來四方
風長日氣遠六月有餘涼兒女避不居留此奉爺娘
爺娘髮如絲不耐寒暑傷單衣焦葛輕軟飯菘芥香

無客恣臥起有客羅壺觴今年得風痺摩膏沃椒湯
念終捨此去故山松柏蒼此地亦何爲歲時但烝嘗

秋稼一首

雨晴秋稼如雲屯豆沒雞兎禾沒人老農歡笑語行
路十年儉薄無今晨無風無雨更一月藜羹黍飯供
四鄰天公似許百姓足人事未可一二論窮邊逃卒
到處滿燒塲入室才逡巡縣符星火雜鞭箠解衣乞
與猶怒嗔我願人心似天意愛惜老弱憐孤貧古來
堯舜知有否詩書到此皆空文

七夕一首

火流知節換秋到喜身安林鵲真安往河橋晚未完
得閑心不厭求巧老應難送酒誰知我瓢樽昨暮乾

食雞頭一首

風開芡嶺鐵爲鬚斧斫沙磨旋付廚細嚼兼收上池
水徐噈還成滄海珠佳客滿堂須一斗閑居賴我近
平湖多年不到會靈沼氣味宛然初不殊

秋雨一首

禾田已熟畏愁霖積潦欲乾泥尚深一雨一涼秋向
晚似安似病老相侵人閒有盡皆歸物世外無生賴
有心要覓塵埃不到處一燈相照夜愔愔

補種牡丹二絕

野草凡花著地生洛陽千葉種難成姚黃性似天人
潔糞壤埋根氣不平
換土移根花性安猶嫌入伏午陰煩清泉翠幄非難
辨絕色濃香別眼看

曹郎子文赴山陽令一首

囊空口衆不堪閑却喜平生得細論鶴髮進封償舊
德彩衣聽訟勉平反楚風剽疾觀新政浙水蕭條詠
舊恩記取老人臨別語茶甌霜後早相存

辛卯九日三首

九日真佳節年年長賦詩深慙鶴髮老每與菊花期
帽落無人拾酒狂聊自持豐年餘社甕天意念衰羸

又

我飲不爲酒黄花競此時茱萸謾辟惡麴糵助和脾
淺酌何勞訴獨醒徒爾爲來年我猶健相對亦如斯

又

河朔今將到山陽近欲行老懷驚聚散一酌慰平生
陋巷連墻久長淮照眼明到官紛訟牒應憶此時情
遲歸自河朔節前當至曹郎將赴山陽節後當行也

早睡一首

老人如嬰兒起晏睡常早麤氈薄絮被孤枕自媚好倒床作龜息逡巡輒復覺隔門燈火明髣髴聞語笑杯棬相勸酬往往見譏誚披衣坐跏趺衰老當自了室空窗亦虛半夜明月到老盧下種法從古無此妙根生花輒開得者自不少要須海底行更問藥山老

廳前柏一首

穉柏如嬰兒冉冉三尺長移根出澗石植榦對華堂重露恣膏沐清風時抑揚我老不耐寒憐汝堪風霜朝夕望爾長尺寸常度量知非老人伴可入諸孫行想見十年後簷前蔚蒼蒼人來顧汝笑誦我此詩章

十月二十九日雪四首

床頭喞喞糟鳴甕夜半蕭蕭雪打窗擁褐旋驚花著

樹潑醅初喜酒盈缸鄰翁晨乞米三斗釣戶暮留魚
一雙自笑有無今粗足遙憐逐客過重江時逐客有過湖嶺者
龕燈照室久妨睡雪氣侵人不隔窗枕上詩成那起
草槽頭酒滴暗鳴缸遠來狂客應回去高臥幽人未
有雙猶憶新灘泊船處堆蓬積玉撼長江
幽居漫爾存三徑燕坐何妨應六窗老憶舊書時展
卷病封藥酒旋開缸小園搖落黃花盡古檜飛鳴白
鶴雙珍重老盧留種子養生不復問王江
鵠子一飛超漲海蜂兒終日透晴窗心空莫著書千
卷客到長留酒半缸性命早知元有分文章誰信舊
無雙何年結束尋歸路還看薹頭下飲江

冬日即事一首

寒日初加一線長臘醅添浸隔羅光新年只願多新

酒舊疾微令變舊方自昔杯棬元窄小得閑筋力尙康强買田種秫貧無計自有人家爲插秧近來腹疾頗退足疾尙餘一二醫婁生言舊所用藥須少增損

畫學董生畫山水屏風一首

承平百事足鴻都無不有策牘試篆隸丹青寫飛走紛然四方集狐兔萃林藪何人知有益長嘯呼鷹狗奔逃走城邑驚顧念餬口素屏開白雲稱我茅簷陋濡毫願揮洒峯巒映巖竇巨石連地軸飛布瀉天漏縈山一徑通過水微橋構山家煙火然遠寺晨鐘叩僧從何方來行逮午齋後有客呼渡船隔水惟病叟听然發一笑此處定眞否人生初偶然與此誰夭壽厄窮妄自憐一醉輒日富客至亦茫然邀我沽斗酒

冬至日作一首

羲和飛轡留不住小兒逢節喜欲舞人言老翁似小兒烝豚釀酒多爲具潁川本自非吾鄉鄰里十年成舊故誰令閉戶謝往還壽酒獨向兒孫舉飲罷跏趺閉雙目寂然自有安心處心安自謂無老少不知鬢髮已如素似聞錢重薪炭輕今年九九不難數

冬至雪二首

一氣潛萌九地中雪花微落四無風初陽便有回天力宿瘴徐看卷地空家釀再投猶恨薄官酤多取定無功時人淺陋終無益徑就天公借一豐

佳節蕭條陋巷中雪穿窗戶有顏風出迎過客知非病歸對先師喜屢空黍醞盈瓢終寡味石薪烘竈信奇功頗嫌半夜欺毛褐却喜年來麥定豐

讀樂天集戲作五絕

樂天夢得老相從洛下詩流得二雄自笑索居朋友
絕偶然得句與誰同
樂天得法老凝師後院猶存楊柳枝春盡絮飛餘一
念我今無累百無思
樂天投老刺杭蘇溪石胎禽載軸艫我昔不爲二千
石四方異物固應無
樂天引洛注池塘畫舫飛橋映綠楊漠水隔城來不
得不辭策杖看湖光
樂天種竹自成園我亦牆陰數百竿不共伊家鬬多
少也能不畏雪霜寒

記病一首

我病在脾胃一病四十年微傷輒暴下傾注如流泉
去年醫告我此病猶可痊試取薑豆附三物相和丸

服之不旬浹病去如醫言醫言藥有毒病已當速捐
我意藥有功服久功則全侵尋作風痺兩足幾蹣跚
徐悟藥過量醫初固云然舊病則已除柰此新病纏
醫言無甚憂前藥姑捨旃藥毒久自消真氣從此完
鄙夫不信醫私智每自賢咄哉已往咎終身此韋弦

除日二首

屠蘇末後不辭飲七十四人今自希筋力明年應更
減誠心憂世久知非脾寒服藥近方驗風痺經冬勢
漸微得罪明時歸已晚此生此病任人譏

七十四年明日是三千里外未歸人酒芻泉湧如迎
節詩句雲生喜見春賀客不來知我病鄰家竊語笑
吾真時人莫作樂天看燕坐端能畢此身樂天居洛陽日正與予年相若非齋居道場輒攜酒尋花遊賞泉石略無暇日予性拙且懶杜門養病已僅十年樂天未必能

爾也

上元一首

上元車馬正喧喧老病無聊長掩門不著繁燈眩雙目獨邀明月上前軒跏趺默坐闌三鼓寂寞誰來共一樽已覺城中塵土臭急將清雨洗乾坤

壬辰生日兒姪諸孫有詩所言皆過記胷中所懷亦自作一首

生日今朝是忽忽又一年讀書真已矣閉目但茫然下種言非妄開花果定圓驅羊舊有法視後直須鞭

白鬚一首

少年不辦求長藥老病無疑生白鬚下種已遲空悵望無心猶幸省工夫虛明對面誰知我寵辱當前莫問渠自頃閉門今十載此生畢竟得如愚

林筍一首

竹林遭凍曾枯死春筍連年再發生天與歲寒終倔強澤分淇澳轉敷榮狂鞭已逐草侵徑疎影長隨月到楹毿阮欲來從我飲開門一笑亦逢迎

西軒種山丹一首

淮陽千葉花到此三百里城中衆名園栽接比桃李吾廬適新成西有數畦地乘秋種山丹得雨生可喜山丹非佳花老圃有深意宿根已得土絕品皆可寄明年春陽升盈尺爛如綺居然盜天功信矣斯人智根苗相因依非眞亦非僞客來但一笑勿問所從致

遊西湖一首

閉門不出十年久湖上重遊一夢回行過閭閻爭問訊忽逢魚鳥亦驚猜可憐舉目非吾黨誰與開樽共

一杯歸去無言掩屏臥古人時向夢中來

泛潩水一首

早歲南遷恨舳艫歸來平地憶江湖半篙春水花千片八尺輕船酒一壺徐轉城陰平野闊稍通竹徑小亭孤前朝宰相終難得父老咨嗟今亦無（自潩溝泛舟至曲水園本文潞公舊物潞公以遺賈魏公今爲賈氏園矣）

風痺三作一首

年老百病生風痺已三作主家長患聾說法仍害脚十年學趺坐從此罷雀躍閉目時自觀寸田飽耕鑿下種本無種服藥亦非藥田熟根自生病去如花落吾生默已定有數誰能却數盡吾則行未應墮冥漠

新作南門一首

于公決獄多陰功自知有子當三公高作里門車馬

通定國精明有父風飲酒一石耳目聰漢家宰相仍
侯封左右中興始且終我家讀書自我翁恥言法律
羞兵戎中年出入黃門中智巧不足稱愚忠雖云寡
過亦無功不忮不求心粗空舉世知我惟天工恃此
知不累兒童作門不痺亦不隆陋巷正與顏生同勢
家笑啞儻見容

春旱一首

舊俸存無幾生齒日益多敝廬雖粗完空廩無麥禾
首種二頃田奈此春旱何誰能持隻雞一酹邢山阿
飢寒誰相念幸龍未見訶去年投虎頭叩門用干戈
邂逅一尺雨豈復陰陽和幽明初不隔誠意豈在多
惻然上通天矧此一盤渦雲興雨隨至父老行且歌

感秋扇一首

團扇經秋似敗荷丹青髣髴舊松蘿一時用舍非吾事舉世炎涼奈爾何漢代誰令收汲黯趙人猶欲用廉頗心知懷袖非安處重見秋風愧恨多

欒城第三集卷第三

欒城第三集卷第四

詩十二首

喜姪邁還家二首

一別怱怱歲五除還家恠我白髭鬚懷中初見孫三世巷口新成宅一區（姪房添一男孫予亦葺成敝廬皆別後事）林下酒尊還漫設床頭易傳近看無老年遊宦眞安往南北相望結草廬

次前韻

心空煩惱不須除白盡年來罷鑷鬚隨俗治生終落落苦心憂世漫區區居連里巷知安否食仰田園問有無我已閉門還往絕待乘明月過君廬

喜雨（五月十九日夏至）

一旱經春夏已半好雨通宵曉未收氣爽蹔令多病

喜來遲未解老農憂力耕僅足公家取遺秉休違寡
婦求時向林間數新竹籜龍騰上欲迎秋

雨過一首

東南流注已鳴澗西北霏微僅斂塵人意共懷艱食
病天公那有不仁人雲移已分貧無福雩應方知社
有神田里相望無一舍終年苦樂會須勻

溽暑一首

東風吹鼎方然薪遊魚出沒一世人隨波上下猶欣
欣不識河漢清涼津十年我已不出門可憐尚寄生
死濱老知下種功力新開花結子當有辰寒暑一過
聊嚬呻至此有道非有神

外孫文九伏中入村䊮麥一首

春田不雨憂無麥入囷得半猶足食伏中一䊮不可

綏旱田蒼耳猶難得人言春旱夏當潦入伏未保天日好老農經事言不虛防風防雨如防盜外孫讀書舊有功五言七字傳祖風旋投詩筆到田舍知我老來饞且慵秋田正急車難起汗滴肩赬愧鄰里磨聲細轉雪花飛舉家百口磨牙齒食前方丈我所無烝麪十字或有諸孫歸何用慰勤苦烹雞亦有烝胡盧（唐相盧懷慎既老家居諸公嘗往問疾公設食待客勑庖夫淨去毛勿拗折其項客喜爲當食烝鵝鴨也食至乃烝胡盧耳諸公皆不飽公食之殊美）

大雨後詠南軒竹二絕句

苦寒壞我千竿綠好雨還催衆筍長痛飲雖無嵇阮客瓢尊一試午陰涼

葉開翡翠才通日節竦琅玕不怕風稍放西邊深二丈端如幽谷茂林中（竹西有二丈隙地筍猶未到）

秋後卽事一首

苦熱真疑不復涼火流漸見迫西方清風一夜吹茅屋竹簟今朝避石床露濕中庭菊含蘂水浮西浦稻生芒秋成得飽家家事莫笑農夫喜欲狂

送遲赴登封丞一首

昔我過嵩陽秋高日重九晨邀同行客共舉登高酒藤蘂生胼胝一覽河山富封壇土消盡中夜捫星斗下山雙足廢欲上知難又回首煙雲中隱約見巖岫未老約來遊何意七十後吾兒性靜默丞邑山路口秋暑山尚煩冬雪山方瘦春山利遊觀安輿卽迎父

省事一首

早歲讀書無甚解晚年省事有奇功自許平生初不錯人言畢竟兩皆空空中有實何人見實際心知與

佛同煩惱消除病亦去閑門便了此生中

廣福僧智昕西歸一首

先人寄東巖蕭然四無隣八尺清冷泉中有白髮人
婆娑弄明月松間夜相賓平生指庚壬終老投此身
築室潁川市西望長悲辛故山比丘僧躡足超峨岷
歸途三千里秋風入衣巾北崦百步外我夢一室新
速營三間堂永奉兩足尊我歸要有時久遠與子親
悟老非凡僧瓦礫化金銀歸來味玄言見日當自陳

欒城第三集卷第四

欒城三集卷第五

詩賦銘贊共十首

種藥苗二首并引

予閑居潁川家貧不能辦肉每夏秋之交菘芥未成則槃中索然或教予種罌粟決明以補其匱寓潁川諸家多未知此故作種藥苗二詩以告之皆四章章八句

種罌粟四言

築屋城西中有圖書窗戶之餘松竹扶疎拔棘開畦以毓嘉蔬畦夫告予罌粟可儲罌小如罌粟細如粟與麥皆種與穄皆熟苗堪春菜實比秋穀研作牛乳烹爲佛粥老人氣衰飲食無幾食肉不消食菜寡味柳槌石鉢煎以蜜水便口利喉調養肺胃三年杜門

莫適往還幽人衲僧相對忘言飲之一杯失笑欣然
我來潁川如遊廬山

種決明四言

閑居九年禄不代耕肉食不足藜藿烝羹多求異蔬
以佐晨烹秋種罌粟春種決明決明明目功見本草
食其花葉亦去熱惱有能益人矧可以飽三嗅不食
笑杜陵老老人平生以書爲累夜燈照帷未曉而起
百骸未病兩目告瘁決明雖良何補於是自我知非
卷去圖書閉目內觀妙見自如聞阿那律無目而視
決明何爲適口乎爾

上巳一首六言

春服初成日暖潩河漸滿風涼欲復孔門故事略有
童冠相將城西百步而近杏花半落草香欣然顧與

數子臨水一振衣裳故人有酒未酌爲我班荆舉觴
我雖少飲不醉未怪遊人若狂春風自爾一月花絮
極目飛揚誦詩相勸行樂良士但取無荒

上巳後一首 六言

上巳已過旬日西湖尚有遊人老人復歸閉戶戶外
百事日新呼兒試問築室春晚何日堂成我家舊廬
江上隱居三世相因晏子不願改卜我今已愧先君
始有苟合則止已老姑欲安身西望烝嘗有處傳家
圖史常陳門中此外何事世故有耳不聞食訖趺坐
日昃此心皎皎長存萬事汝勿告我婚嫁自畢諸孫

堂成一首 四言

築室三年堂成可居我初不知諸子勞劬父母老矣
風雨未除槖裝幾何勿問有無伐木於山因此舊廬

不約不豐燕處無餘堂開六楹南北四筵晝明廓然
夜冥黯然四鄰無聲布被氈身非蚌螺一睡經年
夜如何其趺坐燕安善惡不思此心自圓東廂靖深
以奉嘗烝老佛之廬朝香夜燈西廂千卷圖書之林
先人所遺子孫是承杖屨經行直如引繩顧視而笑
此如我心諸子之宮左右吾背將食擊板一擊而會
瓜畦芋區分布其外鉏去瓦礫壞而不塊廢井重浚
泉眼仍在轆轤雷鳴甘雨時霈園夫能勤家足于菜
有客叩門賀我堂成揖客而笑念我平生三世讀書
粗免躬耕明窗脩竹惟我與兄蔭映茅茨吐論崢嶸
猖狂妄行以得此名老而求安匪以爲榮

雙柳一首 四言

我作新堂中庭蕭然雙柳對峙春陽既應千條萬葉

風濯雨洗如美婦人正立櫛髮髮長至地微風徐來掩冉相繆亂而復理垂之爲纓綰之爲結屈伸如意燕雀翔舞蜩蜇嘶鳴不召而至清霜夜落衆葉如剪顏色憔悴永愧松柏歲寒不改見嘆夫子聊同淵明攀條嘯詠得酒徑醉一壓粗給三黜不去亦如展惠

卜居賦一首 幷引

昔予先君以布衣學四方嘗過洛陽愛其山川慨然有卜居意而貧不能遂予年將五十與兄子瞻皆仕於朝裒橐中之餘將以成就先志而獲罪於時相繼出走予初守臨汝不數月而南遷道出潁川顧猶有後憂乃留二子居焉曰姑餬口於是既而自筠遷雷自雷遷循凡七年而歸潁川之西三十里有田二頃而僦廬以居西望故鄉猶數千里

勢不能返則又曰姑寓於此居五年築室於城之西稍益買田幾倍其故曰可以止矣蓋卜居於此初非吾意也昔先君相彭眉之間爲歸全之宅指其庚壬曰此而兄弟之居也今子瞻不幸已藏於郟山矣予年七十有三異日當追蹈前約然則潁川亦非予居也昔貢少翁爲御史大夫年八十一家在瑯琊有一子年十二自憂不得歸葬元帝哀之許以王命辦護其喪譙允南年七十二終洛陽家在巴西遺令其子輕棺以歸今予廢棄久矣少翁之寵非所敢望而允南舊事庶幾可得然平昔好道今三十餘年矣老死所未能免而道術之餘此心了然或未隨物淪散然則卜居之地惟所遇可也作卜居賦以示知者

吾將卜居居於何所西望吾鄉山谷重阻兄弟淪喪顧有諸子吾將歸居歸與誰處寄籍潁川築室耕田食粟飲水若將終焉念我先君昔有遺言父子相從歸安老泉閱歲四十松竹森然諸子送我歷井捫天汝不忘我我不忘先庶幾百年歸掃故阡我師孔公師其致一亦入瞿曇老聃之室此心皎然與物皆寂身則有盡惟心不沒所遇而安孰匪吾宅西從吾父東從吾子四方上下安有常處老聃有言夫惟不居是以不去

銅雀硯銘 并引

客有遊河朔登銅雀廢臺得其遺瓦以爲硯甚堅而澤歸以遺予爲之銘曰

土生萬物而能長存銅雀初成萬瓦雲屯得水而埏

得火而堅水乾火冷而土不遷石質金聲水火則然
臺毀棟摧誰使獨全披榛得之如見古人來爲吾硯
明窗細氈老尚著書撫之長歎用捨有時一愚一賢

壬辰年寫真贊

潁濱遺民布裘葛巾紫綬金章乃過去人誰與丹青
畫我前身遺我後身一出一處皆非吾真燕坐蕭然
莫之與親

管幼安畫贊并引

予自龍川歸居潁川十有三年杜門幽居無以自
適稍取舊畫閱之將求古人而與之友蓋於三國
得一人焉曰管幼安寧幼安少而遭亂渡海居遼
東三十七年而歸歸於田廬不應朝命年八十有
四而沒功業不加於人而予獨何取焉取其明於

知時而審於處己云爾蓋東漢之衰士大夫以風
節相尙其立志行義賢於西漢然時方大亂其出
而應世鮮有能自全者潁川孫文若以智策輔曹
公方其擒呂布斃袁紹皆談笑而辦其才與張子
房比然至於九錫之議卒不能免其身彭城張子
布忠亮剛簡事孫氏兄弟成江東之業然終以直
不見容力爭公孫淵事君臣之義幾絶平原華子
魚以德量重於曹氏父子致位三公然曹公之殺
伏后子魚將命至破壁出后而害之汝南許文休
以人物臧否聞於世晩入蜀依劉璋先主將克成
都文休逾城出降雖卒以爲司徒而蜀人鄙之此
四人者皆一時賢人也然直己者終害其身而枉
己者終喪其德處亂而能全非幼安而誰與哉舊

史言幼安雖老不病著白帽布襦袴布裙宅後數
十步有流水夏暑能策杖臨水盥手足行園圃歲
時祀其先人絮帽布單衣薦饌饋跪拜成禮予欲
使畫工以意髣髴畫之昔李公麟善畫有顧陸遺
思今公麟死久矣恨莫能成吾意者姑爲之贊曰
幼安之賢無以過人予獨何以謂賢賢其明於知時
審於處己以能自全幼安之老歸自海東一畝之宮
閉不求通白帽布裙舞雩而風四時烝嘗饋奠必躬
八十有四蟬蛻而終少非漢人老非魏人何以命之
天之逸民

欒城第三集卷第六

策問論一十七首

問大泉直十行於世僅十年矣物重而泉輕私鑄如雲百物踴貴民病之久矣朝廷知之凡官府之積以數千萬計而民間之畜不可勝數以民之不易也棄而不惜十損其七聖人仁民之意可謂深矣然竊意舊泉耗於盜鑄新泉在者十三而公私百用大率如故求所以善其後者不可不預講也願著之于篇有司將有採焉

問堯舜周孔之道行於天下無一物而不由無一日而不用而佛老之教常與之抗衡於世世主之欲舉而廢之者屢矣而終莫能此豈無故而能然哉諸生皆學道者也請推言其所以然辯其不可去之理與

雖不去而無害於世者詳著之于篇
問河朔有橋非古也河流於澶而橋始成南北通行
契丹來和百有餘年夫豈偶然也哉今河出於滑古
所謂白馬之津也白馬之津是謂官渡渡則可橋則
否橋屢成矣而河漲輒敗以虜使之歲至也而不能
已朝廷睦鄰之意厚矣而河朔之人或以爲病方今
之計其便安在
問士大夫居閭閻閭習知民病其多不可盡言也姑
問其六曰何以使民習於孝弟而無邪僻何以使士
安於實行而無矯僞何以使吏食其祿而無妄取何
以使文符稀少而賦斂時辦何以使兵安其戍而無
逃叛何以使囹圄空虛而無數赦
問堯憂洚水之害朝多賢者不用而用鯀鯀九年無

成功民被其患者多矣武王克商微子帝乙之元子其賢聞於天下不立而立武庚武庚卒與三監叛幾爲周室大患此二聖人者知其不可用而用之耶抑亦未之知耶宜有以辨之

問孔子稱顏子簞食瓢飲不改其樂一時門弟子莫及之者而韓子以此爲哲人之細事子路稱千乘之國師旅饑饉之餘可使有勇而知方孔子目之以政事不以仁許之而孟子以爲賢於管仲孟子韓子之言果得孔子之意矣乎

問三代聖人其所以治天下大者諸侯其次井田其次肉刑自三代之衰强弱相吞而諸侯自滅貧富相幷而井田自壞劓刖傷人而肉刑自廢漢唐之間儒者咨嗟太息欲復三代之故而不能者多矣請詳論

之此三者誠非耶三代聖人以此治天下凡千有餘年而未嘗變當時亦莫以爲非者誠是耶自漢至今亦數千載時用時舍迨今掃蕩無餘而天下未嘗不治學者宜知其故不可不論也

問學者皆宗孔孟今考之於書猶有異同之說姑論其一二孔子之於管仲雖以爲小器而許其九合之仁其於子路雖稱其有折獄之明無緼袍之耻而知其不得其死至於孟子則高子路下管仲孔子之於伯夷叔齊以爲古之賢人稱柳下惠言中倫行中慮而譏其降志辱身至於孟子則皆以爲聖人然則學者今將從孔子歟從孟子歟其明言之

問舜命九官凡爲國之政無一不舉歷夏商至周而六官之典備至于今循之然以今之官考舜之舊而

虞稷二官獨廢而不修蓋耕耨稼穡草木鳥獸皆民
之所賴以生而國用之所由以足者而獨無以專治
其事豈后稷伯益之官皆爲虛設而舜之所命亦有
不切於事者歟可詳論之
問魯自宣公失政三桓竊撫其民至昭公五世不競
將逐季氏遂以失國然孔子相定公將墮三都費人
不順兵及公側僅而勝之成人拒命伐之不克幾至
於亂孔子之爲是何也及其自衞反魯雖爲大夫不
任其事矣季氏將用田賦使冉有訪焉默而不答然
齊有田氏之禍則沐浴而朝請舉兵討之夫哀公君
臣非能正鄰國之亂者孔子之爲是亦何也
問郊祀天地見於詩書固有國之常禮也三代既衰
禮失其舊秦漢之間祀五時封太山禮汾陰雜出於

郊祀之外儒者以爲此禮之大者然五時廢於漢元
封禪止於晉武當時自以爲賢於秦漢今將考論其
實此三者於唐虞三代抑嘗行之乎所謂封禪七十
二君亦可信乎秦不足言漢之諸儒初不言封禪封
禪之端發於相如相如之言抑可信乎
問祖宗承五代之餘禮樂未完學校未立其所以爲
天下者皆漢唐之遺事也然自今觀之其削平僭亂
攘卻夷狄戰必勝攻必取及天下已平祥符景德之
間百姓家給人足相賢將勇中外無事朝廷有諍臣
州郡有循吏至於文章之盛至與漢唐相若敢問其
所以致此者何也今自十有餘年禮樂學校之政幾
一新矣其將追繼祖宗而上耶漢唐不足言其於三
代其亦庶幾矣乎

問桓文五伯之盛也方是時楚以諸侯而僭稱王召陵之會桓公責包茅之不入而不及其僭柯之盟曹沫兵劫桓公以求侵地而桓公不以爲罪城濮之戰文公以君避臣而不以爲耻圍鄭之役秦伯私與鄭盟引兵先歸而文公不討其貳敢問伯者之盛固若是而可乎

問人之所同好者生也所同貴者位也所同欲者財也天下之大情盡於是矣然此三者常相爲用生者人之本也無財則無以生無位則無以養生而理財作易者蓋知此矣既言三者而參之以仁義其旨安在

問賢不肖之不能相及雖父子兄弟之間有不免焉堯舜之朱均周公之管蔡蓋無足疑者至於孔子門

弟子三千餘人其所謂賢者十人而已此十人者與孔子周旋於天下久者數十年其歷試而詳觀之者審矣然子路事衛出公莊公自晉反衛劫孔悝而盟之子路爲孔悝攻莊公於臺上不知父子爭國之不可也田常亂齊宰我助田氏以陷於大戮此二人者亦何爲立於孔氏之門乎

問善爲國者惟其稱耳其取士也因官而取人故士無溢員其用財也量入以爲出故財無不足其治邊也量力而闢土故邊無不守今也取士日廣則官不能容用財無藝則常賦不足開邊日遠則見兵愈勞將以救此蓋有舉意而辦者亦有改途易向雖久而不能辦者試詳論之

觀會通以行典禮論

論曰事物之變紛紜雜出若不可知然而有至理存焉禍福治亂之際傾側多故若不可處然而有夷路存焉世之人不知至理之所在也迷而妄行於是有風波作於平地親戚化爲仇怨者矣聖人不然虛心以待物物至而情僞畢陳於前夫知所以御之是以遇繁而若一履險而若夷未嘗有所難者易曰聖人有以見天下之動而觀其會通以行其典禮繫辭焉以斷其吉凶是故謂之爻會通者理之所出也典禮者其所以接物也易有八卦重而爲六十四卦有六爻爻之多至於數百皆聖人指會通以示人陳典禮以教人者也今將言之其多不可勝舉姑以乾坤明之乾之初不潛則危其身四不躍則喪其功二不田則無以廣其德五不天則無以利於人至於坤之初

警之以履霜其上戒之以龍戰其三教之以無成其
四慎之以括囊凡易之談會通而陳典禮者可以類
求矣舜之爲庶人也父頑母嚚象傲艱哉舜之處於
其家也周公之爲冢宰也外則管蔡讒之以爲將不
利於孺子內則成王疑之殆哉周公之立於其朝也
然四岳之稱舜曰烝烝乂不格姦詩人之美周公曰
狼跋其胡載疐其尾公孫碩膚赤舄几几蓋舜與周
公臨天下之至變履天下之大艱而泰然如拱揖於
廟堂之上跪起於尊俎之間可不謂善觀會通以行
典禮也哉昔庖丁之論解牛曰良庖歲更刀割也族
庖月更刀折也今臣之刀十九年矣而刀刃若新發
於硎彼節者有閒而刀刃無厚以無厚入有閒恢恢
乎其於游刃必有餘地矣蓋聖人之於事如庖丁之

於牛知之明故處之暇處之暇故事無不濟者此其所以爲聖人也謹論

欒城第三集卷第六

欒城第三集卷第七

論語拾遺并引

予少年爲論語略解子瞻謫居黄州爲論語說盡取以往今見於書者十二三也大觀丁亥閑居潁川爲孫籀簡筠講論語子瞻之說意有所未安時爲籀等言凡二十有七章謂之論語拾遺恨不得質之子瞻也

巧言令色世之所說也剛毅木訥世之所惡也惡之斯以爲不仁矣仁者直道而行無求於人望之儼然即之也温聽其言也厲而何巧言令色之有彼爲是者將以濟其不仁爾故曰巧言令色鮮矣仁又曰剛毅木訥近仁

子貢曰貧而無諂富而無驕何如子曰可也未若貧

而樂富而好禮者也夫貧而無諂富而無驕亦可謂賢矣然貧而樂雖欲諂不可得也富而好禮雖欲驕亦不可得也子貢聞之而悟曰士之至於此者抑其切磋琢磨之功至也歟孔子嘗之曰賜也始可與言詩已矣告諸往而知來者舉其成功而告之而知其所從來者所謂聞一以知二也歟

易曰無思無爲寂然不動感而遂通天下之故詩曰思無邪孔子取之二者非異也惟無思然後思無邪有思則邪矣火必有光心必有思聖人無思非無思也外無物內無我物我既盡心全而不亂物至而知可否可者作不可者止因其自然而吾未嘗思未嘗爲此所謂無思無爲而思之正也若夫以物役思皆其邪矣如使寂然不動與木石爲偶而以爲無思無

爲則亦何以通天下之故也哉故曰思無邪思馬斯
徂苟思馬而馬應則凡思之所及無不應也此所以
爲感而遂通天下之故也
終日不食終夜不寢致力於思徒思而無益是以知
思之不如學也故十有五而志于學則所由適道者
順矣由是而適道知道而未能安則不能行不能行
則未可與立惟能安能行乃可與立故三十而立可
與立矣遇變而惑則雖立而不固故四十而不惑則
可與權矣物莫能惑人不能遷則行止與天同吾不
違天而天亦莫吾違也故五十而知天命人之至於
此也其所以施於物而行於人者至矣然猶未也心
之所安耳目接於物而有不順焉以心御之而後順
則其應必疑故六十而耳順耳目所遇不思而順矣

然猶有心存焉以心御心乃能中法惟無心然後從
心而不踰矩故七十而從心所欲不踰矩
我與物爲二君子之欲交於物也非信無自入矣譬
如車輪輿既具牛馬既設而判然二物也夫將何以
行之惟爲之輗軏以交之而後輪輿得籍於牛馬也
輗軏轅端持軛者也故曰人而無信不知其可也大
車無輗小車無軏其何以行之哉車與馬得輗軏而
交我與物得信而交金石之堅天地之遠苟有誠信
無所不通吾然後知信之爲輗軏也
不仁而久約則怨而思亂久樂則驕而忘患故曰不
仁者不可以久處約不可以長處樂然則何所處之
而可曰仁人在上則不仁者約而不怨樂而不驕管
仲奪伯氏駢邑三百飯蔬食沒齒無怨言與豎刁易

牙俱事桓公終仲之世二子皆不敢動而況管仲之上哉

仁者無所不愛人之至於無所不愛也其蔽盡矣有蔽者必有所愛有所不愛無蔽者無所不愛也子曰惟仁者能好人能惡人以其無蔽也夫然猶有惡也無所不愛則無所惡矣故曰苟志於仁矣無惡也其於不仁也亦哀之而已

性之必仁如水之必清火之必明然方土之未去也水必有泥方薪之未盡也火必有煙土去則水無不清薪盡則火無不明矣人而至於不仁則物有以害之也君子無終食之閒違仁造次必於是顛沛必於是非不違仁也外物之害既盡性一而不雜未嘗不仁也若顏子者性亦治矣然而土未盡去薪未盡化

力有所未逮也是以能三月不違仁矣而未能遂以終身其餘則土盛而薪強水火不能勝是以日月至焉而已矣故顏子之心仁人之心也不幸而死學未及究其功不見於世孔子以其心許之矣管仲相桓公九合諸侯一匡天下此仁人之功也孔子以其功許之矣然而三歸反坫其心猶累於物此孔顏之所不爲也使顏子而無死切而磋之琢而磨之將造次顛沛於是何三月不違而止哉如管仲生不由禮死而五公子之禍起齊遂大亂君子之爲仁將取其心乎將取其功乎二者不可得兼使天相人以顏子之心收管仲之功庶幾無後患也夫

孔氏之門人其聞道者亦寡耳顏子曾子孔門之知道者也故孔子歎之曰朝聞道夕死可矣苟未聞道

雖多學而識之至於生死之際未有不自失也苟一日聞道雖死可以不亂矣死而不亂而後可謂學矣孔子歷試而不用慨然而歎曰道不行乘桴浮于海從我者其由歟此非孔子之誠言蓋其一時之歎云爾子路聞之而喜子路亦豈誠欲入海者耶亦喜孔子之知其勇耳子曰由也好勇過我無所取材蓋曰無所取材以爲是桴也亦戲之云爾雖聖人其與人言亦未免有戲也

令尹子文三仕爲令尹無喜色三已之無慍色孔子以忠許之而不與其仁崔子弒齊君陳文子有馬十乘棄而違之孔子以清許之而不與其仁此二人者皆春秋之賢大夫也而孔子不以仁與之孔子之以仁與人也固難殷之三仁孤竹君之二子至於近世

惟齊管仲然後以仁許之如令尹子文陳文子雖賢
未可以列於仁人之目故冉有子路之政事公西華
之應對與子文之忠文子之清一也臧文仲魯之君
子也其言行載於魯而孔子少之曰臧文仲不仁者
三不智者三下展禽廢六關妾織蒲三不仁也作虛
器縱逆祀祀爰居三不智也捨是六者其餘皆仁且
智也歟孔子曰君子而不仁者有矣夫君子而不仁
則臧文仲之類歟
孔子居魯陽貨欲見而不往陽貨時其亡也而饋之
豚孔子亦時其亡也而往拜之遇諸塗與孔子三言
孔子答之無違孔子豈順陽貨者哉不與之較耳孟
子曰當是時陽貨先豈得不見夫先之而必荅禮之
而必報孔子亦有不得已矣孔子之見南子如見陽

貨必有不得已焉子路疑之而孔子不辯也故曰予所否者天厭之天厭之以爲世莫吾知而自信於天云爾

泰伯以國授王季逃之荆蠻天下知王季文武之賢而不知泰伯之德所以成之者遠矣故曰泰伯其可謂至德也已矣三以天下讓民無得而稱焉子瞻曰泰伯斷髮文身示不可用使民無得而稱之有讓國之實而無其名故亂不作彼宋宣魯隱皆存其實而取其名者也是以宋魯皆被其禍予以爲不然人患不誠誠無爭心茍非豺狼孰不順之魯之禍始於攝而宋之禍成於好戰皆非讓之過也漢東海王彊以天下授顯宗唐宋王成器以天下讓玄宗兄弟終身無閒言焉豈亦斷髮文身子貢曰泰伯端委以治吳

仲雍繼之斷髮文身孰謂泰伯斷髮文身示不可用
者太史公以意言之耳
子曰三年學不至於穀不易得也穀善也善之成而
可用如穀苗之實而可食也盡其心力於學三年而
不見其成功者世無有也
武王曰予有亂臣十人孔子曰才難不其然乎唐虞
之際於斯爲盛有婦人焉九人而已婦人者太姒也
然則武王蓋臣其母乎古者婦人既嫁從夫夫死從
子故春秋書魯僖公之母曰秦人來歸僖公成風之
襚太姒雖母以九人故謂之臣可也
或問子西孔子曰彼哉彼哉鄭公孫夏無足言者蓋
非所問也楚令尹子西相昭王楚以復國而孔子非
之何也昭王欲用孔子子西知孔子之賢而疑其不

利楚國使聖人之功不見於世世所以深疾之也世世之
不知孔子者衆矣孔子未嘗疾之疾其知我而疑我
耳
陳成子弒簡公孔子沐浴而朝告於哀公曰陳恆弒
其君請討之公曰告夫三子孔子曰以吾從大夫之
後不敢不告也君曰告夫三子之三子告不可孔子
曰以吾從大夫之後不敢不告也孔子爲魯大夫鄰
國有弒君之禍而恬不以爲言則是許之也哀公三
桓之不足與有立也孔子旣知之矣知而猶告以爲
雖無益於今日而君臣之義猶有儆於後世也予瞻
曰哀公患三桓之偪常欲以越伐魯而去之以越伐
魯豈若從孔子而伐齊旣克田氏則魯公室自張三
桓將不治而自服此孔子之志也予以爲不然古之

君子將有立於世必先擇其君齊桓雖中主然其所以任管仲者世無有也然後九合之功可得而成今哀公之妄非可以望桓公也使孔子誠克田氏而返將誰與保其功然則孔子之憂顧在克齊之後此則孔子之所不爲也

孔子以禮樂遊於諸侯世知其篤學而已不知其他犂彌謂齊景公曰孔丘知禮而無勇若使萊人以兵劫魯侯必得志焉衛靈公之所以待孔子者始亦至矣然其所以知之者猶犂彌也久而厭之將傲之以其所不知蓋問陳焉孔子知其決不用也故明日而行使誠用之雖及軍旅之事可也

道之大充塞天地贍足萬物誠得其人而用之無所不至也苟非其人道雖存七尺之軀有不能充矣而

況其餘乎故曰人能弘道非道弘人
羣居終日言不及義此里巷之鄙夫直情而恣行者
也而孔子何難焉蓋知不義之可惡而欲以小惠徼
譽於世世必以是取之此孔子之所難也
古之教人必以學學必教之以道道有上下其形而
上者道也其形而下者器也君子上達知其道也小
人下達得其器也上達者不私於我不役於物故曰
君子學道則愛人下達者知義之不可犯禮之不可
過故曰小人學道則易使也如使人而不知道雖至
於君子有不仁者矣小人則無所不至也故曰君子
而不仁者有矣夫未有小人而仁者也
有道者不知貧富之異貧而無怨富而無驕一也然
而飢寒切於身而心不動非忘身者不能故曰貧而

無怨難富而無驕易
弟子入則孝出則弟謹而信汎愛衆而親仁行有餘力則以學文孝弟忠信汎愛而親仁皆其質也有其質矣而無學以文之者皆未免於有過也故曰好仁不好學其蔽也愚好智不好學其蔽也蕩好信不好學其蔽也賊好直不好學其蔽也絞好勇不好學其蔽也亂好剛不好學其蔽也狂此六者皆美質也而無學以文之則其病至此故曰十室之邑必有忠信如丘者焉不如丘之好學也質如孔子而不知學皆六蔽之所害蓋無足怪也人生於欲不知道者未有不爲欲所蔽也故曰人之少也血氣未定戒之在色始學者未可以語道也故古之教者必始於周南召南周南召南知欲之不可已而道之以禮以禮濟欲

夫是以樂而不淫始學者安焉由是以免於蔽子謂伯魚曰汝爲周南召南矣乎人而不爲周南召南其猶正牆面而立也歟言欲之蔽也

古之傳道者必以言達者得意而忘言則言可尚也小人以言害意因言以失道則言可畏也故曰予欲無言聖人之教人亦多術矣行止語默無非教者子貢習於聽言而未知其餘也故曰子如不言則小子何述焉子曰天何言哉四時行焉百物生焉夫豈無以感而通之乎

衛靈公以南子自汙孔子去魯從之不疑季桓子以女樂之故三日不朝孔子去之如避冦讎子瞻曰衛靈公未受命者故可季桓子已受命者故不可予以爲不然孔子之世諸侯之過如衛靈公多矣而可盡

去乎齊人以女樂閒孔子魯君大夫既食餌矣使孔子安而不去則坐待其禍無可爲矣非衛南子之比也

君子無所不學然而不可勝志也志必有所一而後可志無所一雖博猶雜學也故曰博學而篤志將有問也必切其極退而思之必自近者始不然疑而不信也君子之道造端乎夫婦及其至也察乎天地自夫婦之所能而思之可以知聖人之所不能也故曰切問而近思君子爲此二者雖不爲仁而仁可得也故曰仁在其中矣

欒城第三集卷第七

欒城第三集卷第八

易說三首

一陰一陽之謂道繼之者善也成之者性也何謂道何謂性請以子思之言明之子思曰喜怒哀樂之未發謂之中發而皆中節謂之和中也者天下之大本也和也者天下之達道也致中和天地位焉萬物育焉中者性之異名也性者道之所寓也道無所不在其在人爲性性之未接物也寂然不得其朕可以喜可以怒可以哀可以樂特未有以發耳及其與物接而後喜怒哀樂更出而迭用出而不失節者皆善也所謂一陰一陽者猶曰一喜一怒云爾言陰陽喜怒皆自是出也散而爲天地斂而爲人言其散而爲天地則曰天地位焉萬物育焉言其斂而爲人則曰成

之者性其實一也得之於心近自四支百骸遠至天
地萬物皆吾有也一陰一陽自其遠者言之耳
大衍之數五十其用四十有九此何數也曰一氣判
而爲天地分而爲五行易曰天一地二天三地四天
五地六天七地八天九地十此十者天地五行自然
之數雖聖人不能加損也及文王重易將以揲蓍則
取其數以爲蓍數曰大衍之數五十大衍云者大衍
五行之數而取其五十云爾用於揲蓍則可而非天
地五行之全數也故繼之曰天數五地數五五位相
得而各有合天數二十有五地數三十凡天地之數
五十有五此所以成變化而行鬼神也明此天地五
行之全數古之聖人知之所以配天地參陰陽其用
有不可得而知者非蓍數之所及也及子瞻論易乃

以蓍數之故而損天地五行之全數以合之爲之說曰大衍之數五十者五不特數以爲在六七八九之中也言十則一二三四在其中言六七八九則五在其中矣一二三四在十中然而特見者何也水火木金特見於四時而土不特見故土無定位無成名無專氣夫五行迭用於四時其不特見者均也謂土不特見此野人之說也今謂五行之數止於五十是天五爲虛語天數不得二十有五天地之數不得五十有五而可乎且土之生數既不得特見而其成數又以水火木金當之是土卒無生成數也使土無生成數則天地之數四十而已尚何五五十之有且天地五行之數人之所不與也今也欲取則取欲去則去是以意命五行也蓋天以一生水地以二生火天以三

生木地以四生金天以五生土五行既生矣而未及
成地安於下天運於上則五位相得而各有合地以
五合一而水成天以五合二而火成地以五合三而
木成天以五合四而金成地以五合五而土成天之
所生不得地五則不成地之所生不得天五亦不成
此陰陽之至情而古今之定論非臆說也且土之在
天地四行之所賴以成而土之賴於四行者少其實
可視而知不可誣也今將求合蓍數而黜土其爲說
疏矣
夫乾天下之至健也德行常易以知險夫坤天下之
至順也德行常簡以知阻乾之健坤之順皆其材之
自然也譬如鳥之能飛魚之能游非有使之者也乾
以其健濟天下之險坤以其順濟天下之阻皆有餘

矣然而或亦不濟如鳥之能飛而困於弋魚之能游而斃於網健順之不可恃者亦若是矣且天下之險阻果安在乎物固有強弱有遠近有高下有好惡有向背有取舍此爭之端而險阻之所出也方其不爭乘之以至健和之以至順無不濟也遇其方爭健能勝之順能說之尚可也不能勝不能說而險阻作矣然則何爲而可易曰夫乾確然示人易矣夫坤隤然示人簡矣健而無心者其德易其形確然順而無心者其德簡其形隤然易簡積於中而確然隤然者著於外吾信之物安之雖險阻在前而無不知知之至則渙然冰釋無能爲矣此則易簡之功而非健順之所及也易曰易簡而天下之理得矣天下之理得而成位乎其中矣物得其理則吾何爲哉亦位於其中

而已矣

洪範五事說一首

昔禹觀洛書而得九疇之次初一曰五行次二曰敬用五事二者天人之道而九疇之源本也漢劉向父子始采諸儒之說而作五行傳其論五事失其實者過半後世因之予以爲不然乃爲之說曰五行天事也五事人事也五行之先後以天事言之五事之先後以人事言之天以一生水地以二生火天以三生木地以四生金天以五生土此五行之所以爲先後也人之生也形色具而聲氣繼之形氣具而視聽繼之形氣視聽具而喜怒哀樂之變至喜怒哀樂旣至而思生焉喜怒哀樂之未至則無思也無爲也無思無爲則性也性非五事而五事之所依也故形色爲

貌聲氣爲言目爲視耳爲聽心爲思此五事之所以爲先後也畜爲五藏發爲五事以應五行故脾之發爲貌而主土肺之發爲言而主金肝之發爲視而主木腎之發爲聽而主水心之發爲思而主火自黃帝以來知醫者言之詳矣捨此則無以治病無以生殺人也漢儒之說以言爲金以聽爲水則亦既得之矣至於以貌爲木以視爲火以思爲土則不可何以言之土之爲物形色先具而水火木金附焉故形色之著者莫如土土實爲脾皮肉筋骨髓腦垢色皆土之屬而脾之餘也此佛氏所謂地大者也其於人爲貌貌之德恭恭之至肅肅則土得其性土得其性則能勝水故其休徵時雨肅之反爲狂狂則土失其性土失其性則不能勝水故其咎徵常雨肺之於人氣之

所從出入也方其有氣而未聲則無以接物而物亦
莫之喻也氣至於有聲聲成言言出而物從之矣故
言之德從從之至乂語曰出辭氣斯遠鄙倍矣詩曰
辭之輯矣民之洽矣辭之懌矣民之莫矣言之能乂
如暘之能晞出而物莫之違也物之有聲者莫如金
故言主金乂則金得其性金得其性故其休徵時暘
乂之反爲僭僭則金失其性金失其性故其咎徵常
暘物之能視者有待於日日入則視無以致其用及
其升於東方然後視者皆明木位於東而日之所從
見也故視主於木而木爲肝視之德明明之至哲哲
則木得其性木得其性故其休徵時燠哲之反爲豫
豫則木失其性木失其性故其咎徵常燠目施明於
外者也耳納聽於內者也明施於外則爲燠聽納於

內則爲寒寒水之性也受天下之言而無所不容故其德聰聰之至則謀謀則水得其性水得其性故其休徵時寒謀之反爲急急則水失其性水失其性故其咎徵常寒心虛而應物者也火無形而離於物者也二者其德同同故無所不照心之用思思則得之不思則不得也及其至也無思無爲寂然不動感而遂通天下之故由思而至於無思則復於性矣復於性則出於五事之表此聖人所以參天地通鬼神而不可知者也故思之德睿睿之至聖其功行於萬物無所不入而不知其所以入惟風亦然易曰風自火出家人聖則火得其性火得其性故其休徵時風聖之反爲蒙蒙則火失其性火失其性故其咎徵常風此五者洛書之本說與黃帝之遺書合醫者由之至

于今不變而漢之諸儒反之此智者之所太息也

詩病五事

李白詩類其爲人駿發豪放華而不實好事喜名不知義理之所在也語用兵則先登陷陣不以爲難語游俠則白晝殺人不以爲非此豈其誠能也哉白始以詩酒奉事明皇遇讒而去所至不改其舊永王將竊據江淮白起而從之不疑遂以放死今觀其詩固然唐詩人李杜稱首今其詩皆在杜甫有好義之心白所不及也漢高帝歸豐沛作歌曰大風起兮雲飛揚威加海內兮歸故鄉安得猛士兮守四方高帝豈以文字高世者哉帝王之度固然發於其中而不自知也白詩反之曰但歌大風雲飛揚安用猛士守四方其不識理如此老杜贈白詩有細論文之句謂此

類也哉
大雅緜九章初誦太王遷豳建都邑營宮室而已至
其八章乃曰肆不殄厥慍亦不隕厥問始及昆夷之
怨尚可也至其九章乃曰虞芮質厥成文王蹶厥生
予曰有疏附予曰有先後予曰有奔奏予曰有禦侮
事不接文不屬如連山斷嶺雖相去絶遠而氣象聯
絡觀者知其脈理之爲一也蓋附離不以鑿枘此最
爲文之高致耳老杜陷賊時有詩曰少陵野老吞聲
哭春日潛行曲江曲江頭宮殿鎖千門細柳新蒲爲
誰綠憶昔霓旌下南苑苑中萬物生顏色昭陽殿裏
第一人同輦隨君侍君側輦前才人帶弓箭白馬嚼
齧黃金勒翻身向天仰射雲一箭正墜雙飛翼明眸
皓齒今何在血汙遊魂歸不得清渭東流劍閣深去

住彼此無消息人生有情淚霑臆江水江花豈終極黄昏胡騎塵滿城欲往城南忘南北予愛其詞氣如百金戰馬注坡驀澗如履平地得詩人之遺法如白樂天詩詞甚工然拙於紀事寸步不遺猶恐失之此所以望老杜之藩垣而不及也

詩人詠歌文武征伐之事其於克密曰無矢我陵我陵我阿無飲我泉我泉我池其於克崇曰崇墉言言臨衝閑閑執訊連連攸馘安安是類是禡是致是附四方以無侮其於克商曰維師尚父時惟鷹揚諒彼武王肆伐大商會朝清明其形容征伐之盛極於此矣韓退之作元和聖德詩言劉闢之死曰宛宛弱子赤立傴僂牽頭曳足先斷腰膂次及其徒體骸撐拄末乃取闢駭汗如雨揮刀紛紜爭切膾脯此李斯頌

秦所不忍言而退之自謂無愧於雅頌何其陋也
唐人工於爲詩而陋於聞道孟郊嘗有詩曰食薺腸
亦苦強歌聲無歡出門如有礙誰謂天地寬郊耿介
之士雖天地之大無以安其身起居飲食有戚戚之
憂是以卒窮以死而李翺稱之以爲郊詩高處在古
無上平處猶下顧沈謝至韓退之亦談不容口甚矣
唐人之不聞道也孔子稱顏子在陋巷人不堪其憂
回也不改其樂回雖窮困早死而非其處身之非可
以言命與孟郊異矣
聖人之御天下非無大邦也使大邦畏其力小邦懷
其德而已非無巨室也不得罪於巨室巨室之所慕
一國慕之矣魯昭公未能得其民而欲逐季氏則至
於失國漢景帝患諸侯之強制之不以道削奪吳楚

以致七國之變竭天下之力僅能勝之由此觀之大邦巨室非爲國之患患無以安之耳祖宗承五代之亂法制明具州郡無藩鎭之强公卿無世官之弊古者大邦巨室之害不見於今矣惟州縣之間隨其大小皆有富民此理勢之所必至所謂物之不齊物之情也然州縣賴之以爲强國家恃之以爲固非所當愛亦非所當去也能使富民安其富而不橫貧民安其貧而不匱貧富相恃以爲長久而天下定矣王介甫小丈夫也不忍貧民而深疾富民志欲破富民以惠貧民不知其不可也方其未得志也爲兼幷之詩其詩曰三代子百姓公私無異財人主擅操柄如天持斗魁賦予皆自我兼幷乃姦回姦回法有誅勢亦無自來後世始倒持黔首遂難裁秦王不知此更築

懷清臺禮義日以媮聖經久埋埃法尙有存者欲言時所咍俗吏不知方掊克乃爲才俗儒不知變兼幷可無摧利孔至百出小人私闔開有司與之爭民愈可憐哉及其得志專以此爲事設靑苗法以奪富民之利民無貧富兩稅之外皆重出息十二吏緣爲姦至倍息公私皆病矣呂惠卿繼之作手實之法私家一毫以上皆籍於官民知其有奪取之心至於賣田殺牛以避其禍朝廷覺其不可中止不行僅乃免於亂然其徒世守其學刻下媚上謂之享上有一不享上皆廢不用至於今日民遂大病源其禍出於此詩蓋昔之詩病未有若此酷者也

欒城第三集卷第八

欒城第三集卷第九

書傳燈錄後

予久習佛乘知是出世第一妙理然終未了所從入路頃居淮西觀楞嚴經見如來諸大弟子多從六根入至返流全一六用不行混入性海雖凡夫可以直造佛地心知此事數年於玆矣而道久不進去年冬讀傳燈錄究觀祖師悟入之理心有所契必手錄之賓之坐隅蓋自達磨以來付法必有偈偈中每有下種生花之語至六祖得衣法南邁有明上坐者追至嶺上知衣不可取悔過求法祖誨之曰汝諦觀察不思善不思惡正恁麼時阿那箇是明上坐本來面目明卽時大悟遍體流汗曰頃在黃梅隨衆實不省自己本來面目今蒙指示入處如人飲水冷暖自知祖

知明已悟教之善自護持而已及內侍薛簡問祖心
要祖亦曰一切善惡都莫思量自然得入清淨心體
湛然常寂妙用恆沙簡亦豁然大悟予釋卷歎曰祖
師入處儻在是耶既見本來面目心能不忘護持不
捨則所謂下種也耶譬諸草木種子若置之虛空不
投地中雖經百千歲何緣得生若種之地中潤之以
雨露暵之以風日則開花結子數日可待六祖常謂
大衆汝等諸人自心是佛外無一物而能建立皆是
本心生萬種法因教之以一相一行三昧曰若人於
一切處不住相於彼相中不生憎愛亦無取捨不念
利益成壞等事安閑恬靜虛融澹泊此名一相三昧
若於一切處行住坐臥純一直心不動道場眞成淨
土此名一行三昧若人具二三昧如地有種含藏長

養成就其實我今說法猶如時雨普潤大地汝等佛性譬諸種子遇茲沾洽悉得發生承吾旨者決獲菩提依吾行者決證妙果一相一行三昧則治地法也予至此復歎曰祖師之言備矣而人自不知雖知未必能行如予蓋知而未能行者也昔李習之嘗問戒定慧於藥山藥山曰公欲保任此事須於高高山頂坐深深海底行如閨閤中物捨不得便爲滲漏予欲書此言於紳庶幾不忘也凡諸方妙語昔人有未喻者予輒爲釋之錄之於左凡十二章大觀二年二月十三日書

佛說法有一女人忽來問訊便於佛前入定文殊師利近前彈指出此女人定不得又托升梵天亦出不得佛曰假使百千文殊亦出此女人定不得下方有

綱明菩薩能出此定須臾綱明便至問訊佛了去女人前彈指一聲女人便從定而起賴濱老曰有心要出此女人定雖是文殊親托往梵天也出不得無心要出此女人定一彈指便了

僧問老宿師子捉兔亦全其力捉象亦全其力未審全箇什麽力老宿曰不欺之力賴濱老曰師子捉兔時亦全用一箇師子力捉象時亦全用一箇師子力不爲兔小象大而有差別若有差別則物有大於象者師子捉不得矣菩薩斷取三千大千世界置右掌中如持針鋒舉一棗葉卽此理也

僧舉教云文殊忽起佛見法見被佛攝向二鐵圍山五雲曰如今若有人起佛見法見我與點兩椀茶且道賞伊罰伊同教意不同教意賴濱老曰攝向鐵圍

山令知起見之非與他茶喫令他識本來處與教意異而不異
保福僧到地藏地藏和尚問彼中佛法云何曰保福有時示衆道塞却你眼教你覷不見塞却你耳教你聽不聞坐却你意教你分別不得地藏曰吾問你不塞你眼見箇什麽不塞你耳聞箇什麽不坐你意作麽生分別或人問此二尊宿意爲同爲不同潁濱老曰六根爲物所塞爲物所坐則不見自性不聞自性不能分別自性若不爲物所塞不爲物所坐則可以聞見自性分別自性矣老子曰視之不見名曰夷聽之不聞名曰希搏之不得名曰微是三者不可致詰故復混而爲一一則性也凡老子之言與佛同者類如此

鄧隱峯在馬師會下一日推土車馬師展脚路上坐
峯曰請師收足馬曰已展不收峯曰已進不退推車
直進碾損馬師脚馬歸法堂執斧子曰碾損老師脚
底出來峯出引頸於前馬師乃置斧子潁濱老曰馬
師展脚不收執斧而問二者皆以試驗隱峯臨機見
解耳土車進退於事初無損益而直推不顧此隱峯
狂直之病也若執斧問之而縮頸畏避則十分凡夫
無足取矣猶能引頸而竢則猶可取也故其終也不
坐不立倒立而逝雖去來自在而狂病猶未痊也
南泉欲遊莊舍土地神先報莊主莊主乃預爲備泉
至問曰安知老僧來排辦如此莊主曰昨夜土地神
相報泉曰王老師修行無力被鬼神覰見有僧便問
既是善知識因何被鬼神覰見泉曰土地前更下一

分飯頴濱老曰昔大耳三藏自謂得宅心通忠國師見而問之曰老僧心在何處大耳曰在西川看競渡忠再問心在何處大耳曰在天津橋看弄胡孫及三問大耳良久莫知去處忠叱之曰這野狐精宅心通在什麼處仰山聞而釋之曰前兩度是涉境心故爲大耳所見後是自受用三昧故大耳不能見今南泉欲遊莊舍而土地知之亦見其涉境心耳本無足怪者南泉自謂修行無力亦姑云爾僧因其言而詰之非識理者也答之以土地前更下一分飯蓋言前後皆涉境心耳

仰山嘗謂第一坐曰不思善不思惡正恁麼時作麼生對曰正恁麼時是某甲放身命處仰山曰何不問老僧曰恁麼時不見有和尚仰山曰扶吾教不起或

曰不思善不思惡此此六祖所謂本來面目而仰山少之何也潁濵老曰在周易有之無思也無爲也寂然不動感而遂通天下之故非天下之至神其孰能與於此無思無爲者其體也感而遂通天下之故者其用也得其體未得其用故仰山以爲未足耳長沙岑和尚嘗遣僧問同參會老曰和尚見南泉後如何會默然僧曰未見南泉時如何會曰不可更別有也僧回以告岑有偈曰百尺竿頭坐底一云試險人雖然得入未爲真百尺竿頭須進步十方世界是全身蓋亦貴其用耳

香巖閑師嘗謂衆曰如人在千尺懸崖口銜樹枝腳無所蹈手無所攀忽有人問西來意若開口答即喪身失命若不答又違問者如何即是衆無對潁濵老

曰我若當此時便大開口答他西來意不管喪身失命管別有道理也
玄沙備頭陀謂衆曰諸方老宿盡道接物利生只如盲聾瘂三種病人汝作麽生接拈槌竪拂他且不見共他說話他且不開口復瘂若接不得佛法安在時雖有答者備皆不肯頳濱老曰三種病人若只用諸方拈槌竪拂說話等伎倆接他真是奈何他不得如諸佛菩薩修行功到虎狼蛇蝎崖石草木無物透不得而況三種病人乎玄沙之意儻在是耳非一時老宿境界故未有能道者耳
德謙禪師嘗到雙巖雙巖長老問金剛經云一切諸佛皆從此經出且道此經是何人說師曰說與不說且置和尚喚什麽作此經雙巖無對師曰一切聖賢

皆以無爲法而有差別既以無爲法爲極則又安有差別且如差別是過不是過若是過一切聖賢盡有過若不是過決定喚什麼做差別雙巖亦無語頻濱老曰佛本無經此經者此心也佛惟無心故萬法由之而出若猶有心一法且不能出而況萬法乎四果十地皆賢聖也其所得法各有淺深然皆非無心則不能得故曰一切賢聖皆以無爲法而有差別如扁之斲輪傴僂之承蜩皆非無心無以致其功其以無致功則與賢聖同而其功之大小則與賢聖異賢聖之有差別蓋無可疑者也經所謂以無爲法者謂以無而爲法耳非謂有無爲之法也然自六祖以來皆讀作無爲之法蓋僧家拙於文義耳

杭州報恩院惠明禪師庵居大梅山有二禪客至師曰上坐離什麼處來曰都城師曰上坐離都城至此

山則都城少上坐此山剩上坐剩則心外有法少則心法不周說得道理卽住不會卽去二客不能對又有朋彥上坐訪師師問一人發真歸源十方虛空一時消隕今天台嶷然如何得消隕去朋彥亦無措頰濱老曰佛身充滿於法界普現一切羣生前此理也一人發真歸源十方虛空一時消隕亦理也二理無可疑者人能達此理則去來之想盡山河之礙滅真性朗然物莫能隔此所以爲充滿法界消隕虛空矣達者聞而信之昧者疑之則天台嶷然在前未嘗滅矣

杭州永明寺道潛禪師嘗訪淨慧禪師會四衆士女入院淨慧曰律中隔壁聞釵釧聲卽爲破戒見睹金銀合沓朱紫駢闐是破戒不是破戒師曰好箇入路

淨慧稱善頻濱老曰隔壁聞釵釧聲而欲心動安得
不謂破戒金銀合沓朱紫駢闐而心不起安得謂之
破戒

欒城第三集卷第九

欒城第三集卷第十

遺老齋記

庚辰之冬予蒙恩歸自南荒客於潁川思歸而不能諸子憂之曰父母老矣而居室未完吾儕之責也則相與卜築五年而有成其南修竹古柏蕭然如野人之家乃闢其四楹加明窗曲檻為燕居之齋齋成求所以名之予曰予潁濱遺老也盍以遺老名之汝曹志之予幼從事於詩書凡世人之所能茫然不知也年二十有三朝廷方求直言有以予應詔者予采道路之言論宮掖之秘自謂必以此獲罪而有司果以為不遜上獨不許曰吾以直言求士士以直言告我今而黜之天下其謂我何宰相不得已寘之下第自是流落凡二十餘年及宣后臨朝擢為右司諫凡有

所言多聽納者不五年而與聞國政蓋予之遭遇者
再皆古人所希有然其閒與世俗相從事之不如意
者十常六七雖號爲得志而實不然予聞之樂莫善
於如意而憂莫憯於不如意今予退居一室之閒杜
門却掃不與物接心之所可未嘗不行心所不可未
嘗不止行止未嘗少不如意則予平生之樂未有善
於今日者也汝曹志之學道而求寡過如予今日之
處遺老齋可也

藏書室記

予幼師事先君聽其言觀其行事今老矣猶志其一
二先君平居不治生業有田一廛無衣食之憂有書
數千卷手緝而校之以遺子孫曰讀是內以治身外
以治人足矣此孔氏之遺法也先君之遺言今猶在

耳其遺書在櫝將復以遺諸子有能受而行之吾世
其庶矣乎蓋孔氏之所以教人者始於洒掃應對進
退及其安之然後申之以弦歌廣之以讀書曰道在
是矣仁者見之斯以爲仁智者見之斯以爲智矣顏
閔由是以得其德予賜由是以得其言求由是以
得其政游夏由是以得其文皆因其才而成之譬如
農夫墾田以植草木小大長短甘辛鹹苦皆其性也
吾無加損焉能養而不傷耳孔子曰十室之邑必有
忠信如丘者焉不如丘之好學也如孔子猶養之以
學而後成故古之知道者必由學學者必由讀書傳
說之詔其君亦曰學于古訓乃有獲念終始典于學
厥德修罔覺而況餘人乎子路之於孔氏有兼人之
才而不安於學嘗謂孔子有民人社稷何必讀書然

後爲學孔子非之曰汝聞六言六蔽矣乎好仁不好學其蔽也愚好智不好學其蔽也蕩好信不好學其蔽也賊好直不好學其蔽也絞好勇不好學其蔽也亂好剛不好學其蔽也狂凡學而不讀書者皆子路也信其所好而不知古人之成敗與所遇之可否未有不爲病者雖然孔子嘗語子貢矣曰賜也汝以予爲多學而識之者歟曰然非歟曰非也予一以貫之一以貫之非多學之所能致則子路之不讀書未可非耶曰非此之謂也老子曰爲學日益爲道日損以日益之學求日損之道而後一以貫之者可得而見也孟子論學道之要曰必有事焉而勿正心勿忘勿助長也心勿忘則莫如學必有事則莫如讀書朝夕從事於詩書待其久而自得則勿忘勿助之謂也譬

之稼穡以爲無益而捨之則不耘苗者也助之長則揠苗者也以孔孟之說考之乃得先君之遺意

待月軒記

昔予遊廬山見隱者焉爲予言性命之理曰性猶日也身猶月也予疑而詰之則曰人始有性而已性之所寓爲身天始有日而已日之所寓爲月日出於東方其出也萬物賴焉有目者以視有手者以執有足者以履至於山石草木亦非日不遂及其入也天下黯然無物不廢然日則未始有變也惟其所寓則有盈闕一盈一闕者月也惟性亦然出生入死出而生者未嘗增也入而死者未嘗耗也性一而已惟其所寓則有生死一生一死者身也雖有生死然而死此生彼未嘗息也身與月皆然古之治術者知之故日

出於卯謂之命月之所在謂之身日入地中雖未嘗變而不爲世用復出於東然後物無不覩非命而何月不自明由日以爲明以日之遠近爲月之盈闕非身而何此術也而合於道世之治術者知其說不知其所以說也予異其言而志之久矣築室於斯闢其東南爲小軒軒之前廓然無障幾與天際每月之望開戶以須月之至月入吾軒則吾坐於軒上與之徘徊而不去一夕舉酒延客道隱者之語客漫不喻曰吾嘗治術矣初不聞是說也予爲之反復其理客徐悟曰唯唯因志其言于壁

墳院記

旌善廣福禪院者先公文安府君贈司徒墳側精舍也先公既壯而力學晚而以德行文學名於世夫人

程氏追封蜀國太夫人生而志節不羣好讀書通古
今知其治亂得失之故有二子長曰軾季則轍也方
其少時先公先夫人皆曰吾嘗有志斯世今老矣二
子其尚成吾志乎轍兄弟雖少而仕亦流落不偶年
幾五十乃始得還朝兄氣剛寡合已入復出轍碌碌
無能輕重五年而至尚書右丞與聞國政以故事得
於墳側建刹度僧以薦先福墳之東南四里許有故
伽藍陵阜相拱揖松竹深茂相傳唐中和中任氏兄
弟所捨也轍以請於朝改賜今牓時元祐六年也旣
三年兄弟皆以罪廢南遷海上又六年蒙恩北歸兄
至毗陵以病沒轍中止潁川不能歸又五年前執政
以黜去者皆奪去墳上刹又二年上哀矜舊臣手詔
復還畀之墳之西南十餘步有泉焉廣深不及尋晝

夜瀵湧清冽而甘冬不涸夏不溢自轍南遷而水日
耗至奪剎遂竭父老來告轍惕焉疑獲譴於幽明徬
徨不知所爲而手詔適至泉亦滃然而復山中人皆
曰詔書乃與天通耶轍聞之遡闕而拜以膺上賜久
之乃爲之記使世世子孫知茲剎廢興所自以無忘
朝廷之德政和二年壬辰九月乙卯朔六日庚申中
奉大夫護軍欒城縣開國伯賜紫金魚袋蘇轍記

欒城第三集卷第十

右欒城先生家集校閩蜀本篇目間有增損從郡齋紬繹其故蓋復官謝表後所附益章疏槀有所削也於政事書條例司狀見公入朝之始揆事中遠如漢賈誼議河流邊事茶役法分别君子小人之黨反復利害深入骨髓竊比之陸宣公贄歌詩千數百篇曾無幾微見用舍廢興之異晚歲杜門潁川喜秋稼句曰我願人心似天意愛惜老弱憐孤貧仁民愛物可謂中心藏之何日忘之矣伏讀歛袵請事斯語淳熙六年七月望日從政郎充筠州州學教授鄧光謹書

太師文定欒城公集刊行于時者如建安本頗多缺
謬其在麻沙者尤甚蜀本舛亦不免是以覽者病之
今以家藏舊本前後幷第三集合爲八十四卷皆曾
祖自編類者謹與同官及小兒輩校讎數過鋟版於
筠之公帑云昔淳熙己亥中元日曾孫朝奉大夫權
知筠州軍州事詡謹書

校勘官

文林郎筠州軍事判官倪　思

從政郎充筠州州學教授鄧　光

奉議郎知筠州高安縣事閭丘　泳

先文定公欒城集先君吏部淳熙己亥守筠陽日以
遺藁校定命工刊之未幾被召到闕除郎因對
孝宗皇帝玉音問曰子由之文平淡而深造於理欒
城集天下無善本朕欲刊之先君奏曰臣假守筠陽
日以家藏及閩蜀本三攷是正鏤板公帑字畫差太
粗亦可觀容臣進呈對畢得旨速進來翌朝上詣德
壽宮起居升輦之際宣諭左右催進後聞丞相魯國
正公丞相鄭國梁公云上置諸御案上日閱五板森
無所肖似濫承人乏到官之初重念先君所刊家集
遭際乙夜之觀實爲榮遇其板以歲久字畫悉皆漫
滅殆不可讀今撙節浮費迺一新之昔文忠文定二
祖筠實舊游之地邦人建祠祝之又況先君嘗守是
邦遺愛在人此集之再刊亦從邦人之請也開禧丁

卯上元日四世孫朝奉郎權知筠州軍州事蘇森謹書

欒城集後序

欒城集暨欒城後集三集凡八十四卷宋蘇文定公潁濱先生所著我

皇明

蜀王殿下所刻也巡撫臺東阜劉公監察侍御合川王公晉有論撰弁之首簡金輝玉潤光映縹緗廷槐睹而嘆曰嗟乎可以傳矣夫文章與世運相爲流通者也六籍以還作者相繼春秋戰國先秦兩漢魏晉齊梁之間屈宋班馬荀楊董賈曹劉沈謝嵇阮之徒下逮盛唐李杜韓柳諸公郁郁彬彬號稱極盛雖其體裁風格律調音響抑揚變化言人人殊要之發舒道德之光闡明鬼神之祕窮探天地之變左右典墳羽翼風

雅則異世而同符焉嗚呼至矣宋興文教炳蔚詞人輩出嘉祐以後眉山三蘇名擅天下而一代文宗歐陽文忠公輩極力爲之延譽一時學士大夫聞談三蘇氏罔弗歛衽敬服蓋當世之絕倡也乃文定公以沉靜簡潔之資席家庭師友之訓平生著作與東坡相上下而氣充才贍自成己格議者謂爲汪洋澹泊有秀傑之氣究其所至蓋已闖李杜韓柳之門窺古人堂室之奧矣乃其時有稱述之曰蘇黃曰歐蘇曰歐曾蘇云云然者類指東坡而東坡自謂則云子實勝我豈其兄弟自相標榜耶抑當時之人以其父兄之故而軋之使後耶今天下之士崇治理者嘉唐虞敦行誼者師周孔鴻名偉績後先相

望至其發軔之始文藝之場無弗躡李杜韓柳歐蘇而進焉則斯集之刻也固天下之士所願見者乃歷宋至今幾數百載而全編始出又得博雅諸公崇尚而表章之謂非斯集斯文之大幸與廷槐不敏不足與論古今作者之意乃幸游公之鄉與聞刻集事而又猥以不腆之辭附諸羣玉之後故不斬摭拾如右因長史高君鵬爲

王誦焉若

王樂善好禮崇古右文賢明之懿太宰玉溪公校錄之勞通政石川公翊贊之力暨我東皐公合川公屬

王刻集之故則前序見之茲弗敢贅也

嘉靖辛丑夏六月朔四川按察司提督水利帶
管提學僉事膠東崔廷槐書

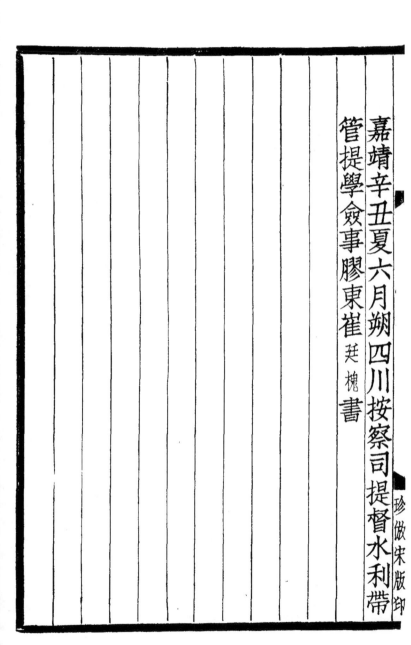

西元二〇二二年一月一日重製一版

欒城集 冊四（宋蘇轍撰）

平裝四冊基本定價叁仟元正（郵運匯費另加）

發行人 張敏君

發行處 中華書局

臺北市內湖區舊宗路二段一八一巷八號五樓（5FL., No. 8, Lane 181, JIOU-TZUNG Rd., Sec 2, NEI HU, TAIPEI, 11494, TAIWAN）

客服電話：886-8797-8396

公司傳真：886-8797-8909

匯款帳戶：華南商業銀行西湖分行 179100026931

印刷：維中科技有限公司 海瑞印刷品有限公司

No. N3078-4

國家圖書館出版品預行編目(CIP)資料

欒城集/(宋)蘇轍撰. -- 重製一版. -- 臺北市 : 中華書局,
2022.01
冊 ;　公分
ISBN 978-986-5512-72-9(全套 : 平裝)

845.16　　110021466